U0810987

星空麦田

杨雪松 / 著

天津出版传媒集团
百花文艺出版社

图书在版编目（CIP）数据

星空麦田 / 杨雪松著. -- 天津 : 百花文艺出版社, 2023.6
ISBN 978-7-5306-8500-6

Ⅰ. ①星… Ⅱ. ①杨… Ⅲ. ①幻想小说－中国－当代 Ⅳ. ① I247.5

中国国家版本馆CIP数据核字（2023）第065251号

星空麦田
XINGKONG MAITIAN
杨雪松 著

出 版 人： 薛印胜 **责任编辑：** 张 雪
装帧设计： 谢蔓玉 **特邀编辑：** 唐婷婷
出版发行： 百花文艺出版社
地址： 天津市和平区西康路35号 **邮编：** 300051
电话传真： +86-22-23332651（发行部）
+86-22-23332656（总编室）
+86-22-23332478（邮购部）
网址： http://www.baihuawenyi.com
印刷： 三河市元兴印务有限公司
开本： 880毫米×1230毫米 1/32
字数： 240千字
印张： 8.75
版次： 2023年6月第1版
印次： 2023年6月第1次印刷
定价： 59.80元

如有印装质量问题，请与三河市元兴印务有限公司联系调换
地址：河北省廊坊市三河市黄土庄镇尚庄子村
电话：0316-3180002
邮编：065200
版权所有 侵权必究

目录

上卷

下卷

上卷

第一章　机械少女来到地球

很多年之后，银依旧记得她诞生的那一天。那是一个盛夏的黄昏，夕阳斜斜地透过窗照进来，天地都被镀上一层梦幻般的玫瑰金，当今世界最优秀的青年科学家麦达教授所负责的科大Silver实验室自然也不例外。

银就是在那里诞生的。麦达要研制一个机器人，让机器人帮助自己和实验室团队从事科研工作。按照麦达的设定，这个机器人外表与十六岁的女孩无异，智商则要更高一些，尤其擅长理工类学科。最重要的是，她将完全听从他的命令。

麦达给机器人起了个昵称叫“银”，因为Silver实验室的名字翻译过来就是“银”。银不需要吃饭和睡觉，当然，她也不是不可以像人类那样吃饭、睡觉。麦达预设了一种奖励银的方式：只要银和他们一起完成一个重要的实验，他就会去实验室楼下的自助冷饮柜，给她买一支香草冰激淋。

实验室里，各种仪器都正常工作着。麦达用欣赏的目光看着机器人女孩银。她苹果般可爱的小脸上，镶嵌着一双灵动乌黑的大眼睛；扎着一个简单的马尾辫，穿着一身洁白的连衣裙，显得清纯可人。从外表看，银确实是一个十六岁的美丽少女，不会有人认为她是机器人。现在，他距离成功只有一步之遥。

此刻的银，也在看着他。她猜不出眼前这位男子的年龄，只能判断出他很年轻，不过也要比十六岁的她年长许多。或许是潜心科研、用脑过度的缘故，他浓密的头发里很明显地掺杂了一些白发，不过这并没有影响到他的容貌。他很英俊，有一双很灵巧的、修长的手，这双手倒是很适合做各种科学实验。透过他眼镜片后面的眼神和侧脸的轮廓，看得出他是一个倔强、坚毅而又有些严厉的人。麦达并不知道，由于他的一个失误，此时的银竟然已经具有了人类的思想与情感！

银安静地听着助手和麦达的对话：

“教授，我们要设定机器人的寿命了。”

“九十九岁吧，这是系统允许我们设定的最大值。”

“教授，你确定吗？”

麦达听到这个问题，陷入短暂的思考：这个机器人九十九岁的时候，想必自己和实验室的同事们都已经不在这个世界了。

两三秒后，银听到了麦达肯定的回答：“九十九岁，我确定。”

麦达把目光从她身上移向电脑屏幕，志在必得地按下一个按钮……但马上，他就发现了自己的失误。

“这是一个错误的诞生，这是我最大的失败。”麦达没有顾及旁边就站着具有了自主意识的女孩，自顾自抖动嘴唇说道。麦达的几位学生不停地安慰着他。

不知过了多久，麦达努力地冷静下来，再次看着眼前的银。麦达看着她的眼睛——那是一双有温度的眼睛。麦达那双很好看却又冷漠的眼睛，似乎要把她冻结了。女孩的眼神也变得寒冷起来。

她就这样毫不畏惧地注视着他，她意识到麦达内心的失望。既然如此，她也不想和他待在一起。

事已至此，麦达自然也不能允许像原计划的那样，让这个机器人少女协助他们从事科研工作。麦达只想让女孩从Silver实验室消失，就像什么也没有发生过。

麦达想了想，递给她一张银行卡："这里是一笔钱，你自己拿着花。"

"你可以去读书，或者找点事情做——你很聪明，知道该做什么，没有什么事会难倒你的。"麦达又说。

银接过那张卡，只问了一句："我可以走了吗？"

麦达点点头，就让她离开了。

银走出门去，抬起头，看到了绚烂的晚霞——C 城是一座美丽的城市。

她离开校园，走上一座立交桥，站在桥上看桥下的车水马龙、人来人往。夜幕悄悄降临，一颗明亮的星出现在天宇。

走出 Silver 实验室的银，着实花了许多时间和精力安顿下来。一开始她很迷茫，也很孤独，不过，她不想回到实验室去。她租下一间房子，房子虽然很小，但她也喜欢其中的安静与温馨。

她计划着去附近的一所高中读书。她还打算找一份兼职，比如去快餐店端盘子。虽然麦达确实给了她不少钱，但她想靠自己生活，不想花他的钱，也许原因之一是她不喜欢他吧。

作为机器人，吃饭、喝水和睡觉都不是银必须要做的事，供给她能量的是 Silver 实验室的电路。但她也喜欢睡觉，每到漫长的夜晚来临时，银就觉得做一个机器人真是有点无聊，不过，既来之则安之吧。

不管怎样，银慢慢地适应了人类的生活，就像麦达所预言的，她很聪明，也很坚强，没有什么事情能难倒她。

不久后，银进入学校读书，她被分到了理科 1 班。入学登记的时候，在"名字"一栏，银填上两个字：麦甜。

那是麦达给银起的正式的名字。银不知道麦达为什么喜欢这个名字，也许这两个字会让他想起故乡的麦田吧。银只是在书本上看到过麦田的照片，收获时节田野里盛放着大片大片热烈的金黄，在清风的吹拂下有一种震撼人心的美……

不过，大多数时候她还是喜欢别人叫她“银”。银色属于冷色调——从不刻意渲染，却在最不经意间吸引了人们的视线，沉默而骄傲，如月光一般寒冷着。

在学校里，银非常沉默，就像她的昵称一样，是一位冷色调女孩。没有人知道她是一个机器人，同学们只知道她是一位神秘的冷美人，于是大家也很少与她交流，银并不介意这些。当然，她的学习成绩一直是很好的，毕竟她是一个聪明的机器人。

银的同桌是一位性格同样内向却又喜欢装酷、喜欢在课间哼歌的男生，他叫韩子仪，外表普通，却显得很机灵。

银不喜欢韩子仪，从看到他的第一眼开始就不喜欢他，似乎也没有特别的原因。也许韩子仪也同样对自己没兴趣。某个周五的下午，他俩创下了五天不说话的记录。

放学时分，两人一如既往各自沉默地整理着书包。银收拾到一半，忽然觉察到身边的眼神，她终于转过头去，只见韩子仪看着自己露齿而笑。

“你干吗呢？”银不愉快地问。

“我突然发现，你长得还可以啊。”韩子仪调皮地说。

银白他一眼：“真无聊——”不过，她也忍不住微笑起来。然后两个人继续各自整理着书包。在离开教室之前，他们对彼此说了“再见”。

这是他们五天来唯一一次短暂的互动。也许是韩子仪想缓解僵局吧，银在想。不过，他俩的关系怎么样，她也是不在意的，他俩只是恰好坐在一起上课学习而已，无需有什么别的交集。

对于生活的目标，十六岁的机器人少女内心并没有太明晰的答案。她只想按部就班地度过每一天，安静低调地学习、工作；与己无关的人和事，不想问也不想说。她觉得，这样的生活自己已经很满足了。

那天银放学回到家，忽然接到了麦达的电话：“明天中午十二点，你如果有时间，就来实验室楼下，咱们见一面。”

第二章 车钥匙、玻璃球与雨伞

之前提到过，麦达想让银从Silver实验室消失，就像什么也没有发生过；而银同样也不想和他待在一起。不过，麦达经过一段时间思考，还是认为有必要和她见面聊聊。

银不想和他见面，不过在收到麦达的见面邀请后，也同意了见面。她想，也许麦达依然计划着让自己帮助他做科研。如果他提出这个要求，她大概会想办法拒绝他。

星期六的中午十二点，他们俩在实验室楼下见面。麦达说要去吃午饭，于是银和他一起。

麦达带着银来到学校食堂，他很快地选了一荤一素两个菜，以及米饭。看起来，他在吃饭方面比较随意，并不挑剔。麦达问银想吃什么，银并不想吃东西。

银坐在他对面，说：“为什么这个时间和我见面？”

“我在午饭时间见你，只是因为这个时间有空，其他时候比较忙。吃过饭还可以一起散散步。”

“为什么要见我呢？”银想起了她被麦达创造出来的那个夏日黄昏，而当时他只想让她走掉。

“现在我觉得，和你聊聊天也是可以的。”

银在心里白了他一眼。麦达真是有点不会说话。

“你在学校都学了些什么，来讲讲吧。”麦达一边吃饭，一边问她。

于是银说了很多，特别是物理——这是她所感兴趣的，她对物理知识简直是无师自通。

她把麦达要找自己做什么这个问题暂时抛到了脑后，不管他要找自己做什么，此刻他们俩的聊天还算愉快。也许他们俩都是有些孤独的人，所以彼此说说话也算是一个不错的选择吧。

银对麦达同样是不无好奇的——她既不知道麦达有哪些成就，也不知道他的年龄，更不知道他有没有结婚。不过麦达很少提到他自己的事，银也没有开口问这些。

银只问他一个问题：“教授，你是本地人吗？”毕竟银是一个来到人类社会没有太久的机器人，她起初想当然地认为他像她一样，从出生开始就生活在繁华而富于烟火气息的C城。

“不是，我的家乡叫汉广，是一个小镇，离这里很近，开车只要一小时。”

银听说过这个地方：“我知道汉广——从网上了解到的，确实离C城很近。汉广是个很美的名字，恰好也是《诗经》里一首诗的题目。”

麦达有点惊讶，没想到银知道这么多。

“这首诗大概是讲一位男子追求自己的心上人，但是求而不得吧？”银又问。

“你可以上网去查啊。”麦达有点不高兴地说。

银意识到麦达似乎不想继续这个话题，也许是她刚才的话勾起了他的某些回忆吧。不过，麦达还有别的想法。

“你对于科学实验有没有兴趣？想不想留在实验室和我一起工作呢？”这个问题在银的意料之中。

银很直接地说：“教授，我确实对科学实验有兴趣，但是对你的那些实验没兴趣。”

麦达愣了一下，没有说什么。他看起来也没有生气，或许银的答案也在他的意料之中。

“教授，那你有没有想过再制造一个机器人？可以帮助你做实验的那种。”银又大胆地问。尽管麦达并不随和，甚至有些严厉，但她并不惧怕他，从她诞生那天起就是如此。

短暂的沉默之后，麦达只是简单地说道：“没有考虑啊。”

麦达吃完了午饭，银就和他一起走出食堂，在校园里随意散步。银诞生在盛夏，如今已是初秋时节。空气中的炙热早已消退了很多，校园里凉爽宜人。小径上栽种着银杏、水杉与柳树，组成一片浓密的绿荫。

“那么，实验室做过什么好玩的东西？除了我这个机器人。”银又问。

“有一把智能车钥匙，可以改变汽车车身的颜色——恰好我随身带着，可以给你看看。”

麦达说着停下了脚步，打开单肩背包去找车钥匙。银有点好奇地看着他的背包，里面的东西很简单：一把银色的伞，车钥匙和另外两把钥匙，一个看起来平淡无奇的玻璃球。

麦达把智能车钥匙递给银，银兴奋地端详着。它看上去就是一把普通的汽车钥匙，银不知道它怎么能改变车身的颜色。也许哪天看到麦达的车，可以让他给自己演示一下吧。

麦达看着眼前好奇、专注地看着智能车钥匙的小女孩，仿佛看到年轻时的自己。他看着她美丽可爱的小脸，想起自己给她起的名字“麦甜”——他偶尔会在梦里，看到家乡大片大片金灿灿的麦田。有一次他乘车回到家乡，一路上专注地看着车窗外麦田的风景。汽车行驶了很久，窗外的金黄却似乎纹丝未变，这美丽的景色总能使他的思绪从科研问题中抽离出来，回到遥远的过去。

银注视着车钥匙看了一会儿，把钥匙还给他，又问：“你包里还有一个玻璃球吧？”

麦达说：“是我空闲时候随便做的，作为消遣，其实也没什么用——

如果你有兴趣，就送给你玩。”他说着，从包里取出玻璃球递给她。

银发现这并不是一个普通的玻璃球，她把玻璃球放在眼前，透过玻璃球可以看到变幻的城市风景。她一不小心把玻璃球掉在地上，它竟灵活地弹跳回银的手中。

校园里飘起了雨。C城是一座多雨的城市，秋天正好也是多雨的季节。麦达从背包里取出那把银色的伞打开，他犹豫了一下，然后把伞偏向女孩这边。

银本能地想要拒绝："我是机器人，不怕淋雨。"

麦达有点生硬地说："别人看到我只给自己打伞也不太合适。"

银抬头看着头顶银色的伞，不禁笑了起来。也许，他真的很喜欢银色吧。

这次和银见面之后，麦达对银的了解更进一步了——银甚至比自己预想的更加聪明，假如自己把她留在实验室，教给她一些知识，也许她很快就能够辅助他完成许多科研工作。但是，现在的她具有了人格和情感，自己不能这么做。

同时，麦达也注意到，银的人格和情感也是很完善的，她完全就是一个十六岁的小女孩，会开心也有小脾气，还有些少女的敏感，渴望着来自人类的关心。

第三章　天才和她的同学们

后来麦达没有再问过银是否愿意加入他的实验室。银还是像以往一样，在学校里安静低调地学习。

随着时间的推移，银比从前更加适应人类社会，毕竟她是一个聪明的机器人。不过，银有时也会觉得寂寞。她有时很高冷，有时则会试着和人类同学们发展友谊。银在想，自己也是个有点矛盾的女生呢。

有一天课间操结束后，银和同班一个女生开心地聊着天。

看着前面两个手挽手的女孩，银忍不住也想去拉旁边同伴的手。

可是，她却把银的手推开了，她解释说："我不太习惯。"

银缩回手，有些尴尬。

也许，机器人也是害怕受伤的吧！从那以后，她再也没有主动去拉别的女生的手。

不过，银也拥有了一两个好朋友，银觉得这样的日子还不错。

这样安静简单的日子如流水般缓缓向前行进着，直到不久之后，一年一度的世界级物理竞赛即将开始。

银报名参加了这场竞赛。当那张高难度的试卷摆在银面前，银也有点蒙，没想到这套赛题确实比自己预想的难一些。但是她很快调整好心态，动笔后，她发现题目还是很有趣的，最终很轻松地完成了这套赛题。也许，她真的是一个属于物理王国的女孩子。

走出考场之后，银没去考虑结果，就好像什么事都没有发生那样。

竞赛结果很快揭晓。银一战成名，成为这场世界级竞赛的冠军。要知道，参赛者都是世界范围内物理领域的高手，她所在的高中，更是只有她一人报名。

银获得了一笔奖金。但是究竟拿这笔钱做什么，银暂时也没有想好——她平时很少有吃喝方面的开销，也习惯过着简单的生活。

银的成功，使得老师和同学们对她刮目相看，校长更是在全校范围内对她进行表彰，就连一些从未搭理过她的人也开始与她搭讪。银走到哪里，都会撞上聚焦的目光。第一次体会到成名滋味的银，真恨不得找个替身。银心里清醒得很：其实我真的不配得到这么多关注，我获奖只是因为麦达事先设置了一些程序，让我成为一个聪明的女孩而已……

很多同学对银既排斥又崇拜，排斥她的冷漠，崇拜她的优秀——这两种截然不同的情绪都是银所不喜欢的。只有同桌韩子仪、她最要好的女生朋友颜如雪，还有一个名叫桑杰的男孩会让银感觉自在一点。

前面已经介绍过韩子仪。他和银虽然算不上朋友，但两个人相处起来也逐渐变得熟络自然。韩子仪对她的态度没太大变化，他偶尔也会和别人半开玩笑地说自己的同桌很牛。银只是笑笑，她从来不太在意韩子仪的评价。

颜如雪是一个脸圆圆的女孩，个子比银更高，她虽然不算漂亮，但有一种宁静之美，令人联想到皎洁的月亮。前面说过，银在那次课间操之后，再也没有主动去拉别的女生的手；不过，颜如雪经常会拉着银的手，银感到很温暖，有一种安全感。

这里重点介绍一下桑杰。比起前面两位，银似乎更看重自己和桑杰相处的感受——韩子仪算不上她的朋友，颜如雪是女生，而桑杰呢，算是自己唯一的异性朋友。

银是怎样和他成为朋友的呢？其实只是因为一件小事。

有一次，银抱着许多书本走路，却也不觉得累——毕竟，她是机器人。她稳稳地走着，突然，她的身体失去控制，连人带书摔倒在地！“哗啦啦”，仿佛世界崩塌时的声音，她的脸淹没在书本里。

银吓了一跳站起来，确认自己身上零件都还好好的。

然后她又看看惊呆了的同学们，以及教室，一切也都好好的。

银不懂发生了什么，或许是Silver实验室出了问题，或许是麦达出了问题。不管怎样，既然一切都还好好的，于是她放心地开始一本本地捡拾散落一地的书本。这时，她从周遭漠然的目光中，搜索到了一个关心的眼神。银打量他一眼——这个男生个子比较高，很瘦，头发剪得很短，戴副眼镜。他的眼睛不大，却是一双笑眼。他算不上帅哥，这也是她对他没有太多印象的原因之一吧。她很努力地想了想，他叫桑杰，是自己的同班同学。

只是一个眼神罢了，何至于感动？

但银当时是真的很感动。

桑杰走到她身边，蹲下身，一边帮她把书一本本地捡起来，一边问：“你怎么了？”

“我没事。”银看着他，笑了笑。

从那天起，他们成为了好朋友。他们会一起聊天，一起讨论学习问题，有时上下学碰到还会同行一段。

银一开始认为桑杰的外表没有什么特别之处。但是后来，她觉得桑杰也是很帅的。他有一种很干净也很阳光的气质，是个聪明而幽默的男孩子。在银遭受排斥的时候，他对银一直是友善热情的；在银成功之后，他也没有去恭维银，而是很自然地与她相处。

桑杰虽然不如天才少女银那么优秀，不过在班级里的成绩也是名列前茅的。他一直有一个梦想，希望以后考上科大。他来到理科1班后，又多了一个梦想：希望以后和银一直在一起。当然，他并没有对她表白，因为他觉得作为高中生要以学业为重。他关注银很久，却一直找不到机会和她说几句话。直到有一天她摔了一跤，他帮她把书一本本地捡起来，从此他们慢慢成为了好朋友。

桑杰认为，银是一个非常美丽而又有些神秘的少女。他总觉得银和其他人有什么不一样的地方，可是又找不到明显的依据。当然，他更不会想到她其实是一个机器人。银在自己面前，有时很温柔，偶尔还会不经意地撒娇；有时也很倔强，有自己的小脾气。在别人看来，银却是有些沉默高冷的，不过桑杰并不在意，毕竟每个人都有缺点嘛。

后来，银获得了那场世界级物理竞赛的冠军，桑杰感觉很惊讶，但是很快，他又觉得这一切都是她应得的。而自己在她的面前，也没有丝毫自卑，他和她还是像从前那样相处。在桑杰的眼中，银依旧是初见时的那个美丽而神秘的小女孩。

第四章　“我能否将你比作夏天？”

一天早上，桑杰看到了背着书包走进来的银。他想起前不久他们的对话。

“银，你的生日是什么时候？”桑杰问。

“是 6 月 22 日，夏至日那天。”

“哦，你是巨蟹座。我是 2 月 1 日的水瓶座。”桑杰默默地记下了她的生日。

银想了想：“那你的 17 岁生日是在寒假啦。”

桑杰想到银比自己小几个月，所以在心里叫她“银妹儿”。当然，银不会知道。

现在离上课还有十几分钟，桑杰悄悄看了一眼银妹儿，然后打开书开始预习。

课间休息的时候，银去找颜如雪借文具。桑杰一边喝水，一边看着她的身影。

“嗨，你在想什么呢？”桑杰的同桌赵林拍拍他的肩膀，调皮地问。

“没什么啊。”桑杰看着他，笑笑。

那天下午，银竟然收到了一封情书。

那封信来自一个目光羞涩的邻班男孩。其实他已经关注这个漂亮的女孩很久了，他第一次看到银的时候，就觉得她很美。不过与眼前的秋色不同，银带给他的感觉更像是夏天：一张圆圆的娃娃脸上，乌黑的大眼睛焕发着动人的神采，灿若星河。有一首英文诗，翻译过来是这样：“我能否把你比作夏天？你比夏天更美丽温婉。”

这天他鼓起勇气，把一个粉色信封递到银的面前。银不情愿而又有几分紧张地在他面前展开信纸，两行文字映入眼帘：

“你的才华诚然美丽，你的可爱才最令我着迷。你是理科王国的公主，就让我做你的王子吧。”

……银从迷惘中回过神来，注视着眼前这个尚未得知姓名的男生。也许因为他太紧张了，所以并没有在情书中留下名字。虽然他穿着很普通的校服，但能看得出他很帅。他像麦达一样，个子很高，眉目俊朗。但与麦达露出的锐气不同，他的外表更多了几分清秀。她是不讨厌他的，但也绝对谈不上喜欢。银看着他羞涩的双眸，理性逐渐回到她的话语里：

“谢谢你，对不起，我虽然有才华，但是却……没有温度。”

然后不等他回应，她就头也不回地转身走开。此刻，窗外的梧桐叶子，正缓缓地落下来。

银拒绝了他的追求，她本来想把情书也还给他，但又觉得未免有些失礼。毕竟作为一个十六岁少女，她也不知道怎么做才好。于是她把情书随意地放在校服口袋中，然后去找桑杰。

桑杰正在吃饼干，他也递给银一块。

“这个很好吃吗？”银从来没有吃过饼干。

“嗯嗯，还不错哦！”

银接过饼干，把它放在嘴里。她转念一想，打算也送给桑杰一个小东西，她想到了麦达送给她的玻璃球。于是她从校服口袋中找玻璃球，那封情书就掉落了出来。

“这是？”桑杰注视着地上的粉色信封。

银有些慌乱地把信封捡起来：“是其他班一个不认识的人给我的，我也没什么兴趣，直接扔掉又太没礼貌。”

“是董嘉森吧。”桑杰笑了。

“我不知道他的名字，我没兴趣。”

“大概是他，我和他也熟悉，给你写信这件事儿，比较符合他的性格。他是很受女生欢迎的。”

银不想再说这些，从口袋里找出那个玻璃球：“这个，送给你。”

桑杰也很快发现这并不是一个普通的玻璃球，透过玻璃球可以看到变幻的城市风景，看到C城的标志性建筑物和各种高楼大厦，同时也可以看到城市郊外的远山与河流。

桑杰没有直接收下玻璃球，而是对银说：“你怎么得到这个玻璃球的？它看起来很不一般。”

“是一个叫麦达的人做的。”

“麦达？！难道是科学家麦达？”

“对，就是他。你也听说过他？”银还真的不知道麦达这么出名。

“当然，理科生应该都知道麦达的名字吧，麦达是当今世界最优秀的科学家。”

“原来是这样。”银没再说什么。

“你和他是什么关系呢？你的名字叫‘麦甜’。”

“没有什么关系，只是碰巧认识而已。”银说。

桑杰也就没有继续问。银又说：“他告诉我，他为了消遣做了这个玻璃球，也没什么用，见我有兴趣就送给了我。”

“那，还是你自己收藏着吧，如果他是特意想送给你的呢？”

银想一想，也许是这样，麦达特意给自己做了一个礼物，但又不愿意告诉自己。

但是，银还是说：“没什么，我就是想送给你。”

“那我就收下了，太感谢了，我很崇拜他的，他很优秀，而且也很帅——

我在网上和一本书里见过他的照片。不过，我当然没有见到他本人，既然你见过他，那你说说看，麦达是个什么样的人呢？”

“他啊，很内向，比较闷，就是一个很无聊的书呆子嘛。”银耸耸肩。

“我不这么想，我觉得他对生活很有激情，否则他也不会做这些东西吧。也许只是他展现自己内心热情的方式与我们不一样罢了。”

“哦，你的理解也有道理。还有啊，他情商不高，也有点凶。”

两个人都笑起来。这时，上课铃响了，于是他们回到各自的座位上认真听课。

放学后，桑杰回到家，再次拿出那个玻璃球仔细端详。他还是在好奇，银和麦达是怎么认识的。

桑杰把玻璃球小心地放在抽屉里。他不再考虑这些，既然银似乎不想谈这个问题，那么问题的答案也就不再重要。

桑杰轻轻地把抽屉合上，准备写一会作业。这个时候，手机响了一下，他看了一眼，是董嘉森的消息——那个递给银粉色信封的文科班男孩。

“小桑，明天中午要不要一起打篮球？”

桑杰和他相识，也是因为他俩共同参加了一场篮球比赛。

那天中午，在理科1班和文科1班的篮球比赛中，理科班占据绝对优势。不过，文科班有一名帅气的男生在赛场上一直非常卖力表现，即使败局已定也毫不在意。他的表现很快吸引了众多女生的目光，她们都在为他加油。

而在理科班中，桑杰并不算很优秀的选手，同时他也没有刻意表现自己，显得没什么存在感。

不过，比赛即将结束的时候，桑杰突然抢走了帅哥对手的一次进球机会。也许这也是一场偶然，听到理科班同学的欢呼和文科班女生们惋惜的声音，桑杰甚至有点蒙。

比赛很快就结束了。桑杰看看周围，没有发现银的身影——也许那时的银还不认识他，他有点失落。小伙伴们陆续回去了，不过他没有马上回教室，而是一个人坐在场边休息。

这个时候，有个男生走到他身边坐下，主动与他聊起来：“嗨，哥们儿，你今天表现很不错嘛！”

原来是刚才那位卖力打比赛却又被桑杰抢走机会的文科班男生。此人英俊潇洒、气度不凡。他看起来心情还不错，似乎并没有受到失败的影响。桑杰觉得有点不好意思，不知该说什么，就只是对他笑笑。

“咱们认识一下吧，我叫董嘉森，你呢？”帅哥继续热情地说道。

“我叫桑杰。”桑杰想了一下，把手边一瓶没有打开的矿泉水递给他。

“改天再一起打篮球好吗？”董嘉森接过那瓶水，一边喝一边说。

“好啊！”

那就是他们友谊的开始。

第五章　两个人的旅行

很快就是期中考试了。“嗨，你周末打算做什么呢？”考完最后一门英语，桑杰问银。

“不知道，这周末不需要打工，也没必要学习，就挺无聊的。”

桑杰想了一下：“刚考完试，可以放松一下，要不要一起去郊区的古镇玩？”

“好啊！还有谁一起吗？”

“我问了其他朋友都有事情，要不咱俩去吧。”

银同意了。不知为什么，她觉得很高兴。

第二天是星期六，银和桑杰约好在学校门前见面，然后一起去坐大巴。

那天，桑杰穿着简单的白色衬衫和浅黄色外套，浅蓝色牛仔裤搭配白色运动鞋。银穿了一身秋天的白衣白裙，披了一件粉色风衣外套。

桑杰看着银，好一会儿才不好意思地说：“银很漂亮。”银觉得他干净的笑容也很好看。

他们俩走到汽车站去等大巴。银很少乘汽车，更没有坐过长途大巴，感觉有点好奇，不过，在桑杰面前她还是假装对这一切很熟悉的样子。

上午是阴天，没有下雨，天气宜人。银和桑杰坐着大巴来到了郊外的古镇，下了车，只觉空气十分清新，同时也清晰地感受到一丝凉意。秋天来了，这是银人生中的第一个秋天。不过，C 城郊外的树叶还是那样绿意葱茏。

桑杰推荐的这个古镇并不是非常热门的旅游景点，所以人并不多，到处都是翠绿的树。古镇的中心也富有现代气息，有超市、银行、KTV、饭店、水果摊……不知道生活在这里是怎样的感觉，银在想。

他们在小街上一边散步，一边聊天，路过许多卖零食或是纪念品的小店。银对店里的东西兴趣不大，只是好奇地看着那些安然自得地坐在店门前的店主们。有的店主们相互聊天，他们还养了几只狗，那些狗也很安静地卧在他们身边，银并不害怕。有的店主则微笑地看着银和桑杰，似乎希望他们进去买点东西。

银和桑杰穿过小街，但见一条小河横亘古镇。他们俩需要踏着河中间的那些石块穿过河流，走到对岸去。

桑杰先踏到第一块石头上，然后再让银走下来。银有点紧张，不过有桑杰在，她也就不那么害怕了。

他俩站到了同一块石头上，桑杰想了想，让银先向前走，自己走在她身后。这样，他就能更好地保护她。

……两人终于走到了河对岸，又来到一个小广场。广场上有几只白白胖胖的鸽子在漫步；还有几个女子，披着色彩艳丽的披肩在拍照，她们的笑容明媚灿烂。不过，那天银和桑杰并没有合影。多年以后，银回想起那一天，就觉得如果他们当时一起合个影就更好了。

银和桑杰在广场看了一会儿风景。桑杰看看手表，已经是吃午饭的时间，他就说：“咱们去吃点儿东西。”

“去哪里吃呢？”银不知道什么地方有好吃的。

桑杰打开手机上的地图看了看：“跟着我就好。”

于是银很听话地跟着他，很快来到了一条小吃街。这里的游人相对多一些，也有许多看起来古色古香的店铺。

他们俩走进了一家小吃店。桑杰选了一份凉面，银就点了一份和他一样的。凉面盛放在一只纸质餐碗里，很小一份，配了一些海带丝、红萝卜丝和豆芽，再淋上鲜艳的辣椒油，色泽鲜艳，很容易勾起食欲，银也很好奇。

他们吃完凉面，桑杰付了钱，就对银说："咱们走吧。"

他们又走了没多远，路过一个露天茶馆。银见到茶馆的桌椅很别致，于是就和桑杰走过去，坐在那里。他们俩都没有喝茶，不过老板娘很和善，也默许他们在那里小坐。

"你再买点别的东西吃吧，对于男生来说，那份凉面不够吃哦。"银坐在桌边吹着风，一边对桑杰说。

桑杰看着坐在对面的美丽女孩，笑笑："没事，我吃饱了。"

"啊？真的吗？"

"我的胃不好，多吃一点儿东西就消化不了。"

"所以你很瘦。"银吐吐舌头。

桑杰不好意思地笑了："嗯，不过，我不挑食的。"

银看着桑杰。他确实很瘦，脸颊苍白，似乎有点贫血。以前银经常和他聊天，但并没有太认真地端详过他。

银有点心疼他，但很快这种情绪便淡了。这是她第一次如此认真地看着桑杰，心中似乎有了某种不一样的感觉。桑杰不算帅哥，但她似乎开始对他有了一种喜欢的感觉。银不确定桑杰是不是喜欢自己，不过她觉得，桑杰似乎对待自己也有些特别。

桑杰也看着银，想着她刚才的问题，问道："那，银吃饱了么？要不要再吃点什么？"

银摇摇头。她不想让桑杰看出自己的心思，又随意地说："那你爱吃什么？除了凉面之外。"

"麻辣的菜我都喜欢。还有葡萄，我也爱吃。"

"葡萄，那是什么？"银对很多水果还真没什么概念。

桑杰惊讶地看着她，不过还是很有耐心地解释："是一种很常见的水果，有紫色或者青色的外皮，圆圆的，个头比较小，吃起来酸酸甜甜的。"

"哦！我大概知道是什么东西了。"银一边点头一边说，"在我的故乡，没有葡萄这种东西的。"

"你的故乡在哪里？"

"不告诉你。"银神秘地说。她又说道："换个地方逛逛吧，不然一会老板娘该赶咱们走了。"

天空渐渐放晴，阳光透过云层照耀着古镇。银和桑杰走到有阳光的地方。银一边走着，一边看着路边的花草，她很快就发现了一棵碧绿的四叶草。银知道四叶草这种东西——她听颜如雪说起过。

银和桑杰都停下了脚步，蹲下身仔细看着草丛中的那棵四叶草。

"听说，四叶草会带来好运。"银把目光从四叶草移向桑杰的脸，"那么我要用它祝你身体健康，学习进步。"

银并没有摘下那片四叶草，她有些期待地看着桑杰。桑杰闭上眼睛，面对着四叶草许了一个愿望。

"是什么愿望呢？"银问。

"说出来就不灵了。"

他们在日落之前赶到车站坐大巴回去，坐在车站的长椅上等车。

银是不会觉得疲惫的，不过在大巴车上她却想睡一觉，因为返程的风景和来路是一样的。

银就对旁边的桑杰说："我睡一觉。"她闭上了眼睛，就睡着了。

过了半小时，银睁开眼睛，就接触到桑杰的目光。他恰好也在看着自己，银就对他笑笑。也许，他已经看了自己很久。

车子还在行驶，银看着窗外与来路相同的风景，有一种很舒服安定的感觉。那是一次非常难忘的属于两个人的短途旅行。

第六章 与你同行

不久之后，学校组织了一次秋游。秋游的地点也是郊区，那是一个有文物古迹的大院，里面生长着各种漂亮的植物。银对文物的兴趣不高，那些植物却很吸引她的眼球，她觉得这个大院就像一个大公园。

银和桑杰一起，欣赏着眼前美丽的景物，他们俩站得很近，当然还是保持着一定距离。过了一两分钟，他们不约而同地转头看向彼此，随后相视而笑。

他们俩不知道的是，身后的颜如雪悄悄拿出相机拍下了他俩的侧脸。

在返程的车上，银和颜如雪坐在一起。颜如雪给她看相机里的照片。

“哇，你们看起来很像一对小情侣耶！”颜如雪调皮地说。

银看着那张照片，听到颜如雪的话，不禁吓了一跳。她环顾周围，确定没有别的人听到颜如雪的话，然后才小声说道：“哪有，我和桑杰只不过是比较好的朋友罢了，就像你和我一样的。”

颜如雪笑着说：“嘻，不管怎么样，我回家就把照片发给你吧！”

“那随便你啦，其实我都无所谓的。”

银感觉每天都挺开心的，虽然她的朋友不多，但是她觉得有颜如雪和桑杰已经很好了。

她和桑杰的关系似乎变得更近了一点。不过，他们依然只是朋友关系，至少表面看起来如此。他们会相互关心，有桑杰的陪伴和保护，银遭遇到的排斥似乎也少了一些。银也会给他讲解一些物理难题，或者和他一起探索物理题的若干种不同解法。

高一的课程有点忙，每周有两次晚自习，晚上八点结束。桑杰和银的家距离不算远，他们经常能够同行回家。

从学校回家的路上，他们会路过一个小小的生鲜连锁店。

银和桑杰都很好奇，就想着走进去看看。这家店可谓“麻雀虽小，五脏俱全”，有新鲜的蔬菜、水果、肉类，还有各种糕点。

银不太认识这些食物，却在桑杰面前努力装作一副经验丰富的样子。桑杰对银介绍说：“这家店每天晚上八点之后都会打折呢。”

难怪这家店里顾客熙熙攘攘、人声鼎沸。银很少见到这样的景象，有些紧张，不过有桑杰在身边，自己也就没那么紧张了，更多的是兴奋。

玻璃柜里松软的乳酪蛋糕，吸引了银的视线。桑杰看出她的心思，就提议买蛋糕。人很多，排队几分钟后才轮到他们。桑杰买了一块乳酪蛋糕，对银说：“很便宜嘛，打五折的。”

他们俩提着蛋糕离开店，心里洋溢着满满的幸福感。他们决定分享蛋糕，就把蛋糕分成了两份。桑杰说自己胃口小，于是把大的一块蛋糕递给银，自己吃小的那块。两个人一边品尝蛋糕，一边聊天，走到要分开的路口，就互相道声：“明天见”。

第七章　雪落下的世界

转眼就到了深冬。今年冬天格外寒冷，银白色的雪花也飘落下来。

C 城是一座很少飘雪的城市，所以小伙伴们看到雪花都兴奋得手舞足蹈。

那天中午，银和桑杰都没有回家，而是留在教室写作业，教室里只有他们两人。银写了一会儿，就来到窗边看着飘扬的雪花。雪下得并不大，洁白无瑕，就像清纯美丽的少女。这是银人生中第一次看到雪，她觉得很新奇。

“桑杰，你和我出去看看，怎么样？”银对桑杰说。

“好，咱们走吧。”

他们来到楼下，站在雪中。“这里，每年都会下雪吗？”银问道。

桑杰说：“不一定，去年冬天就没有下雪。”

“哦！在我的故乡不仅没有葡萄，也没有雪这种东西。”银继续给桑杰介绍她心中虚拟的“故乡”。

桑杰有些迷惑地看着银，揣测着银所说的那个没有葡萄也没有雪的地方是哪里，却没有什么答案。他忽然有点紧张地问：“银以后会离开这里回到故乡去吗？”

“我不回去。我更喜欢这里，这里有雪花。”

桑杰松了一口气：“那么，你的家人也在这里吧？”

“当然。”

银不再说话，而是伸出手去接那一朵朵雪花。桑杰看着这个天真无邪的小女孩，忍不住笑了。

他们在外面待了很久。桑杰觉得冷，不过他并没有催促银回教室去，他在想，只要银开心就好。

银是机器人，不会感觉寒冷。她注意到有一些雪花落在桑杰头上，那么自己头上想必也有很多雪花。他们在雪中漫步，银忽然莫名其妙地想起一句话：“好想和你在雪中一直走，一不小心就白了头。”

那天晚自习结束后，桑杰和银像每次晚自习结束时那样，在生鲜连锁店买了一个半价出售的蛋糕一起分享。桑杰像往常那样，把大一点的那块蛋糕递给银。地上是一层薄薄的积雪，桑杰看着银，笑着说:“今天有点冷，你把蛋糕带回家吃吧！”

银听话地点点头。其实她是机器人，当然不会在意这些的。

然后他们互道“再见”，走向不同的方向。回到家里，桑杰还是想着银。等到那场雪融化，等到冬去春来的时候，自己和银就会又长大一岁，他们距离未来的幸福也就会更近一点。

桑杰这样想着，就看到银就真的站在他面前。没有听到敲门的声音，她是怎样来到自己家里的？桑杰心里有很多疑惑，不过这些问题都不重要吧。

“银妹儿，你真的很可爱呢。”少年看着美丽的少女，鼓起十二分勇气说道。

可是，还没有听到银妹儿的回应，桑杰就觉得一阵晕眩，胸口也剧烈疼痛起来。银妹儿像阳光下的水蒸气，瞬间消失在他眼前，他努力伸出手去抓她的手，抓到的只是风。

银妹儿……好冷。怎么回事？就像外面的雪一样冷。

桑杰倒在地上，失去了知觉……

那场雪落下不久就化了，学校一年一度的联欢会拉开帷幕。

这一天，校园处处洋溢着辞旧迎新的喜庆气息，五彩的气球和缎带装点着一间间教室。同学们在教室里表演节目，只见一位帅气男生走进银所在的理科 1 班，来了个简短的开场白："大家好，我叫董嘉森，我代表文科 1 班同学来祝大家新年快乐。"

银一直在低着头想事情，没有抬起头看他。伴随着大家的掌声，几个女生的窃窃私语传入耳中，迫使她不得不抬起头。

"原来他就是传说中的董嘉森。"

"据说董嘉森还给银写过情书呢！"

银漠然地看着讲台前的董嘉森，那个递给她一个粉色信封又被她拒绝的男生。他也看到了银，对她笑笑，表情十分自然。

"他给你写过情书？"身旁的颜如雪又开始八卦了。

"但被我拒绝了。"

"他是全校闻名的才子兼情圣，其实人还不错的，只不过情史丰富——我也是听别人讲的。"颜如雪一脸神秘地说。

"你对他还真了解。我没兴趣。"

"我知道，你大概对另一个男生有兴趣的。"

银白了她一眼："你想多了。"

颜如雪调皮地吐吐舌头，没再说下去。

这时，音乐响起来了，董嘉森深情演唱了一首经典的英文歌曲。他的确有表演天赋，倘若银完全不了解他这个人，他那唯美的歌声和真挚的表情，一定会让银深深感动吧。

银只是默默地想着颜如雪刚才说的话："你大概对另一个男生有兴趣的。"她忍不住转头去寻找桑杰，但是却没有看到他的身影。难道他在家刻苦学习？不，不会吧！

银看着桑杰那张空空的课桌，心里忽然有些寂寞的感觉。

银并没有在联欢会上表演任何节目，毕竟关注她的目光已足够多。热闹的联欢结束后，他们很快又回归紧张的学习生活。

只是桑杰接下来两天也没来上课。银给他发了微信：“你为什么没有来学校呢？”

桑杰回复：“没事的，我明天就回来。”

第二天桑杰回来上课的时候，看起来似乎没什么异样。课间他对银说：“我身体有点儿不舒服，就去医院做检查。”

“怎么样啊？”银关心地问。

“检查结果没有出来，不过应该没事吧。银，过两天就要期末考试了，你复习得怎么样？”

“我复习得还可以吧。”

“我就知道你没有问题的，我也要好好加油。放了寒假，我要带你去一个好玩的地方！”桑杰笑了。

银很兴奋，她充满期待地问：“是什么地方？”

“是一个可以看雪的地方。你喜欢雪。”

作为一个机器人，能够和人类朋友一起探索世界的各种美景是很美妙的事情。而这个人类朋友恰好是她喜欢的男孩，这种体验就更美妙了。

第八章　岁月静好

在期末考试中，银和桑杰都取得了很不错的成绩。当然，银还是排名第一，她的物理成绩还取得了满分。

随后就放寒假了。桑杰有时候也在微信上找银聊天，他没有再提他上次去医院做检查的事，银也没有放在心上。作为机器人女孩，银从没有去过医院，她只是盼望着他带自己去那个可以看雪的地方。

银在手机上打开地图，看到这座城市的东南角有一座雪山。她不禁想，桑杰说的那个地方是这里吗？于是她登录微信，点开桑杰的头像，但她犹豫了一会儿，还是没有问他。

不过，银收到了桑杰发来的消息："银，你在干吗呢？"

"我刚才在写作业。现在想看一会儿书，你呢？"

"我和你差不多。你这两天过得开心吗？"

"我还不错。今天的天气也很棒呀，太阳出来了，我想出去走走，也许会找朋友们玩吧！"其实，她想和桑杰一起玩。

"嗯嗯，好主意，你期末考得很不错，放假应该好好放松一下。"

桑杰似乎食言了——他始终没有约银见面，没有带她去那个可以看雪的地方。

银觉得有些落寞。不过她没有问桑杰为什么不带她去玩。她会去找颜如雪玩，颜如雪家里有一只淡黄色的猫，大大的眼睛很可爱。

银也想养一只猫，也许有猫的陪伴，她就不会寂寞了。于是她让颜如雪陪她去逛宠物店。

银很快看中了一只黑白相间的猫，它是一只小母猫，但是脸比较圆。这只猫一看到银就十分兴奋，看得出它是一个精力充沛的小家伙。

银询问了店员，猫咪的价格不算贵，她能够承担得起。于是银把它抱回家，给它起名叫“Silver”——银的英文名，同时也是麦达实验室的名字。从此，银又多了一个毛茸茸的小伙伴。

银有时也去科大找麦达聊天——以前她不喜欢麦达，但是在她听到桑杰对他的高度评价之后，她试着用另一种方式去看待麦达。同样，麦达对她的态度也变得更加友好。

有一次，银和麦达在科大校园里散步。银无意间抬起头，看到红色的梅花盛放在眼前。银就想，人类世界有这么多好看的花，真好啊。虽然眼前是寒冷的冬天，可是花朵却一如既往地展现着顽强的生命力。于是她拿出自己的手机，想要拍下它们。

银站在花树下，不断地调整着焦距，不知不觉过了很久。银拍了几张自认为很满意的照片，这才意识到麦达已经等了自己很久。他一直很耐心地等银拍完照片。

“对不起，教授，让你久等了。”银有些不安。

麦达脸上虽然没有什么表情，但是眼神里似乎有一点笑意。银竟然感到一点温暖。

他们继续向前走去。麦达看看她，又问：“你一会儿是不是要去约会？看你今天打扮得很漂亮嘛。”

银今天穿了一件白色羽绒服，她把头发披在肩上，戴了一个银色的简单头饰。

“没有——之前我是一条单身狗，现在是单身狗一条。”银调皮地说，装出一脸严肃的表情。银想着，如果能够和桑杰去约会就好了，但是……

麦达被小女孩逗乐了："真的吗？"

"当然啊，只是放假了所以有时间打扮着玩儿。"

麦达没再问下去，有点怅惘地说："我第一次谈恋爱是十八岁，和你差不多的年纪。"

银的好奇心来了，没想到高冷的麦教授居然会和她讲这些，她就问："当时谈恋爱都有什么故事？我很有兴趣。"

麦达很快恢复了平日的高冷："你有兴趣听，我没兴趣讲。"

银想笑，却又不敢笑出声来。麦达大概不高兴，不过银从来都不怕他。银装出一副同情的表情，对麦达说："都是她不好，对不对？我在想，她真是有眼无珠。"

麦达居然也笑了："不要这样讲吧，都是过去的事情。你是小孩子，你什么都不懂。"

"不，我懂得很多。"

麦达不可置信地看着女孩的侧脸。她说自己懂得很多，她的确懂得很多理科知识，但是她懂得人类的感情吗？这个漂亮女孩会一年年长大，一定会有很多男孩子喜欢她，但她毕竟是一个机器人，她能否在人类世界找到那个可以牵她的手、呵护她一生的另一半呢？

当然，思考这些似乎为时尚早。这时，他们恰好走到要分开的路口，麦达说："不说这些事了，我要回去工作了，工作比较重要。"

麦达一直很忙，不过银对他的工作终究不感兴趣。麦达知道银放寒假了，就邀请她去他家里玩。银有时会一个人在麦达的家里看书、写作业。麦达做实验往往很晚回家，他会开车把银送回去。银在寒假中第一次见到了麦达的那辆可以变色的银色小轿车。麦达给她演示，原来车钥匙上隐藏着一个按钮，按一下就能够让车身的银色变深或是变浅。有时银也不等他，自己一个人回去。

银第一次走进麦达的家时，发现他的家陈设很简单，看起来没有十分贵重的东西，这和银以前的想象不太一样。不过，屋子里很整洁，各种家具都维护得很好，这一点倒是和她的想象一致。看起来，独自居住在这里的男主人是个细致的人，同时也很少待在家里。

银有点好奇，麦达的家里会不会有什么高科技装置？银在麦达的房间里闲逛，至少从表面上看，他家里并没有太多高科技的东西。没想到他这么一个热衷于发明创造各种新鲜玩意儿的科学家，居然还会使用一些看起来有点古老的家具。也许外表高冷的他，内心依然有一种柔软的怀旧情结吧。

麦达的家里当然也有一些科学书籍，银写完了作业就会好奇地翻看这些书。书架上有一些工学类的书籍，居然还有几本医学书籍，银不感兴趣。

银最喜欢的还是为数不多的物理书，那些高深的理论，在这个十六岁少女眼中却如综艺节目那样有趣。她看到很有趣的内容，也会情不自禁地拿手机拍下来分享给桑杰。虽然不知道因为什么缘故，桑杰暂时不能和她见面，她依旧想与他说话。

“桑杰，这本书里讲的实验真好玩！”银会这样说。

“确实很好玩，不过这些内容对我而言太难了，你给我讲讲吧！”桑杰会这样回应。

生活虽有些寂寞，却也有岁月静好的感觉。

第九章　在春天

开学后，春天里的校园重现生机。

银走进教室，却没有看见桑杰的身影。她想着，待会课间休息的时候，再和桑杰联系一下。

班主任走进来说：“英语老师有事，我们这节课上自习。”于是银和小伙伴们就拿出作业来写。

韩子仪写的是物理作业，他认真地在草稿纸上写着，一张，两张……草稿纸上满是密密麻麻的公式、数字，但那本练习册却依旧洁白如初。豆大的汗珠从他额头上淌下来，他有几分无奈地推推眼镜，右手紧握着笔杆，在草稿纸上重重地划了两下——那支笔芯用完了。

“真难。”韩子仪气愤地换了笔芯，将用完的笔芯卷在一张草稿纸里，把草稿纸揉成一团。班主任不在讲台上，他犹豫着要不要把这团纸扔到讲台上去，可理智终究战胜了情绪。

他又开始犹豫要不要向银请教物理问题。他心里对她很敬佩，但心中“大男子主义”作祟，他终究没有开口，而是继续愤怒地做题。

不知道为什么，今天总是莫名地烦呢。

课间休息的时候，银说话了：“喂，看你今天很烦躁嘛，怎么回事？”

“没怎么，可能因为题目不好做。对了，有一件事——今天放学后，你要不要和我一起去看望桑杰？他生病了。”

“他生了什么病呢？”银感到莫名的紧张。

“我今天听说，他患了癌症，确诊时已是晚期。他是寒假期间住进医院的。”

银感觉脑海里一片空白。怎么可能呢？！桑杰怎么会患上癌症呢？此刻，“癌症”这两个字令银想到这样一幅场景：疾驰的车轮碾碎了一只脆弱的蝴蝶。一种黑色的恐惧与悲痛压迫着她，使她喘不过气来。原来，桑杰在寒假一直承受着病痛的折磨，自己却一点儿也不知道，还在心里埋怨他没有带自己出去玩。

韩子仪的声音显得越来越遥远：“医生说，他的时间不多了。我们也实在帮不了他什么忙……不过还是去看看吧。”

韩子仪和银，还有许多同学放学后一起去医院看望了桑杰，其中还有文科班的董嘉森，他也是桑杰的好朋友。桑杰虽然气色不太好，但精神很好，看起来并不像癌症晚期的病人。

要是他真的没有得癌症就好了。

银和其他朋友几乎没有与他聊病情，只是寒暄问候。银很想和他多聊几句，但是周围人很多，银并没有找到合适的机会。两个少年只是悲伤而有些绝望地望着彼此。

他们并没有在病房逗留太久。大家快要离开的时候，桑杰说了一句：“没关系的。”银并不知道他是在对谁说话，不过他说这话的时候，注视着银。

银回家后想要给桑杰发微信，却也不知该说什么好。喜欢的男孩患上癌症并且时日无多，她一时间确实很难接受这个事实。

当然桑杰也没有和她聊天，也许他在治疗或休息吧。

银想了很多很多，她在想自己今后要怎样与桑杰相处，也在想着他的病到底能不能治好。银想了好久好久也没有什么答案，脑袋简直都要想破了。

猫咪 Silver 在她面前走来走去，跳到她腿上，也许是感受到主人的忽视，它也有点不开心。

银抚摸着它的脑袋，这时手机振动起来。

是桑杰发来的微信：“寒假的时候没有和你说这件事……我就是在想，如果你一定要知道，我希望你晚一点儿知道。”

“你应该早点告诉我，这样我寒假就能来看看你。”

“没事，再过些日子，我就出院了。”

“为什么出院？”银有点害怕。难道他的病真的治不好了吗？

“不是你想的那样哈。只是回家休养一段时间，然后再继续治疗。”

银看着手机，下意识地松了一口气。她摸着Silver的毛，混乱的思绪也渐渐变得清晰坚定。她在想，不管怎么样，她还是会一如既往地与桑杰相处，不管他的生命还有多久。

过了没多久，桑杰完成了第一阶段的治疗，出院休养一段时间。后来，桑杰回忆起出院的这段日子，觉得还是很幸福的：不需要在医院治疗，即使要忍受病痛的折磨，但他觉得已经很好了。

他出院的时候，正是温暖的春天。父母问他想去哪里玩，桑杰说，想去桑园小镇。

桑园小镇位于城南，距离桑杰的家大约一个多小时车程。桑杰的爷爷奶奶住在那里。桑杰刚住院时，他们也来照顾过他一段时间，后来他觉得自己没什么事，就让爷爷奶奶回家去休息。

父母答应了他的要求，带他去桑园小镇住了两天。因为是节假日，桑杰的父母周四、周五恰好不上班，所以他们周四早上出发，打算星期六晚上回去。

那两天桑杰过得很开心，他喜欢在小镇的街道上散步，或者和邻家的小伙伴们聊天。面对爷爷奶奶，桑杰撒谎说自己的病好了很多。他努力不去想自己生病的事。

小镇上种植了很多桑树，正是桑葚成熟时。桑杰拿手机拍下了那些绿色的叶子和紫红色的果实，找了一张拍得不错的绿叶照片，给自己换了一个微信头像。

奶奶摘下院子里的桑葚，桑杰也吃了一些，他又找来一个杯子，把桑葚果放在里面泡果茶喝。

桑葚汁的颜色让桑杰联想到葡萄酒，以及那句经典的歌词：

“一心只等葡萄熟透，尝杯酒……”

天气很暖，他坐在门前一边喝茶一边吹风。桑杰幽默地对家人说：“以后我可以来这儿养老。”

家人们看到他开心的样子，也感觉轻松。不过，桑杰还有很多心事，他想要把它们暂时都抛到小镇的那条河里丢掉，然而有一件事是此刻无法忽视的——他有些想银妹儿了。

但现在，他似乎不好意思单独约她见面了。桑杰想了想，就和几个要好的朋友联系，约好星期天中午一起聚餐，当然银也在其中。

星期六晚上，桑杰和父母告别了爷爷奶奶，回到家里休息。星期天早上，桑杰告诉父母，自己打算去和朋友们吃午饭。

“那你什么时候回家呢？”妈妈问。

“可能傍晚吧！”桑杰又说，“你们也去找朋友们聊聊天吧。”

“好，那我们就去找他们喝茶。”

很多天没有见到银了。桑杰想到马上要见到她，有一点儿紧张。他看着镜子里的自己，确实瘦了很多；因为治疗，头发也掉了不少。不过，他一直喜欢把头发剪得很短，所以银妹儿应该看不出他脱发，不然她会伤心的。

桑杰穿了白色衬衫、浅黄色外套、浅蓝色牛仔裤和白色运动鞋——去年秋天他与银去古镇游玩时，也穿了同样的衣服和鞋子。桑杰选择这身衣服和鞋子，倒不全是觉得看起来帅，只是觉得有纪念意义。

第十章 风吹过

桑杰选了一家菜品比较清淡的店，然后把地址发给朋友们。银和颜如雪一起来到饭店时，桑杰、董嘉森和另外几个朋友已经到了。

此时正是春暖花开的时节，银看到桑杰穿着白色衬衫、浅黄色外套、浅蓝色牛仔裤和白色运动鞋——和去年秋天他们俩去古镇游玩时一样的着装，看起来很精神，不同的是他消瘦了很多。

银穿了一件白色针织衫和白色的长裙，她本来就很美丽，这身衣服把她衬托得更加纯洁可爱。她走进饭店，很快就吸引了男孩子们的目光。

银坐在董嘉森和颜如雪两人中间。其实银不想和董嘉森坐在一起，她更想坐在桑杰旁边，不过这似乎也不由她做主。自然，银也没有很多机会和桑杰说话，只是同他简单打了个招呼，问了问他的情况。

董嘉森把菜单递给桑杰，让他点菜。桑杰把菜单给旁边的朋友看："你们来点吧，我吃什么都可以。"

等待服务员上菜的时间里，桑杰让大家给他讲学校里的故事。他还是比较幽默，很少提到自己的病情，只说过段时间要做手术。

银听说桑杰要做手术，感觉很心疼。开刀会很疼吗？他会害怕吗？银想着这些问题，却难以问出口。她看看桑杰，这个年轻男孩还是对大家温柔地微笑着，似乎已经习惯了病痛的折磨。

董嘉森一如既往地健谈，他更多时候很热情地与银说话，银只好随意应付几句。当然董嘉森和桑杰聊得也很开心，看得出他们俩关系很不错。董嘉森给桑杰讲了文科班的一些趣事和八卦，讲了物理老师面对文科生们的无奈，提到自己最近的一次物理考试得了 19 分，也讲了最近文理科班之间的一场篮球赛。桑杰被他逗得很开心。

“桑杰，如果你能回去再和我打一场篮球就好了。”董嘉森说。

“嗯，等我治好了病就可以。你先和其他朋友玩吧。”桑杰笑着说。

董嘉森有时候也玩手机——他交友广泛，不仅在饭桌上聊天，也在手机上聊天。银有点好奇地看了一眼他的屏幕，只见他发了许多傻傻的表情包，以猫和狗为主，似乎在和什么人斗图，也许是在追女生吧。他人很帅，而且嘴也很甜，追女生大概很容易吧，银在想。

大家吃得很开心。桑杰几乎没有单独和银聊天，只是经常安静地看着银。他没怎么动筷子，只吃了几口青菜，有个同学劝他多吃一点，但是桑杰说：“你们吃吧，我出去休息一下。”大家也就没再勉强他。

过了十几分钟，桑杰还是没有回来，银有些担心，就借口去洗手间，出去找他。

银一走出门，就看到桑杰一个人坐在摆在门外的一张餐桌旁边，看着来往的人和车辆。此刻，有风吹过。

银不禁松了口气，同时她又有点难过，因为她发现刚才还和大家开心聊天的桑杰，这一刻眼睛里却充满了忧伤。

桑杰转过头看到了她。他没想到银会突然出现在自己面前，愣了一下。他默默地看着银，没有笑也没有说话。

银解释道：“你一直没有回去，我就想来找你。”

桑杰看看银，只说：“我没事。”

银心疼地说：“看你刚才也没怎么吃东西。”

“没胃口嘛。”桑杰很简单地回应她，语气有点不高兴，银有些不明所以。看起来，他不仅身体不舒服，心情似乎也很不爽，好像看到银就更不爽了。以前他看到银，总是很开心的，今天这是怎么了？

“你怎么了？”银也在他面前坐下来。

桑杰还是那三个字：“我没事。”

银在想，也许是董嘉森刚才一直和自己聊天，所以桑杰有点吃醋了吧。

银又自顾自地说：“嗐，我觉得你不喜欢吃那盘青菜，那么为什么要吃它呢？你喜欢的明明是水煮鱼和麻婆豆腐。是因为身体不好所以不敢吃麻辣的吧？想那么多干什么呢，少吃一点儿也没什么关系的。”银一口气说了好多，也不管桑杰有没有听。

桑杰听到最后，忍不住笑了。不过，他还是没有开口说话。银觉得桑杰吃醋的样子也很可爱。

过了两三分钟，桑杰说：“咱们回去吃饭吧。”

他犹豫一下，又问：“银，你下午打算做什么？”

“我还不知道，没什么特别的安排。”

“那，一会吃完饭，我想在附近走走，你愿意和我一起吗？”桑杰探询地看着银。

“当然愿意。”

桑杰听了银的话，不禁微笑起来，说了很多：“放寒假前说带你去一个可以看雪的地方，结果住院了，也没有带你去玩。”

原来桑杰是一直把他们俩的约定放在心上的。银说：“没事啦！对了，寒假的时候，你是在医院过了十七岁生日，对不对？”

“嗯，是的。当时就是很平常的一天，在医院治疗，几乎忘记那天是自己的生日了。”

“对不起，那天忘记对你说生日快乐了。”

“没关系的啊。”

“嗯，确实没关系，你还有十八岁、十九岁……到时候我们给你庆祝生日。总之，你要好好治病，长命百岁。”

桑杰没有说什么，只是微笑。

桑杰和银回去继续吃饭。他很听银的话，尝了尝那几盘麻辣的菜，不过也只是吃了几口而已。董嘉森还是一边吃东西，一边和银聊天，一边在手机上发那些表情包。银在想，真傻。

过了一会儿，大家吃完了午饭。按照董嘉森的提议，为了庆祝桑杰出院，朋友们请他吃饭，餐费由其他人分摊。

然后小伙伴们就各自回家去了。只有桑杰和银，还有桑杰的同桌赵林没有走。

“桑杰，你自己多注意身体哦。”赵林说。

“没问题，你也要好好学习哈。”

“你要回家去了吗？”

“先不回去——我有一些物理问题，想要和银请教一下。我没去上学，所以很多内容自己看不懂。”

“生病了还不忘学习，你也是个学霸！”赵林对他竖起大拇指，“那我先回去了，改天去看你。”

第十一章　繁花似锦

桑杰和银两个人并肩在街上走着，街道旁种着许多开花的树，粉色、红色、淡黄色的花朵鲜艳夺目。这里距离银和桑杰的家都不算太远，并不是繁华的市中心，附近虽然也有一些商场，但又不热闹得过分。这条街道有着漫长的历史，除了繁华，也保留着这座城市天真单纯的一面。

“你瘦了好多。”这是银对桑杰说的第一句话。不过，他那双爱笑的眼睛还是充满神采。

桑杰犹豫一下，还是告诉银：“最近身体不好，有时候吃了东西就会吐……今天好多了，因为见到你很开心吧。”他很羞涩地笑了，一边从衣袋里找出一只口罩戴上。看起来，他似乎早已忘记刚才的不开心。

街道上人来人往，偶尔有人用好奇的目光打量着这个戴口罩的瘦弱男孩和他身边的美丽女孩。

“嗨，我现在看起来是不是很像病人啊？”桑杰语气幽默地说。

“没人注意你——你又不是什么明星。”银也笑着说道，“不管怎么样，我觉得你现在还是挺帅的。”

“你真的这样认为啊？”桑杰听了这话很高兴，又转过头欣赏地看着银，少女在花树的映衬下显得更加美丽。桑杰说：“银变得越来越漂亮了哦。”

银故意没有答话，而是装作漫不经心地问：“我们去哪里？”

“你想去哪里，我陪你去。”

银说想去买衣服，于是他们俩去了附近的商场。

桑杰心情很不错，他边走边说：“前段时间一直在医院治疗，似乎好久没感受现实生活了。”

到了商场，银说：“不知道你有没有兴趣陪我看这些。”

“我很有兴趣，只不过偶尔需要休息一下。”于是桑杰坐在商场的座椅上休息，一边看着银在不远处挑选裙子。

银看着那些色彩斑斓、样式各异的裙子，眼睛里焕发出光芒，有时也去摸摸那些面料。桑杰在想，银的确很喜欢裙子。

银很快看中了一件淡紫色的连衣裙。她似乎很有主见的样子，拿着裙子走进试衣间去穿上，然后走到桑杰面前给他看。

穿紫色裙子的少女，身材显得更加高挑苗条，很像一个模特。桑杰笑了：“很漂亮，也很适合你，到了夏天可以穿。”同时他又有点小伤感，不知道自己能不能看到银在夏天穿这身裙子呢？不过，他并没有在银面前流露出这种伤感的情绪，他又说：“银，你很可爱的。”

银很开心，因为她觉得“可爱”似乎是比“漂亮”更高级的评价。她也对这件淡紫色连衣裙很满意，于是她刷卡买下了它。

桑杰说：“其实我想给你买的，只不过我现在没有钱。”

银就说：“我觉得和你一起出来逛就很好，不是要你给我买东西的。”

桑杰看着银手里装裙子的袋子：“我来给你提。”银就把那个袋子交给他。

银说还想去文具店，于是桑杰陪她去了一家文具礼品店。

银看到那些琳琅满目的文具和小饰品就走不动路，她挑选了几支漂亮的中性笔，还有发夹、手链一类的小饰品。

银挑选完，回过头就看到桑杰站在身后看着自己。接触到他的眼神，银还是有点兴奋，觉得桑杰似乎很喜欢她。

银打算去付钱，这次却被桑杰抢先付了。他幽默地说：“这些东西我还是买得起嘛。”

银有点不好意思地看着他，他又说：“送给你当礼物的，你开心就好。”

文具店的工作人员把这些小东西装在一个手袋里，递给银。桑杰就说：“这些，我也帮你拿着。”

“还想去哪儿？”他们走出文具店，桑杰问。

银看看他：“你会不会很累了？”银想起他们去古镇，当时桑杰还是很健康的，可以精力充沛地和她走很久。

桑杰却说：“没有关系，我陪你……也不知道下次和你一起这样逛街会是什么时候。”

银很难过，但她还是笑了笑：“那，咱们找个地方坐下来休息？”

“好，那就去喝点儿东西，我请你喝奶茶吧。”

桑杰在手机上搜到附近的一家奶茶店，银问：“我们怎么走？”

“跟着我就好。”

作为一个机器人，银能解决各种理科问题，可是方向感却有点差，尤其是在陌生的环境中。桑杰这句话让她又想起两个人在古镇一起去找小吃街的时候，他也说过：“跟着我就好。”和他在一起，银总是安全感满满。

他俩并肩走着。桑杰看看银，忽然又说：“你和嘉森……平时也会一起聊天吗？”

“我们基本没什么交集。”

“嘉森是个很有趣的人，我看他今天很爱和你聊天，他很喜欢你吧？”桑杰笑着，只是表情显得不太自然。

“我一点儿都没兴趣的。”

“是吗？”桑杰还是很温柔地看着银。

“当然啦！”

桑杰不再说话，心里却想了很多。不过不管银说什么，桑杰都相信她的话。银在自己面前，有时很温柔，偶尔还会不经意地撒娇；有时也有自己的小脾气，她一直是这样一个可爱的小女孩。

到了奶茶店，银点了一杯奶茶，而桑杰选择了没有加糖的热牛奶。

店里人很多。银就说："你找个座位坐下休息，我去排队，等下把牛奶拿给你。"

银排队等待的时候，也回头看了看桑杰。桑杰没有注意到银在看他，他低着头，非常痛苦地咳个不停。刚才陪着银一起走路，他几乎忘掉了病痛。现在一个人坐下来休息，他才清晰地感受到自己是个病人。

那一刻，银忽然想起几个月之前，她和桑杰下了晚自习一起回家，在生鲜店里买乳酪蛋糕。

过了一会儿银取到了牛奶，就回到桑杰身边。桑杰对银温柔地笑笑，似乎刚才什么事情都没有发生。

他一边喝着牛奶，一边说："银，过几天，我去医院之前，再和你出来走走，或是一起吃个饭吧。"

银微笑着问："你今晚吃什么？"

"还不知道，想让我妈妈给我做点儿汤喝。"桑杰又说，"我爸妈现在可能也不在家，他们去找朋友们喝茶了——我生病这么久，他们也很累的，今天能放松一下。"

银看着桑杰："我想，你的家人一定对你有很多期待的。"

"为什么这么说呢？"

"因为他们给你起名字叫'杰'。"

"这样啊……"桑杰笑了，"也许吧，只不过我现在让他们失望了。"

"没有，不管怎么样，你在他们心目中都是最棒的。"银本来还想说"在我心目中也是最棒的"，但她没有说出来。

桑杰不置可否，微笑着看着银："那么，你的家人希望你是一个幸福甜蜜的女孩子，因为你的名字是‘甜’。”

桑杰在想，以后会有哪个男孩子陪着银，一起逛街、一起喝奶茶呢？以后的银，会像现在一样快乐吗？不管未来那个他是谁，只要银幸福就可以了吧。

银说：“我不喜欢这个名字，不符合我的风格，我只喜欢‘银’。”

“可是，我也希望你幸福啊，以后的每一天都是甜甜的。”桑杰说。

银忽然有点不明所以，她望着桑杰，一双大眼睛显得格外好看。

桑杰只笑笑：“没什么。”

银沉默了一会，她忽然想把自己的秘密告诉他。除了麦达和实验室的几个学生，并没有什么人知道自己是机器人。如果银把这个秘密告诉桑杰，也许她就能得到来自人类的更多理解吧。再说，她觉得桑杰很在意自己，她希望坦诚地告诉他这个秘密。

“桑杰，我想告诉你一个秘密。”

“是什么呢？”

“其实，我是……”

银说到一半，就停了下来。她还是犹豫了，她不知道桑杰会有什么反应，他是病人，情绪不能波动。更重要的是，如果桑杰听说了自己是机器人，还会像现在这样对待自己吗？银的心里没有答案。

“你是什么？”桑杰看着她，眨眨眼睛，语气里依旧有几分调侃。

“桑杰，我不知道该怎么对你说。”

桑杰听到这话确实愣了一下，不过他还是对银笑了笑：“那么，以后再说吧。”

银在想，不知道以后有没有机会告诉他了。但是至少此刻，她没有做好开口的准备。

银听到了自己的声音：“我不知道我是不是在骗你。”她不知自己怎么会说这些，但是既然话已说出口，她也感觉一阵莫名的轻松。

桑杰感到莫名其妙：“你骗不了我，我这么聪明的。”

“如果我确实骗了你呢？”

“是……是什么方面啊？”桑杰看银不说话，觉得事情似乎有点严重。他有些失望和委屈地看着银：“我已经这么惨了，你为什么还要捉弄我？”

“桑杰，我……”

桑杰看着银欲言又止的样子，或许她真的有什么难言之隐吧。桑杰叹了口气：“如果你真的欺骗了我，那我也认了。”

“为什么呢？”

桑杰看看眼前的美丽女孩，反问自己一句：“为什么？我也不知道为什么。”

“那如果……如果我和你期待的不一样，你还会觉得我……可爱吗？”银试探地问。

桑杰想了想，说：“……我不知道你在说什么，不过，我还是会觉得你可爱。”

银的那张娃娃脸上，露出了甜甜的微笑。桑杰看到她单纯的笑容，就忘记了身体的疼痛不适，也忘记了银的话带给他的疑惑。

银和桑杰在那家奶茶店坐了很久。他们并没有说太多的话，而是安静地玩手机。银打开一个有趣的小程序，桑杰很好奇，就拿起她的手机看着玩。

银也觉得很自然。她的手机里并没有什么秘密。

桑杰玩了一会儿，把手机还给银，又说：“我去一下洗手间。”

过了一会桑杰回来，在银身边坐下。他有些气喘，脸色也显得很苍白。

“你怎么了？”银不禁问道。

桑杰很不好意思地看着她，语气却还是轻描淡写：“刚才有点儿反胃，就去洗手间吐了。”

银很心疼。她想了一下，就去找奶茶店的服务员要了一杯温水递给他。

“谢谢哦。”桑杰接过那杯水喝了两口，“我感觉舒服多了。”他又把水杯握在手里，感受着杯子的温度，也许这温度让他联想起眼前的女孩。他看着她，又说："银，不要担心我，没事的。"

"那，我陪你在这里休息一下，然后我们回去吧！"

他们又坐了几分钟，然后走出奶茶店。银想自己拿着衣服和文具，但桑杰还是很倔强地帮她提着东西。他看看地图，这里回到银的家需要坐公交车，他们已经走了很久。

"我陪你坐公交车，一起走到你家楼下，然后我自己回去。"桑杰一边说话一边轻轻咳嗽着，仍是有些气喘。

银也很想让桑杰送她回家，但是看到桑杰虚弱的样子，她又有点不忍。

桑杰看出她的心思："没事的，我送你回家。"

银也答应了："好的，那咱们一起。对了，你知道吗？我养了一只猫，今天正好给你看看。"

"好呀！"

第十二章　雨后初霁

他们去往公交站的路上，路过了穿越城市的一条河。银说，想去看看那条河。

桑杰同意了，于是他们向河边走去。傍晚时分，天渐渐阴下来，清凉的雨水在这座城市飘落。

桑杰说：“我带了伞。”不过，雨不大，所以他和银并没有撑伞。

桑杰先走到河边的护栏旁，他和银之间还有一点儿距离。

银发觉脚下的路似乎不太平整，她想绕两步路走过去。

桑杰回头看着银，向银伸出了右手。

银愣了一下，不知道他想做什么。她很快反应过来，就抓住了桑杰的手。

银的左手被握在桑杰的右手中。这是她第一次触摸到桑杰的手，银很紧张。桑杰的那只手格外骨感，银在想，他怎么这么瘦呢？

银感受到他掌心的温度，他们俩的手都在微微地颤抖。银借助桑杰的力量，很轻快地走了上来。他俩站在护栏边，脚下是奔流的河水，有风拂过他们的脸颊，细雨打湿了他们的头发。

银有些羞涩地站在桑杰面前，仰起头看着他。他解释似的说：“刚才我怕你摔倒……还记得吗？去年有一次你摔了一跤，咱们就认识了。”说到最后，桑杰忍不住笑了。

桑杰很快放开了银的手。他努力忍受着疼痛，不让银看出自己的痛苦和不适。淡淡的雨幕里，桑杰看着羞涩的女孩，想着自己是个不久于人世的病人，觉得这场雨似乎淋湿了全世界。

银始终安静温柔地看着他，此时的她在他面前，就像一个很乖的小孩子。桑杰想象着假如银是一个比他小几岁的小姑娘，他会带着她去零食店买糖果。桑杰忽然又很小心地问："现在……你会嫌弃我吗？"

"怎么会呢？我不会这样想的，我……"银没有把话说完，也许，她也不知道该怎么回应吧。

桑杰看着银，很放松地笑起来，露出洁白的牙齿。这一刻，他忘记了其他一切，他的眼里只有这个美丽女孩。

他们俩没有再说话，而是并肩站着看这条河。这条河给城市增添了许多诗意，虽然并非清澈见底；河边种了许多绿树，也有一份灵动的生机。雨很小，所以还是有人在河边怡然自得地散步，其中有一对相互搀扶的老夫妻，他们俩一边走着一边聊天；还有两个年纪稍大的女子，她俩看到银和桑杰这两个年轻人，就露出了善意的微笑。银在想，河里会不会有很多鱼？

桑杰和银在河边站了一会，然后继续向前走去车站。雨天、河水、少年和少女，组成一幅漫画般的唯美画面。

桑杰从单肩背包里取出一把浅蓝色的雨伞，和银一起撑着伞走路。银看着不远处有一个小水洼，雨水落在水洼处形成一圈圈涟漪，不知为什么银想起被打碎却并不尖利的瓷器，那些碎片温润而清凉。那天银穿了一双浅色单鞋，有一两滴调皮的雨水跳到她的脚背上，银却感觉很满足。

桑杰让银走在远离车辆的一边，自己走在外侧保护她。因为撑着伞，同时又提着银的东西，他就不能再去牵她的手。桑杰把浅蓝色的伞偏向银那边，微凉的雨水打湿了自己的衣服，身体虚弱的他却没有在乎这些。走在银的身边，他没有想太遥远的未来，只想着此刻要珍惜她、善待她。

公交车来了。因为这里并不算太热闹，而且也不是人流高峰时段，车里除了司机，并没有太多乘客。桑杰和银坐在一起。银像去古镇时那样，在靠窗位置坐下。

银坐在那里没有说话，看起来像个漂亮的洋娃娃。桑杰忍不住叫她："嗨，银——"

银转头看着他。她的眼神变得有些羞涩。

"刚才……我也不知道为什么。我想，我不应该那么做……对不起。"桑杰有些语无伦次。

"我不明白，你在说什么？"

桑杰没说话。两个人安静地看风景，不过气氛倒也没有太尴尬。

他们坐了三站就下车了，雨也停了。桑杰收起那把伞，没有再牵她的手，银竟有些不习惯。

他们俩很快走到了银住的小区附近，楼下有一把长椅。桑杰把银挑选的衣服和文具递给了她："我在这里坐一下，等你把猫猫带下来。"

银点点头，接过那些东西："今天你陪我一起逛了好久。"

桑杰没有否认："生病以来我第一次出来逛这么久。"

银笑了笑，体贴地递给桑杰两张纸巾，让他擦掉长椅上的雨水："你休息一下，我很快把猫带下来。"

银抱着猫猫走出来，看到桑杰坐在远处的长椅上等她。桑杰没有戴口罩，雨后初霁的阳光淡淡地洒在他的侧脸上。他虽然不算英俊，但看上去有一种独特的干净气质。阳光下，他安静地看着银向自己走过来，似乎有很多话想要对她说。银一边走着，一边看着桑杰等待自己的身影，有一种很安心的感觉。银也想像着，如果有可能，若干年后和桑杰拥有一个小家，一起看花一起养猫，该是一件多么幸福的事。

银走到桑杰身边。桑杰看看银，又看看猫。这只猫被银养得有点儿肥，是一只灵活的小胖子。银也在长椅上坐下，把猫放在自己腿上，然后开玩笑地对桑杰说："把它的肉分一点儿给你就好了。"

桑杰也笑了："它叫什么名字啊？"

"它叫 Silver，是一只小母猫。"

"Silver？和你的名字一样。"桑杰看看 Silver，又看看银："我可以摸一下吗？"

"没问题，它身上没有什么病菌，我经常给它做清洁。"

于是桑杰摸了摸它。Silver 睁着圆圆的大眼睛看着桑杰，嘴角上扬，"喵"地叫了一声，似乎也很喜欢他。

银把 Silver 放到长椅上，Silver 在长椅上不停地摇着尾巴，然后又跳回银的怀里。桑杰说："它很黏人哦，它喜欢你。"

他们俩和 Silver 玩了一会儿，银想带 Silver 回家了。桑杰说："再陪我坐一会儿，好不好？十分钟。"

他的眼神似乎在央求自己，银点点头，他们就继续坐在那里，没有说太多话，但是很放松。

桑杰拿出手机给银看他前两天在桑园小镇拍的桑叶和桑葚果。绿色的叶子和紫红色的果实相映成趣，银觉得很好看。

桑杰就说："我送你一些桑葚吧。"

"好，我想尝尝。"

桑杰很开心："嗯，改天我拿给你。"

这时，董嘉森恰好路过。他听到猫咪的叫声，就好奇地看了一眼。他看到银和桑杰坐在长椅上，长椅上还有一只黑白相间的胖猫咪。他们俩没有说话，桑杰温柔地看着银，银的那张好看的脸上洋溢着幸福的甜蜜微笑。他们俩都没有注意到董嘉森。

董嘉森很是惊讶，也有一点失落，不过这份失落感并不是很强烈。毕竟他从一开始被银拒绝后，就知道这个女孩不属于自己。

董嘉森犹豫着要不要去和他们打个招呼，不过他还是没有那么做，而是悄悄离开了。

第十三章　湖泊与月亮

过了两三天，桑杰给银发微信，约银放学后一起吃晚餐。

桑杰选了一家快餐店，距离银的家也不远。他们约好晚上七点半见面，七点十五分，桑杰在路上收到了银的微信：“我先回家去喂猫，你到了就等我一下。”

桑杰一个人来到餐厅等着银，等得有点不耐烦了，就给她打电话：“银妹儿，快出来。”这是他第一次这么叫她，此前他只是在心里这样叫过她。

银妹儿在电话那头说：“好的好的，我马上出来。”

过了没多久，银也到了餐厅。她穿着普通的校服，但是看起来依然很美丽，是青春洋溢的感觉。

桑杰穿着上次见面穿过的那件白衬衫和蓝色牛仔裤，因为今天更暖和一些，他就没有穿外套。银有点开心，觉得桑杰身体状况还不错，不怕冷。银见到他，就问：“刚才你在电话里叫我什么？”

桑杰有些羞涩地笑：“银妹儿。”

“为什么叫我银妹儿？”银当然不知道，桑杰很久前就在心里悄悄这样叫自己了。

“因为你比我小嘛。”可能是生病的缘故，桑杰比同龄的男生显得更加成熟一些，但此时的他也表现出十七岁男孩的天真。为了掩饰见到银时的紧张，桑杰低头去看菜单，一边调侃地说：“我刚才等你好久，很饿，低血糖都要犯了。”

“我特意过来和你吃饭，你还不满意吗？”银假装嫌弃地看着他。现在他们的关系变得更加亲密，可以相互斗嘴了。不过与此同时，他们俩面对彼此，也都有紧张、羞涩这类微妙的情绪。

桑杰点了一份蔬菜汤，银点了一碗面条。

桑杰把一袋桑葚递给银：“上次说要送给你的，很好吃。”

“你居然还记得这件事，我听说吃药容易失忆。”银继续损他。

桑杰白她一眼：“哪有这么严重的。”

银说：“我要把桑葚藏好了，免得被 Silver 吃掉。”

桑杰笑了：“给它尝一尝也不是不可以。”

服务员很快把蔬菜汤和面条端给他俩。他们吃完晚餐又坐了一会儿，然后离开餐厅。

桑杰和银边走边聊学校里的事情，很快就走到了银的家附近。他们在小区门前停下脚步。银问他：“这几天你在做什么？”

“主要是睡觉，有时候独自一人在家附近散散步。”桑杰笑了，“你会不会觉得我虚度时光，什么都没做。”

“怎么会呢？”银认真地看着他，“你在做一件很了不起的事情——与病魔抗争。”

桑杰听了，眼睛里闪烁着感动的泪光，没想到银这么理解自己。他努力掩饰着激动的情绪：“抱歉，生病之后人就变得有点儿脆弱。”

桑杰又说：“我后天住院，过几天做手术。”他还想再说些什么，可是话到嘴边又咽了下去，只是简单地说：“银，我们记得联系哦，发微信就可以。”

“你不要想太多，好好治病。”银说。

桑杰微笑着，有些不舍地看着她：“好，没问题，你放心吧。”

“我到时候去看你，等你做了手术。”银又说。

“医院这种地方，你还是不要去了，你好好上课、学习就好。”

银还是坚持，桑杰只好说：“那好，到时候我们见。”

……和银妹儿告别之后，桑杰走回家去。天已经全黑了下来，但是路上依然很明亮，除了路灯，还有天上那轮皎洁无瑕的月亮照耀着这座城。

路过一个公园，桑杰忽然想起了什么，于是一个人走进公园，给董嘉森打了一个电话。

“你在家里吗？我想和你聊几句。”

董嘉森愣了一下：“我在写作业。不过也可以晚一点儿写。”

“我也没打算和你聊那么久。”

董嘉森在电话那头笑了：“哥们儿，你怎么了？”

“刚才和一个朋友出来吃饭，然后心情有点儿不爽，就想找你聊聊。”

“小桑，你和哪个美女吃饭？她说什么让你不爽了呀？”董嘉森还是用一贯很调皮的语气问道。

“嘉森，别逗了。”桑杰很无奈地说，“她也没说什么。”

“那，现在你在哪里？”

“我就在附近的公园，在湖边散步。”此时桑杰恰好走到湖边，这个人工湖在月光下显得分外美丽。湖泊很大，湖水温柔而平静，湖面倒映出一轮银色的圆月。湖畔有一些人在散步或是休憩，还有一群人随着音乐的节奏跳广场舞，他们的表情安宁而自足，真是幸福啊。

“喂，你一个人晚上到湖边干吗？好奇怪的，我现在就来找你。”

桑杰忍不住笑了：“你过分敏感了吧，我只是刚好路过公园觉得湖景很美，也想给你打电话聊聊天。你不必来找我，好好写作业吧。”

“嗯……那好吧！你想说什么，快给我说说。”

桑杰一边看着湖上的水鸟，一边说：“我只是想到我自己的事情。我从没想过有一天自己会得癌症，觉得生活很不公平啊。现在我有很多事情都想做，可是也没有机会了。”

“你今天怎么这么多感慨呢？还有，我很好奇，你想做什么事啊？我是不是可以帮助你？”

“我想做的事，我看你也帮不了吧。不过，我本来并不是这么丧的人，这不是我的风格。”

“那，听起来像是和那位朋友吃饭之后突然有很多感慨，你有没有和她讲呢？和你吃饭的朋友，大概是一个很特别的人吧？”董嘉森八卦地问。

“我没有啊，我没办法和她讲这些，感觉做人好难啊。嘉森，拜托，别猜了。”桑杰说到最后，不由自主地叹了口气。现在他真的觉得，做人好难。

“好啦，我不猜，桑杰，既然你没办法和她说，那你有什么烦恼就都讲给我吧，你说什么我都听着。”

“嗯，暂时没别的要说。你能听我说话，我已经满足了。”

桑杰说完，放下电话，踏着月光走回家去，他的脸上浮现出淡淡的笑意。虽然董嘉森什么忙也帮不了，但不知为什么，和董嘉森说说话心情就会变好一些，就是这么神奇。

第十四章　单车向日葵

银上学放学时会与颜如雪同行，天气越来越温热，大地绽放着生机，校园中的花朵也越来越多。银的生活还是很平静，只不过没有桑杰的陪伴，她有时会很寂寞。颜如雪似乎不知道这些——最近银很少对颜如雪提起桑杰的名字，所以颜如雪也认为银和桑杰仅仅是普通朋友。

桑杰住院后很快接受了手术。手术后的第三天是个周六，银打算去看桑杰。

银走在路上，遇到了一个骑自行车的男孩子。这个男孩子跳下车，调皮地对她吹口哨。

银只好对他打招呼："Hello，嘉森。"

董嘉森还是很热情地问："银，你去哪里？"

"我去看望桑杰，听说他做了手术。"

"这么巧，我也打算去看他。对了，我正在考虑给他带什么东西，你有没有好主意？"

"桑杰之前说，如果去看他，不必买东西的。"银说。

董嘉森眨眨眼睛，想了想："附近有家花店，我们给他买一束向日葵吧，桑杰喜欢这个。"

银点点头，心想，董嘉森还真是很了解桑杰呢。

他们走到花店里，董嘉森对店员说："买一束向日葵。"

店员是个年轻女孩，她看着英俊的董嘉森，一边把一束扎好的向日葵递给他，一边热情地说道："要不要再来一束玫瑰花？"也许她以为董嘉森要将向日葵送给银。

董嘉森摇摇头："只要向日葵就可以了。"随后他付了钱，和银一起走出花店。

董嘉森刚才把自行车停在了花店旁边，他对银说："我骑车去，这样快一点儿。你会骑车吗？可以找一辆共享单车。"

"我不会骑车。"银摇了摇头。

"那……要不我载你一起去吧！"

银犹豫了一下，不过想到是为了看望桑杰，便同意了。

银坐在自行车后座上，怀里抱着那束向日葵，温润的风吹动着她的长发。也许擦肩而过的路人会以为这对帅哥美女是一对情侣，但银此刻只想着桑杰，那个牵过她手的男孩，那个坐在长椅上等待自己的男孩，此刻她很想他……

银和董嘉森来到医院，到了桑杰病房所在的楼层，去找护士登记。

护士说："你们是桑杰的朋友吗？"

"是的。他手术怎么样？"银一边登记一边问。

"手术很成功，桑杰的生命力很顽强。"

"那太好了！"银开心地说。

"你们是他很要好的朋友吧。"护士笑笑。

董嘉森说："是啊。他的家人在吗？"

"不在——桑杰脱离危险之后，他父母就上班去了。现在他还是很虚弱，所以你们不要待太久，也要让他保持愉快的心情。"

银和董嘉森走进病房，看到桑杰躺在床上输液。他闭着眼睛休息，安静地似乎睡着了，苍白的脸颊毫无血色。银和董嘉森很心痛，又不敢打扰他，就默默地看着他。

桑杰睁开了眼睛，看到银和董嘉森站在病床边。银还是那么漂亮可爱，她捧着一束灿烂美丽的向日葵。桑杰有点意外，很吃力地说道："银，嘉森，你们来了哦，谢谢你们。"

董嘉森就解释说："我来看你，刚好碰到银，就一起来了。"

桑杰笑了笑，看看银，伸出没有输液的右手，似乎想去拉她的手。不过，也许因为董嘉森在，他并没有那么做。

董嘉森说："我先出去打个电话。"然后就走出病房，留下银和桑杰在病房里。

银把那束向日葵放在桑杰床边的小桌上。桑杰还是没有牵银的手。银问道："桑杰，你还好吗？听说手术很成功。"

"我还好，做了一个很大的手术。"

银想着，治病需要很多钱。银今天出门的时候，带上了麦达给她的银行卡，里面的钱她几乎没有花过。她把参加物理竞赛获得的奖金也一并存在这张银行卡里——她决定把这张卡送给桑杰治病用。

银从背包里找出那张卡："这个，送给你。"

桑杰很坚决地拒绝了银："银，真的很感谢你……我虽然需要钱，但家里还是有能力给我治病的，我不会花你的钱，你自己拿这笔钱去买些喜欢的东西吧。"

他这样说，银只好把那张卡收起来。

"做手术很痛苦吧？"银简直觉得自己明知故问。

"没事，只不过现在身上多了一道伤疤——还好，衣服能遮挡它。"

银在想，桑杰还是很在意形象的，即使他病得很严重。她不知怎么又想起以前桑杰借给她一本英语习题册，上面写着他的名字和一些笔记，字迹很是清秀漂亮。

银说：“你的英语习题册还在我家里。”

“没有关系，送给你了。”

银又问：“你爸妈上班去了吗？”

“是的，我爸妈晚上过来陪我——其实我也没什么事，白天不需要人陪的，这里的医生护士也都很好。”桑杰看着银，突然又说，“所以，你以后也不要来看我了。”

银惊讶地看着他，没想到他突然这样说，心里有点难过。

桑杰看着她的眼睛，似乎想要解释什么，但是声音依然是冷淡的：“我动了手术，想要好好休息，你们来看我，我就很累。”

银轻声说：“你不用管我，你累了就睡一觉，我还是想来看看你，不和你聊天都可以。”

“不管怎么样，我就是想一个人清静点儿。”

银很委屈，又很困惑。她想，桑杰不会不愿意见她的——她想起前不久他送她回家，坐在她家楼下的长椅上等她带着猫咪下楼；银记得他看着自己的眼神，那天他似乎有很多话想要对自己说。

但此时，桑杰有些不耐烦地说：“你们一会儿早点回去吧，我要休息了。”

银想起护士说，要让他保持愉快的心情。但她终究没有忍住，生气地说：“你变了，你以前不是这样的。好，我现在就走，我以后不来看你了，这样你就能清静点儿。”

银刚说完就有些后悔，毕竟桑杰是刚做完手术的癌症病人，她怎么能这样对他说话呢？不过，她没有再看桑杰一眼，站起身来就走。

桑杰在她身后叫她：“银妹儿——”

银听到桑杰这样叫她，就忍不住回过头。只见桑杰躺在病床上看着她，他的眼神显得那样脆弱无助。

“对不起，不要走，好不好？”桑杰继续说。

银立刻心软了，回到桑杰身边坐下来。

“是我不好……我只是不想让你看到我这个样子，我不想让你把我当作病人，也怕你会哭。”桑杰一边说，一边看着银，他的眼睛里很明显有泪水，他很努力地不让眼泪掉下来。

银也说：“桑杰，对不起，是我让你不开心了。我以后还来看你——我不会把你当作病人，我也不会哭。”

“真的吗？”桑杰看着她。

“真的——我不会把你当作病人，我也不会哭。”

桑杰想了想：“那好吧……楼下的花开得很漂亮呢，只可惜我今天还不能起来走动，下次见面的时候，我身体好一点儿，就带你去看。”

“那好呀！”银毕竟是一个天真的小女孩，她看着桑杰，脸上带着单纯无邪的笑容。

“银妹儿，对不起，总是让你担心。我会好好治病。你呢，就好好学习，不要担心我。我们拉勾一言为定，怎么样？”

银同意了，于是她伸出左手去同桑杰拉勾。

然后两个人没再说什么话，气氛有一点尴尬。

又过了一两分钟，董嘉森回来了。他面带笑容，打破了银和桑杰两人之间的尴尬。

桑杰看着他：“董帅哥，你这个电话打了好久。”

“有吗？哦，确实有点久。”董嘉森看看手表。

“是不是给你喜欢的女生打电话？”桑杰半开玩笑地问。

“是啊！我与她吵了一架。”董嘉森看着两个惊讶的小伙伴，还是一脸若无其事。

“我说你呀，也别生气了，生气容易得癌症的。”桑杰笑着说。

“所以你的癌症是因为生气而得的吗？我不信。”

“那倒没有——我也不知道是怎么回事。”

“就是嘛，桑杰这么温柔，肯定不是爱生气的人，对吧，银？”董嘉森一边说，一边看着银。

银没有接董嘉森的话，而是说：“嘉森，你现在心情很好，完全看不出生气的样子。”

“我当然也不会生气那么久，看到你们，我的心情就好多了。”

第十五章　冰雪玫瑰

他们三人又简单地聊了一会儿，银和董嘉森看得出桑杰确实很疲惫，于是便打算离开。

银和董嘉森离开病房，银想着桑杰的话："我会好好治病的。"

"银，我只是不想让你把我当作病人，也怕你会哭。"

银也回想起韩子仪的话："医生说，他的时间不多了。我们也实在帮不了他什么忙……"

真的什么也帮不了吗？银绞尽脑汁也没想出什么办法。

桑杰目送着银离开的背影。他回想着刚才银委屈的样子，觉得自己真的很对不起她，他忍不住十分心痛，流下了痛苦的眼泪……

"桑杰，你怎么了？"他的病友，一个三十多岁的男子问道。

"我没事。"桑杰匆忙地把眼泪擦掉。

还好……银似乎理解了他，他们之间的误会也不复存在。桑杰想到这些，又觉得轻松一点儿，擦干眼泪之后，他努力地微笑了一下。

又过了一个星期。银除了上课、在快餐店端盘子之外，又独自一人来到上次去过的那家花店。

上次和董嘉森一起给桑杰买花时比较匆忙，银没能仔细看看这里的鲜花。花店里有很多漂亮的花：玫瑰、百合、向日葵、康乃馨……还有一些可爱的玩偶。

“喜欢什么花？”上次见过的年轻女店员热情地招呼着。

银想了一下，给自己挑选了一朵粉色的玫瑰花。银看着店员仔细地为她把花包装起来，想着，回去可以把它养在矿泉水瓶子里，但愿猫咪 Silver 不要把花弄坏。

银手里拿着一枝粉色玫瑰，走出花店。

她希望自己以后也能种一片美丽的花，也许是玫瑰，也许是向日葵，每当她拉开窗帘，窗外能有一大片灿烂映入眼帘，就像阳光带给她的感觉。只不过，这片阳光不是来自天上，而是来自地上。

但是，在满是钢筋水泥的现代化城市，怎么会有这样一片窗前的花田呢？也许等自己以后大学毕业，工作赚钱了，可以到郊外买一座小别墅。

到那时，会有谁陪在自己身边，和自己一起种花呢？

银心里没什么答案，忽然有种忧伤的感觉。这个时候，手机提示音响起来了。银停下脚步，拿出手机，看到桑杰发来的微信。他告诉自己一个好消息：“我今天好一些，也可以吃点儿米饭了。”

桑杰又发给银一句：“对不起。”

“什么对不起？”

“上次是我不好。”

银没说什么，而是转移话题：“嗨，你旁边病床的那个男人似乎挺有趣。我之前竟没怎么留意他。”

“哦，他啊。他姓张，我叫他张大哥。”

“张大哥有什么故事吗？”

“这个，改天给你仔细讲吧。你最想知道什么？”桑杰没有力气打太多字，所以只能这样问。

银想了想：“我最想知道，他的病情怎么样？”

“他也是癌症患者，不过他的病不算严重，也许很快就会好起来吧！”

张大哥是一个三十多岁的男子，他成为桑杰的病友已有很长一段时间了。只不过银每次去看望桑杰的时候，注意力几乎都在桑杰身上，很难关注到别的什么人。

和癌症晚期的桑杰相比，张大哥的病情确实不算严重。他刚刚住进医院的时候，医生就说他有望完全康复。不过，张大哥当时很悲观，也许他的消极不仅仅是因为生病吧。

张大哥似乎有些孤僻，几乎没有人来看望他，他也不会和朋友们聊天，这些和桑杰不同。张大哥和桑杰一开始也几乎不说话，他觉得桑杰有些幼稚，他和这个十七岁的男孩子没有什么共同话题，而且他们的经历似乎也没有什么共同之处。不过后来，他们俩有时候也会聊聊天，毕竟住院治疗很无聊。

张大哥说，他一直忙着赚钱，为的就是过得快乐，但与此同时他忽略了许多其他东西，因此一直都不快乐。等他的事业终于如日中天，他好像也快乐起来了，可快乐了没多久，事业就遭遇滑铁卢，他的“朋友”们都离他而去。又过了没多久，他患上了癌症。

桑杰觉得张大哥太惨了，简直不知该怎么安慰他，于是也没多说什么。只是每次张大哥说话时，他会认真地听。

真是一个有故事的人，桑杰在心里想。

“那个漂亮女孩是你女朋友吗？”有一次银独自来看望桑杰，她离开之后，张大哥就八卦地问。

“她当然不是我的女朋友啊。”提起银，桑杰就不由自主地笑了起来。

“那么，她很喜欢你，你也很喜欢她吧？”

桑杰听了这话，眼神黯淡下去：“也许我不该继续和她联系吧。我不知道我是不是很自私，不过，面对她的时候，我也确实很难隐藏自己的感情。”

张大哥也不知道该怎么回答，只好问：“那她知道你的这些想法吗？”

桑杰摇摇头：“不知道，我不想给她说这些，增加她的烦恼。”

“嗐，你也别多想了，你也有权利追求幸福啊。”

“我……”桑杰还是摇了摇头，“你有权利这么做，等你好了，就找个喜欢的人结婚吧。”

“我没有生病的时候，想着一个人过也很好。现在我想要追求爱情了，桑杰，谢谢你影响了我。”

“我……我还太年轻，怎么能影响阅历丰富的张大哥呢？”桑杰眨眨眼睛，调皮地笑了。然后他转过头去拿出手机，回复了银的消息。

张大哥还是有些好奇：“桑杰，可以讲讲那个女孩吗？——如果你愿意的话。”

“当然愿意，我就讲一件事吧。”桑杰说，“前段时间我出院了，然后约她一起散步。她突然问我，如果她和我想象得不一样，我还会觉得她可爱吗？”

“我的回答是肯定的。不过我当然也很想知道，她的话到底是什么意思。”

张大哥笑了：“桑杰，我是单身狗，我怎么知道这些？你来问我，确实找错人了。”

桑杰白他一眼：“其实我没有让你回答。”

“既然这么想知道，那直接去问她就好了啊！”

“她不想说，我就不问。”

张大哥确实不擅长回答这类情感问题。他又说：“桑杰，你不要想太多，如果你很喜欢她，想和她说话，就去联系她好了，和她聊什么都可以。”

桑杰笑起来：“你的意思是我快要死了，所以想做什么就做什么吧？”

“我不是那个意思。”张大哥很认真地说，“我感觉，她也很想和你说话，不管怎么样。”

“谢谢你，张大哥，你也影响了我。”桑杰又说，“我先睡一觉，好累的。”他看着自己和银妹儿的微信聊天记录，然后不知不觉进入了梦乡。

桑杰做了两个梦。第一个梦里，他即将走向人生的终点。那是一条只有他独自前行的漫漫长路，覆盖着厚厚的冰雪，他一个人向前走去……

而在第二个梦里，他的病好了，也恢复了健康。他和银都长大了，考上了同一所大学，自己捧着一大束玫瑰花向这个美丽的女孩表白；他们俩成为了恋人，过着幸福的生活；几年后，他们走进了婚姻的殿堂……

他还梦到了他俩的婚礼。那是个阳光灿烂的美丽晴天，因为他们俩是高中同班同学，所以许多来宾是他们共同的朋友。银穿上了洁白的婚纱，成为最美丽的新娘。当然，他也穿了一身帅气的西装。他们先是来到草坪边，拍了很多漂亮的照片。身边有许多朋友，帮助他们处理一些事情，让他们的婚礼变得更加完美。中午时分，他牵着银的手走上舞台，舞台的主色调浪漫而淡雅，舞台的通道两旁装饰着银最喜欢的紫色薰衣草小花。他看看银的侧脸，舞台的灯光照在她的脸上，让她更加好看，她一直甜甜地微笑着。在婚礼上，他当然也见到了银的家人——身处梦境中，桑杰并不能真切地看清她的家人长什么样子。

梦醒时分，桑杰还在想，银确实有很多神秘的谜等待着他解读。或许他没有时间更进一步去了解她了——但不管怎么样，他不愿意强迫她回答任何问题。

第十六章　少年和少女

春末夏初的季节，机器人少女银来到地球已经接近一年了。

银也越来越了解人类世界。银放学的时候，会与颜如雪一起路过水果摊。前些时日有好吃的橘子，现在已经有了葡萄，过一段时间还会有荔枝和西瓜，银对这些水果也有点好奇。

银记得桑杰以前说过喜欢葡萄，于是就买了一些葡萄，想送给他。

“银，你要吃葡萄吗？”颜如雪问。

银没有表示肯定，也没有否认。

银来到医院，把葡萄送给桑杰的时候，有点不好意思。可能因为他们上次闹矛盾了吧。

桑杰很喜欢银的礼物：“谢谢银，我正好想吃酸甜的东西。”他又一次道歉说：“银，对不起。”

“没关系，那天也是我不好。不管怎么说，我早就忘了，你还想着这些干什么呢？对了，张大哥呢？”

“他昨天康复出院了。”

“这个消息真不错！不过，哎呀，我都没有再见见他。”

“嗯，希望他一切都好吧。他也影响了我。”桑杰又说，“银喜欢什么东西？我在网上买一个，送给你当作礼物吧。”

银拒绝了，她只是不希望他除了花钱治病，还要花钱给自己买东西，只不过她的语气却显得有些生硬：“不用，我什么都不需要。”

桑杰没再坚持下去，有些尴尬和受伤地看着她，两个人都沉默着。

过了一会儿，桑杰又说：“银，记得你送过我一个玻璃球，真的很不错，我最近有时候无聊就会看里面的风景。”

“哈哈，那就好。”

“我家里有一件好东西，是我很喜欢的，虽然算不上什么贵重的东西，改天送给你，可以吗？”桑杰很认真地说。

银不知道他今天为什么执意要送东西给自己，这次银答应了：“好啊！”

银忽然又觉察到他的语气有些不同寻常的郑重，她转念一想，说道：“不要着急——等你治好病，出院了再送给我。”

“行，没问题。”

其实，桑杰自己知道，他的病情确实越来越严重了。虽然做了手术，也只能缓解一点痛苦。桑杰的父母完全无法接受桑杰即将离开人世的现实，他们希望不惜一切代价挽留他的生命，所以也就花更多的时间努力工作赚钱。当然，不可避免的是，他们能陪伴桑杰的时间也就变得更少。大多数时候，桑杰都是一个人默默地忍受着病痛的折磨。

桑杰在学校读书的时候有很多朋友，而现在，因为知道自己时日不多，桑杰不让朋友们来看望他，所以只有银来看望他——不管怎么样，他和银依然想要见到彼此。

银看望桑杰的时候，也会顺便给他做一点小事，比如拿体温计让他测体温，给他倒一杯温水，或者帮他去打饭——银会去住院部的食堂挑选清淡的粥和小菜，桑杰会努力多吃一些，也会开玩笑地对银说：“如果可以，我真想吃点儿麻辣的东西，火锅、麻辣烫或是酸辣粉。”

银在想，桑杰可能会很寂寞。但是桑杰说：“我没事，大多数时候我都在睡觉嘛。”

其实银很想多去看桑杰几次，但是因为他的病情严重，银不能经常去看望。更重要的是，他也不让银多来看望他，银只好尊重他的想法。

不过，桑杰和银每天都会相互发微信，或是通过语音、视频简单地聊几句。

银会和他分享学校里的事情：“今天又做了物理实验，我和韩子仪一组。”“下星期就要考试了，我不想复习啊。”

桑杰会鼓励她：“加油呀，不过，你就算不加油也能考得很好的。”其实他很想再多和她说几句话，只不过他确实没有力气，所以发的消息也比较简短。

“哈哈。你今天怎么样啊？”

桑杰总是会说：“我还好啦！”

桑杰又在对话框里输入几个字：“银，我也想你了。”他想了想，最终删了这几个字，没有发送给她。

银在学校并没有太多朋友，所以她总是有点寂寞。她喜欢和桑杰聊天，即使桑杰只能发简单的几句话给她，她也很开心。在银眼中，桑杰似乎不是一个等待死亡的病人，而是一个能给予她力量和情感依赖的人。

有一天晚上八点多，银一个人在学校图书馆学习。她做老师布置的英语作业，也参考了桑杰的那本习题册。英语作业很简单，银很快就完成了。她一边合上那本习题册，一边想着：桑杰现在在做什么呢？

银打开手机，就看到了桑杰二十多分钟前发给她的微信：“银，你在做什么呢？”

发出这条微信之后，过了五分钟，可能是因为银没有回复，桑杰又给她发了一条微信：“我要休息了，晚安。”

银看着桑杰的微信头像，那几片生机盎然的绿色叶子，让她有一种很安心的感觉。她想了想，害怕影响桑杰休息，于是没有回复他。

银又从图书馆书架上找到一本物理书籍，很专注地读着。

董嘉森忽然走到她身边，坐在她旁边的一张椅子上，对她调皮地打了个招呼。

银吓了一跳，放下手中的物理书看了他一眼，没说话。他确实还挺帅的，可以迷倒一众女生吧，但可惜银并不是其中之一。她并不讨厌董嘉森，只不过她心情不太好，只有看看物理书才能忘记烦恼，获得内心的平静。董嘉森此时突然打扰她，显然让她很不爽。

董嘉森似乎没受到她的影响，仍是一脸灿烂地笑着，随手拿起银桌上的英语习题册，看了看封面说："银，这本习题册真不错，送给我怎么样？"

银轻声却倔强地说道："凭什么送给你？"

"你不要总是这么高冷嘛，我是开玩笑的，给我看看总是可以的吧？"董嘉森是文科 1 班的英语课代表，他很喜欢英语。

银面无表情，有一丝无奈："你想看就看。"

董嘉森打开习题册的扉页，看到非常清秀漂亮的两个字：桑杰。董嘉森继续翻看里面的内容，看到了桑杰的笔记。

董嘉森就问银："桑杰现在怎么样呀？"

"你想知道，就去联系他，不要问我。"

董嘉森还是笑："我给他发消息，还要等他回复嘛。我就想问问你。"

"他需要静养，不过情况还算稳定吧。"银简单而有些生硬地回答。

董嘉森觉得银似乎不想多说什么，就把桑杰的习题册交还到银的手中。银看看图书馆的挂钟，对董嘉森说："时间不早了，我要回去喂猫了。"她一边说着，一边开始收拾东西，把那本习题册和自己的作业本放进书包里，把物理书放回身后的书架上。

董嘉森看着银："你自己回去，路上要小心。"

银对他笑了笑，这是董嘉森今天第一次看到她的笑容，董嘉森觉得她笑起来真的很美。"我不需要担心安全——我是机器人。"董嘉森听到了这样的话。

"什么？！"董嘉森惊得张大了嘴巴。因为他们在图书馆，所以他还刻意压低了声音。

银意识到自己说漏了嘴："我当然是开玩笑的。"

"哈哈哈哈，你的脑洞真大，没想到你也有这么幽默的一面。"董嘉森很显然认为银是真的在开玩笑。

第十七章　不回头地走下去

不久之后，银再次去看望了桑杰。看着他被病痛折磨的样子，银却只能假装心情不错。同时，银也在想，大概真的没有机会把自己是机器人的秘密告诉他了。如果来生他们还会彼此相遇，那么她一定会告诉他。

“桑杰，最近有一场考试，你猜，我考得怎么样？”这是银问他的第一句话。

“我想想……”病床上的桑杰想了几秒钟，就说，“应该是年级第一名吧？”

“哈哈哈，你真聪明。”

“那当然，我一直这么聪明。”桑杰自恋地说。

“你太自恋了！不过，我在学校上课的时候，就会想到你在医院努力抗癌，我也要向你学习呢。”

“真的吗？很高兴你这么说——只要你想起我，不觉得难过就好。”桑杰的语气仍是不无幽默的。看着他的笑容，银感到轻松——因为自己带给了他久违的欢乐。

桑杰听银讲了学校的很多故事，关于同学们，关于老师。桑杰很认真地倾听，然后说道：“银，你也要多交一些朋友，要不然会很孤单，毕竟我在医院不能回去上学嘛。”

银就说：“嗯，我会的。你最近怎么样？刚才我一直在说我自己还有学校的事。”

桑杰苦笑一下：“你也看到了，情况有点儿糟糕嘛。不知道我父母怎么想的，他们还是坚持让我治疗。其实治疗过程很痛苦，而且确实已经花了太多钱，感觉没必要继续这样了——当然，银，我只是吐槽一下而已，我不会花你的钱。”

“你还是坚持下去吧，你若是走了……我也很不习惯的。”

桑杰看着她的眼睛：“我也想过这个问题，可能一开始你确实会有些不习惯吧，以后慢慢就没事了。”他的话锋一转，又说：“以前对你说不想让你来看我……我无非就是怕你会不习惯。”

银很努力地微笑一下：“我会很好的，你放心吧。”

桑杰也笑了，这次不是苦笑，而是发自内心的欣慰的笑：“好了，不说这些，影响你心情。我当然还是会坚持治病，不会放弃的，这个你也不要担心。咱们聊点儿别的，记得以前你说认识麦达教授，他还有什么有趣的发明吗？”

“嗯，他有一把特殊的汽车钥匙，可以改变汽车车身的颜色。当然，也不能改变太多——麦达的车子是银色的，可以变成银灰色或银白色；没办法变成黑色或红色。”银一边尽力让自己的描述有趣一点，一边想着，最近一直牵挂着桑杰，似乎很久没有和麦达见面了。不过，麦达也没怎么和自己联系，不知道他在忙什么，也许自己可以去找他聊聊天。

桑杰饶有兴致地说：“真有趣，他发明了许多东西。对了，银，你的猫猫怎么样？”

“Silver 很不错，还是很调皮，我给你看它的照片。”银从手机里找出 Silver 的照片，把手机放在桑杰面前。

银又说：“我还是希望你能好起来，也许什么地方会有新的疗法呢？”

“其实能尝试的方法，都已经试过了。”

银还是不肯放弃：“我想，就算你真的去世了，说不定哪天也能活过来。”

桑杰居然笑出声来：“你这么风趣，可以逗我开心一下。”

银很想说她不是在逗他开心，而是在表达她的愿望。

“你需要我做些什么？”银又问。

“没什么呢。”桑杰想一想，又说，“银，帮我倒杯水吧，我口渴了。”

“没问题！”银还是有些开心，毕竟自己可以为他做一点儿力所能及的事情。

银像从前那样给他倒了一杯温水。她有点纠结，要不要喂他喝水，毕竟他实在太虚弱了。但是，她又有些不好意思。

桑杰说：“你把杯子放在床边就好，一会儿我自己喝。”

银还是克服了一下内心的尴尬，拿了一只勺子，很温柔地把水一勺勺送到他口中。

有一滴热泪从桑杰眼角无声地滑落。银假装没注意到这一切。

又过了几天，银还是在想，到底怎样才能帮助桑杰呢？即使无法帮助他彻底战胜病魔，让他多活一些时日也很好啊。

很快到了周末，银照例去打工的那家餐厅端盘子。

那一天，银端着许多盘子走路，却也不觉得累——毕竟，她是机器人嘛。

那天的餐厅里播放着一首相当普通的流行歌曲，但银却觉得曲调犹如飞泉击打着石子，又如闪闪发光的钻石，真是欢快啊，与银此刻的处境形成强烈的对比。

她稳稳地走着，突然，她的身体失去控制，连人带盘子摔倒在地——“哗啦啦”，仿佛世界崩塌时的声音，她的脸淹没在碎片里。

银吓了一跳站起来，确认自己身上零件都还好好的。

然后她又看看惊呆了的顾客们，以及餐厅内的整体环境，一切也都好好的。

银不懂发生了什么，为什么会再一次出现这样的问题？难道是Silver实验室再次出了问题？不过，既然一切都还正常，她还是放下心来开始清扫散落一地的碎片。这时，她从众人中看到了一个关心的眼神，来自于一个在餐厅吃饭的陌生女孩。女孩的外表没有什么特别之处，但那张脸看起来很甜美，她的眼神很是温和安静。

女孩一边看着银，一边问：“你怎么了？”

“我没事。”银看着她甜美的脸，笑了笑。

此情此景，与她和桑杰的初次相遇是何其相似。

只是不知道还能不能再看到他关心的眼神了。

那女孩又同情地看看她：“要是老板知道，你就倒霉了。”

银心中忖度，自己赚的钱还够赔偿餐厅，还足够自己和Silver生活很长一段时间，但这份工作是丢定了。

那天午后下班的时候，银最后一次走出那家餐厅。她不记得自己是怎么走出餐厅大门的，只记得自己刚走出去没多久，就被一个陌生的小女生拦住：“你就是那位世界级物理竞赛冠军吧？”

银愣了一下，想否认，还没等她开口，那个小女生又说：“你可以给我签个名吗？太感谢啦！”

“不行，我没有带笔。”

“我这里有！”女生说着，想从书包里找本子和签字笔。

“那也不行，我没有心情。”银冷漠地说。

银想到桑杰的病情，想到自己摔碎了盘子，想到其他一些糟心事，这一切让她烦躁不已，充满了无力感。有几个瞬间她感到很疲惫，但她还是要不回头地走下去。

第十八章　争吵

银要去科大找麦达，自己莫名地在餐厅摔了一跤，并且因此丢了工作，她想，这与他脱不开干系。她要让他说清楚究竟发生了什么——

“教授，你今天在搞什么？！”银冲进 Silver 实验室，也不管实验室里还有许多人在工作，愤怒地质问麦达。

一些正在忙碌的学生惊愕地抬起头望着她。也许，实在没有几个人敢和麦教授这么说话吧。这个漂亮的高中女生是从哪里来的？怎么可以这样无礼？有人终于认出来，她就是诞生于 Silver 实验室的“银”。

“没有，只是今天电路出了些问题，现在已经恢复了。怎么，是不是给你造成了什么麻烦？”麦达一脸无辜而又很淡定地说。

“没什么麻烦的，只不过你让我摔了一跤——但是我不信你的话。”

“真的只是电路出了问题。今后我会多加注意。”

银不想再与他争论下去，多说无益，再说实验室还有很多人。她不顾其他人惊愕、探询的目光，转身打算离开。

就在这时，银忽然又看到麦达桌上摆放着几本医学书籍，忍不住眼前一亮。她又想起寒假自己在麦达家的书架上，也见过类似的书。也许他在研究癌症，也许他能想出什么好方法来帮助桑杰呢？她不确定麦达能不能帮到桑杰，很可能麦达也没什么办法——不过，她不希望只是听天由命。

当然，麦达可不是一个好说话的人，她该怎么办呢？

“你还有什么事？”也许因为忙着做实验，麦达有点儿不耐烦。

“教授，你今晚有安排吗？今天是星期天呢。”银换了一种语气，温柔地对他说。

“没有特别的安排，也许会早点回家休息，怎么了？”

“我想陪你吃晚饭，我可以给你做顿饭。”

麦达很吃惊，没有回答。银趁热打铁地说道：“那就这么定了，好吗？”

麦达实在觉得很意外，不过可能是因为要忙着做实验的缘故，他没有多想。他打开抽屉拿出家里的钥匙，递给银：“你如果愿意，就在我家做饭，等我晚一点儿回去。其实真的没有必要这么麻烦——我们可以在外面买点儿东西吃。”

“没有关系，做饭很容易的——你想吃什么？”银接过钥匙。

“都可以，你会做什么？只是不要做得太复杂。”

于是银买了菜，然后来到麦达的家开始下厨。她做了两个简单的家常菜：蘑菇炖鸡腿、番茄炒蛋，主食是米饭。银对自己的手艺还是很自信的。

晚上七点，麦达回到家。看着这个小女孩和桌上的饭菜，他的眼神里有一丝感动。他思考一下，似乎在认真组织语言，然后说：“你辛苦了，咱们一起吃吧。”

“我吃不吃东西无所谓的。”银笑笑，“教授，你来尝尝嘛，不知道做得怎么样。”

麦达还是坚持说：“一起吃好了，你也尝尝自己的手艺。”

银只好坐下来陪他吃饭，其实银完全没有心思吃。

麦达自己夹了点菜尝一尝，又夸赞她：“味道不错，我不知道你还会做饭，是怎么学的？”

“我之前在餐厅做兼职，看到别人做饭，就大概明白是怎么回事了。”

“在餐厅做兼职？”麦达有点不相信地看着她，“我给了你很多钱的。”

“我知道，教授，不过我更想靠自己，做独立女性嘛！”

听了银不失幽默的话语，麦达也微笑起来。他们很快吃完饭，银打算去收拾碗筷，麦达说：“你坐下，我们聊聊。一会儿等你回去了，我自己收拾就好。”

看来麦达今天心情真的不错，也许自己运气好，没准儿可以让他提出什么好方法来帮助桑杰呢。

麦达把银带到客厅，两个人在沙发上坐下来。银看着麦达的侧脸：“教授，你真的很帅哦！”

银一脸真诚地夸赞他，同时又很担心表现得太过火，让麦达看出破绽。

麦达似乎没看出什么，只是很淡定地说：“谢谢，你也很美。”

他说着那句“你也很美”的时候，那双理性、冷漠的眼睛里竟然流露出一点欣赏的笑意。银确实很漂亮，乌黑的长发，清澈的大眼睛，身材苗条，同时又有一张圆圆的娃娃脸。这张脸上绽放微笑的时候，仿佛从不知道人间烦恼。今天她把头发在脑后盘成一个很圆的发髻，穿着藕荷色的裙子，看起来就像一个小公主。麦达只觉她无忧无虑，根本不会想到小公主现在遇到了怎样的难题。

“教授，你家有没有酒？”银又问。

“没有，我不喝酒的，酒精不利于健康。”

银灵机一动：“看来你很注重健康啊。”

“那当然，我有空的时候也会去健身，毕竟长期辛苦做科研是很伤身体的。”

银面露遗憾：“我本想敬你一杯酒，感谢你把我创造得这么漂亮。你不喝酒，那就喝杯茶吧。”

麦达奇怪地看着她，可是又不明所以。他想说些什么，但终究什么都没说。

银给麦达倒上一杯清茶：“教授，我想，应该有很多女孩子喜欢你吧。”

麦达没有喝茶，他看着桌上的茶杯，再看看银，终于忍不住问：“你今天想要找我说什么？”

银没有回答，自顾自地说：“我想，她们一定很喜欢你。你是当今世界最优秀的科学家，人又很帅，看起来也很年轻。”

也许是类似的恭维听过很多，麦达并没有被银的赞美冲昏头脑，而是带点自嘲地说：“很年轻吗？我已经不年轻了，也许做科研使人看起来年轻吧。至于她们喜不喜欢我，那是她们的事，与我无关。”

银看着他，也许麦达确实已经不再年轻，头上的白发在灯光下显出银灰色，这倒是让他看起来有一种特别的气质。如果不是为了求他帮助桑杰，如果他们只是毫无目的地聊天，或许她也会发自内心地夸赞他吧。

银想了想，又说道：“哈哈，教授你简直太酷了！不过你啊，啧，真可惜，不谈恋爱简直是资源浪费。”

面对这样一个充满着青春活力而又古灵精怪的少女，即使她是一个机器人，一向不苟言笑的麦达教授也不禁被她感染。他看着女孩的眼睛，发自内心地笑了起来。他的笑容很少，笑起来的时候就显得更帅。也许银的话让麦达回想起了自己青涩的初恋，也许他在想，眼前的小姑娘真的幽默风趣，很可爱啊……他羡慕她拥有这样的青春，如果自己也能回到曾经的青葱岁月就好了。

不过，麦达毕竟是一个科学家、一个工科教授，他很快恢复了理性的思考：“你究竟有什么事情？”

面对麦达的追问，银一时之间竟有些慌乱，自己似乎真的不是他的对手。不过，她还是勉强平复心绪，有些结巴地说道：“我……今天就是想与你聊聊天。”

麦达不可置信地看着银，依然淡淡地说：“那好，恰巧我也有空，也可以再多了解你一点儿。”

银抓住时机问道：“教授，你每天都很忙吧，你最近在研究什么呢？”

“你不是真的想要知道吧？”麦达觉得银不会懂得自己的研究内容，

所以也没准备和她深入交流。

银继续恭维他：“教授，我很崇拜你，科大著名的教授有很多，但像你这样的优秀科学家恐怕没有多少，你的研究我虽然不懂，但我还是想听听嘛。”

麦达对银感到无可奈何：“我近期不仅做工科的研究，也在研究医学，我们实验室正在研究癌症的疗法，希望找一些新的疗法——说再多你也不懂，就这样吧。”

麦达真是一个理工科直男，虽然冷漠，但还是有问必答。银喜出望外，还是按捺住自己的情绪：“教授，原来你在研究癌症啊。我突然想起，我有一个朋友，很不幸患了癌症，医生说他已经没有多少时间了——教授，你看，你可不可以帮帮他？”

麦达不假思索地说：“我们的研究目前还不成熟，没有办法。”

麦达的拒绝虽然在银意料之中，但这一瞬间她还是感觉无比寒冷，就像被扔进了冰窖。

银努力地组织语言：“就当作是帮我一个忙嘛……”

她还想继续说下去，麦达打断了她：“不成熟的疗法，你让我怎么用在病人身上？”

“教授，试一试嘛，”银继续央求着，“他确实病得很重……”

麦达再一次打断了她：“银，这个忙我帮不了，你也不必再费口舌来说服我了。”

就这样，他们僵持了两三个小时，麦达始终没有妥协的意思。银看着他，发出了愤怒绝望的呐喊：

“麦达，我恨你。你见死不救，你说疗法没有成熟，我不信，你根本只是想难为我。总之，我恨你。”

麦达也被激怒，但依然没有完全失去风度，也许他只是想维持自己的人设而已。他看了看手表，极为不耐烦地说：“你已经浪费了我太多时间，我从未和任何人争论这么久。你回去吧，我不想和你多说什么。”

银并没有离开的意思，因为她还是没有说服麦达，她不能走。

麦达冷静下来，他非常疲惫，却依然态度坚定地说：“我帮不了你。刚才你说我见死不救，我们的疗法确实没有成熟，再说，我也不了解他的病情。”

银听到最后一句话，莫名地觉得事情出现了转机，她一定要努力抓住这个转机：“教授，我刚才只是太激动了，对不起，我年少无知，请你不要放在心上。你的意思是，只要你看到检查报告，了解他的病情，就会给他想办法，对吗？”

“对不起，我没这么说过。”麦达依然冷冷地说。看得出他还是非常生气，他似乎还想说些别的，然而他沉默了，也许是他也不知道该说什么吧。

他沉默地看着银，眼睛里除了愤怒，似乎还有一点忧伤，就像一只受伤的动物。也许是银刚才说了两次“我恨你”，真的刺伤了他，也许是他知道自己终究还是会让她失望。

银才不管这些，飞快地说：“那，我马上去医院问他拿检查报告，明天拿给教授你，可以吗？”

没等麦达作出任何回答，银就匆匆离开。

第十九章　漫长的告别

银冲进医院住院大楼，尽管时间已很晚，她不管不顾径直走进桑杰的病房。

桑杰安静地躺在床上。银注意到他还醒着，身上也没有插各种管子，他看起来甚至状态还不错，至少外表没有痛苦，这些都出乎银的意料。不过，他终究还是虚弱的。他艰难地转头看向银，有些惊讶，不知道银怎么会这么晚来看他。

银依然是很激动的，语速飞快：“桑杰，我有很重要的事对你说——你知道我认识麦达，我想把你的病例报告给他看看，他有好方法——我相信他！”

“不，不用麻烦了，银，谢谢你……你以前告诉我，麦达有点儿严厉，你去求他，一定会费很大力气吧。”

“不管怎么样，我已经说服他了。你相信我。”银说道，其实她心里也不太确定，自己究竟有没有说服麦达。但不管怎样，她希望拿到桑杰的病例报告。

“银，我不知道你和他说了什么，你真的辛苦了。但是我知道，不论什么方法，对我而言已经没有作用了，对不起，我要和你说再见了，也不能给你庆祝十七岁生日了。”

银忍着悲痛，说道：“桑杰，你要相信自己，再坚持一下，再坚持一下好吗？”

“其实我已经……尽最大努力坚持过了。同时，我也渐渐能够接受这个现实，与上帝和解了……”

银明白了，桑杰的生命已经不可挽回。这一刻，看着即将离开人世的桑杰，银竟突然想起去年她和桑杰一起在古镇旅行，自己找到了一片四叶草——

“听说，四叶草会带来好运。”银说，“那么我要用它祝你身体健康，学习进步。”

银看着病床上的桑杰，非常后悔地说：“我对不起你……假如我早一些想到去找麦达，也许你就会活下来。桑杰，对不起。”

桑杰很吃力地说：“银，你怎么会这样想呢？你陪着我度过了这段艰难的时间，我已经很满足了。该说对不起的人是我，我一直希望能够带给你快乐，结果却带给你这么多的痛苦和烦恼……”

“不，桑杰，我觉得认识你的每一天都很美好，不管有没有痛苦和烦恼。”银认真地看着桑杰的脸，也许是想要把他的容貌记下来。

“银，你在想什么？”桑杰问。

“我在想，我能为你做点什么。”

桑杰很感动，他想了想，说：“当然，你确实可以为我做一些什么。”

“我能做什么？我一定做到。”

桑杰看着银，缓慢而认真地说道：“银，我希望你不要哭，以后开开心心的，要幸福。”

“好……桑杰，我答应你，你放心吧。”银是机器人，不会有眼泪的。

听到银这样说，桑杰就很欣慰地笑了。他轻轻地抚摸着银的手，充满眷恋和不舍。

“银，我有一张 CD，名字叫《星空》，我让嘉森送给你……我也要去往星空了，以后我和你……会在那里重逢的……”

看着他脸上最灿烂的笑容，银不禁想起了宇宙间闪烁着的星光。

此时是寒冷的早春，但银仿佛看到一只蝴蝶安静地飞走了，它曾经亲吻过的那朵花儿也在微风中飘落——那是暮春时节最常见的景象了。

大概，它还能感受到空气中弥漫着的馥郁芬芳吧。

银觉得这半年就像一个梦，她与桑杰在梦中进行了一场漫长的告别。以前银在想，即使无法帮助桑杰彻底战胜病魔，那么如果可以让他多活一些时日也很好啊，因为她是爱桑杰的。

人类难以预知自己能活多久，但机器人银不一样。银又回忆起自己诞生的那一天，具有了自主意识的她，在实验室里安静地听着麦达和他助手的对话：

“教授，我们要设定机器人的寿命了。”

“九十九岁吧，这是系统允许我们设定的最大值。”

“教授，你确定吗？”

“九十九岁，我确定。”

也许，麦达也是爱她的吧？他在创造她的时候，不仅想拥有一个科研工具，也希望她尽可能久地活在这个世界上。

再过几十年，自己就能再次见到桑杰了。

银拨通了麦达的电话：“他今天早晨已经走了。我没有来得及拿到他的病例报告，还有许多事没有来得及……”

电话那头的麦达始终没有说话。银继续说：“如果没有其他事，就先这样吧。”然后挂断了电话。

那天清晨下着寒冷的小雨。银一个人看着窗外，看着清晨的雨幕。远处也有一条河流——银又回忆起去年桑杰带她去古镇玩的时候，当时他们需要踏着河中间的石块穿过那条河流，走到对岸去，桑杰就站在石块上保护着她。桑杰带银穿过了古镇的那条河流，也陪她走过了接近一年的时光河流。

只是以后接下来的河流，需要银自己去穿越了。

那天上午银没有去学校上课。她一个人呆坐在房间的地板上，什么都不想做。这时，猫咪Silver跑过来，像往常一样黏在她身上撒娇，银只好起身给它弄点吃的。Silver看到食物，“喵喵”地叫起来，很欢快地摇着胖尾巴。

中午时分，银收拾了一下书包和心情，向学校走去。

雨后放晴了，银一个人走在路上，努力抬起头看着灿烂而又凛冽的阳光。

还记得被阳光笼罩的感觉吗？透明的阳光不羁地照耀着，有如梦境一般，周遭的一切仿佛加上了七彩的滤镜。是的，夏天就要来了，眼前是最美丽的季节。

耀眼的太阳光下，银似乎看到一只轻盈蹁跹的蝴蝶。

往昔的一幕幕在她的脑海里交叠闪现……

再见了，蝴蝶。

银走进教室在自己的位置上坐下，在神游状态下听完了一节数学课。

课间休息的时候，韩子仪叫她：“外面有人找你。”

银有些恍惚地走出教室，原来是董嘉森。

董嘉森的眼睛有些红肿，他递给银一个浅蓝色的信封：“……我上次看望桑杰的时候，他让我在他走后把这个交给你。他说……你快要过十七岁生日了，这是他给你准备的生日礼物。”

银接过那个信封轻轻抚摸着，能感受到信封中有一些小东西。

银并没有立即打开：“这是什么？为什么要等他走后再交给我？”

董嘉森说：“桑杰没有说是什么东西，我当然也没有拆开看。我也不知道为什么他不想早一点把礼物送给你，我只能按他的要求来。”

“……他还对你说什么了吗？”银的声音很轻，很冷静。

“他只是和我闲聊了几句，其他什么都没有说。”董嘉森又说，“听说他去世之前陷入昏迷，走得很平静，没有痛苦，这对我们来说也是一种安慰吧——毕竟他生前已经遭受了太多折磨。”

“他生病的时候，你经常去看望他吗？”

“我很少去看望他——小桑其实很爱面子的，不愿意让我去看他，可能他更希望我们记住他健康的模样。我和他有时用微信联系，他会给我讲讲他的情况，他真的很顽强。”

董嘉森忽然又问一句：“你……还好吗？”

银对董嘉森点点头。这时上课铃响了，他们俩便各自回到教室。

放学之后，银回到家中，从书包里取出那个浅蓝色信封。

银的手有一丝颤抖。她的心里不仅有悲伤，竟然还有一丝兴奋——就像少女收到喜欢的男孩子写的情书的心情。

银拆开信封，首先映入眼帘的是一个CD盒子。

前不久桑杰对银提到过这件事，当时银从来没见过CD，毕竟人们早已不用这样古老的东西听音乐。也许这是一张来自过去的CD。

CD盒子拿在手里很轻盈，几乎毫无分量，只见盒子封面有两个字：星空。封面还有星空的图片——浓厚的黑夜里繁星璀璨，其中有一颗最明亮的星星，闪烁着夺目的光芒。

她放下CD，又在信封里发现了别的东西。

那是一张银行卡，旁边有一张纸条。银很快判断出纸条上是桑杰的字迹，但笔迹不像从前那样清秀，而是有些潦草，大概他花了很大力气才写下了这些字：

银：

这张卡里是我的零花钱，钱不多，留给你去买喜欢的东西。

银行卡的密码是：XXXXXX

桑杰

5月20日

第二十章　星空下的老房子

银给麦达打电话的那个早晨，麦达在电话里并没有说什么，但是他的内心也是不平静的。也许那个年轻男孩，对于银具有不同寻常的意义吧。麦达有些好奇，但是，似乎也无从了解更多的信息，他不知道银会不会原谅他。

不管怎么样，放下电话后，麦达很快就投入到紧张的科研工作中。他作出了一个决定：努力加快研究速度，使得癌症疗法早日成熟。

那天清晨下着寒冷的雨，到了午后，天空放晴了。夜幕降临时，天空是澄澈的，繁星点亮天际。晚上麦达很晚才回到家，准备休息的时候，推开窗子，满天璀璨的星辰有一种震撼人心的美。在C城，他很难见到这样的景象，于是他忍不住站在窗前凝视着这星空。

第二天清晨，他从梦境中醒过来。这个梦给自己留下的印象是如此鲜明而清晰，醒来的那一刻，他是平静的，甚至感到有一点遗憾，虽然梦中的感受并不尽是美好。

在梦里，他又一次回到了家乡的小镇，他曾经在那里长大。小镇的自然风景是美丽的，镇子依山而建，一条河流把小镇分为两部分。小镇的生活一向是寂寞、平淡、慢节奏的。早已长大的他漫步在小镇街头，走进一条安静的小巷……

小巷里空无一人，偶尔有几声犬吠。他很快穿过小巷走进一个院子，院子里有一个窄窄的通道，仅容一人通过，把这个不大的院落分成前后两个小院。也许，如今的他之所以认为院子不大，是因为他长高了，也见过了许多高楼大厦。在小孩子们的眼里，院子很大。

他来到前院，走入一栋小楼。楼道里见不到阳光，墙壁上挂着一盏小灯，昏暗的光线若有若无。但是，他心里并没有害怕的感觉，这里的一切，他是那样熟悉。

他上了二楼，由于灯光实在昏暗，每一步都小心翼翼。他终于推开了那道熟悉的铁门，走进去，又轻轻把门带上。

在梦里，他不是不知道自己早已搬了家，可是似乎总觉得在老房子里落下了什么东西，迫使他一次又一次在梦中回来寻找。

屋子里很破旧，由于长久无人居住，早已断电断水，墙壁上爬满了青苔。家里除了几件没带走的旧家具，也着实没有别的什么东西了。厨房与餐厅合二为一的那个房间里，窗子破了一个洞，傍晚的夜色漏了进来。他在这样的房间里走来走去却也不觉害怕，更不会嫌弃它的破旧。他看着破窗外的星空，反倒感受到一种温馨和忧伤的慰藉——自己终于又回来了。

麦达仿佛听到一个声音在告诉他，自己可以在这老房子里住一些时日。他很欣喜，同时又在想，还是找什么人来把这屋子修缮一下吧。

这时，他醒了。

虽然梦中的回忆是如此温馨而难忘，但终有醒来的那一刻。他从睡意中睁开眼睛，有些不舍。梦中的老房子，确实是他很久以前的家，只是某天父母各自搬走，留下他一个人在那里……

很多年前，他的父母就离异了，从小关心他的人只有他的奶奶。在他小时候，奶奶每个月总会给他一笔零用钱，让他买好吃的。不过，他从小就对科学感兴趣，他会把钱省下来，去买科学书籍或者买一些工具来做实验。

还记得小时候在课堂上，老师问大家：“你们的理想是什么？”

问到他，他就说：“我的理想是当一名科学家。”

面对同学们惊讶而又有些嘲讽的目光和窃窃私语，这个成绩优秀、性格沉默的少年没说什么。不过，他回到家中，会在日记本上写下自己想做的事情，记录下他探索这个世界的热情、那些想法的细节……

又过去了若干年，那年他十八岁，在大学里结识了一个很乖很可爱的女孩。那时他们俩都没有什么钱，生活清苦却很幸福。他已经找到自己的爱好——科研，有了她的陪伴，也让他感受到爱情的甜蜜。那时候家里的阳台雨天会漏水，他就和她一起动手修补。他在学校食堂只吃最便宜的青菜和米饭，为的是给她买一件漂亮的衣服。他希望有一天能给她更好的生活，希望有一天让她成为自己的妻子，可是后来，她也离开了他……

他不忍再回忆往事，而是转念想着自己在梦中是否还见到了什么美好的东西。哦，他还梦到了漫天灿烂的繁星，和自己睡前所见的景象并无二致——童年时代，他经常可以在小镇上看到这样安静美丽的星空，他经常和小伙伴们一起在星空下玩耍。他还梦到了银，那个漂亮而又倔强的小女孩……

他想着，也许自己真的是落下了什么东西，迫使他一次又一次在梦中回来寻找。

如今，他的奶奶已经九十多岁高龄，和自己的叔叔一起住在老家。父母早已各自组建新的家庭，他们的孩子们也早已长大成人。随着时间的流逝，他内心对父母的怨恨几乎消失了，虽然他们依旧联系很少，但父母还健康，也是他内心的安慰之一。他也早已在科研领域取得极高的地位，曾经的少年早已实现了自己的梦想。一切，似乎都刚刚好。

但在梦里，他常常回到曾经的那座老房子。梦里的他总是独自一个人，似乎梦中的意象在不断地提醒着他，自己曾经拥有那样一段孤独无助的岁月。麦达觉得逝去的岁月已经足够漫长，但是，自己究竟丢下了什么呢？

麦达拿起手机看看时间，现在是清晨五点半。他总是很早就醒来，今天也不例外。他终究是一个理性的科学家，很少思考这些似乎没什么现实意义的问题，只有在梦醒时分，他才会偶尔变成一个不那么现实的人。他穿好衣服走出卧室，然后去洗漱。

第二十一章　人间悲喜

阳光十分明亮，忽然有风吹来，桌上散落的草稿纸张被吹到地上，银弯下腰捡起来——这是一个平淡无奇的周末。

夏天确实来了，天气很热，家里很安静。偶尔听到Silver“喵”地叫一声，银不怎么管它。

桑杰走后一段时间，银每天的生活依旧波澜不惊，一如既往地上课、兼职、养猫。她的成绩还是稳居第一。她从那家餐厅离开，来到一家便利店工作，她再也没有意外摔倒过——或许之前真的是Silver实验室电路出了问题吧。

表面上看来，日子确实没太多变化，似乎没有人知道这个倔强女孩内心的伤痛，就连颜如雪也不例外。银看起来只是更加沉默了一点，但她的内心却发生了很大变化。银表面很忙碌，内心却是无限的空虚，仿佛被虫咬了一个洞。银总是有很多事要忙，却不知自己为什么要忙这些，她想起一个词：行尸走肉。

银有时闲下来，也会想起她看望桑杰的场景，想起他们的那些对话：

“……银，你陪着我度过了这段艰难的时间，我已经很满足了。”其实，银并没有觉得自己为他做了很多，因为桑杰也给予了自己无条件的包容和喜欢。在他们刚认识不久的时候，桑杰也曾陪着她，度过了那段并不算轻松的、备受排挤的校园生活。

银又想起桑杰看到董嘉森的情书时，以及他们一起聚餐，董嘉森坐在她身边和她聊天时，桑杰那似乎有点吃醋的样子。也许，桑杰在人生的最后时光里，是很羡慕董嘉森的。董嘉森在对银毫无了解的时候，就写了一封情书，大胆而热烈地向她表白。如果自己也曾在身体健康时这样向她表露过心迹该有多好，可惜啊，那些想说的话再也无法说出口了。

当然，这一切只是银的猜测，桑杰生前的一切所思所想，银已经无从得知。

桑杰的骨灰葬在哪里，她是不知道的。也许董嘉森知道吧，她也没有问。她有时很难接受桑杰离世的事实，告别的那一天来得太快了，她觉得只要她没有看到他的墓碑，那么桑杰就还活着，他只不过是去了一个很远的地方，暂时联系不到而已。有时候她能够接受这个事实，但是又觉得即使能去他的墓碑前看看，也没有什么用。

银会一边在家里写作业，一边和Silver一起听桑杰留给自己的那张CD。桑杰留给自己的那张银行卡，银放在抽屉里，她既没有花卡里的钱，也不知道里面究竟有多少钱。

Silver长大了很多，变得更加软萌可爱。银用打工赚的钱换来的小鱼干使它发胖，银觉得它要减肥了。银也会在周末带着猫咪，坐在桑杰曾经等待自己的那张长椅上晒太阳。

银会摸着Silver黑白相间的毛，然后拿出手机，一个人看着之前桑杰和她的微信聊天记录，以及很久之前那次班级秋游，颜如雪偷拍的她与桑杰的合影。那一刻，她和他不约而同地转头看向彼此，随后相视而笑，完全没有意识到颜如雪用相机悄悄拍下了他们的侧颜。感谢颜如雪的偷拍，留下了他们唯一的一张合影。那时班里并没有人知道银和桑杰悄悄喜欢彼此，即使面对颜如雪，银也否认了这一点，也许银和桑杰都是比较低调的人吧。

不知桑杰现在是否去了天堂，也许他在天堂已经远离病痛，过得很幸福了。也许他也会想念银吧。银有时会在晚上睡觉前打开窗子向外看看，努力寻找夜空中那颗最亮的星。也许桑杰已经变成了一颗星星，在天上继续保护着银。

银还是不想面对麦达，一方面她知道麦达其实没做错什么，对麦达心怀愧疚；另一方面，他那天晚上的态度依旧让她无法释怀。那个晚上之后，她再也没见过麦达。

在学校里，因学业成绩的出类拔萃、外表的漂亮可爱以及性格的沉默高冷，银受到许多女生的排斥。男孩子们暗恋她，女孩子们排斥她。不过从表面上看，她似乎从不在意这些。她似乎不会为其他男孩子动心，至少高中毕业之前不会。而那些排斥她的女生，哪一个能够达到她的高度？

有一天课间，银在走廊里听到两个邻班女生在说话：

“你知道吗？理科 1 班一个男生前段时间得了癌症走了。”

“真的吗？理科 1 班？那么他是物理天才银的同班同学。”

“嗯，不管怎样，简直太可惜了。”

然后她们俩又转换话题：

“嗨，听说你最喜欢的那个明星公开择偶标准了耶！”

“是吗？其实我不关注这些，我只喜欢他的歌。”

原来桑杰的死也仅仅只是她们的聊天话题之一。原来人间的悲喜情绪并不相通。

无论内心多么空虚，这人间多么荒唐古怪，日子还得一天天地过下去，这就是人生啊。

银只是冷冷地看她们一眼，然后就走开了。

这个时候，董嘉森出现在银面前，神采飞扬地对她打个招呼：“嗨，学霸美少女！”

银觉得似乎好久没有看见过他了，也许是因为自己不在意他吧。董嘉森今天看上去很高兴。

“你有什么事啊？”银没好气地说。

“今天晚上我和几个熟悉的朋友有个party，要不要一起去？你也是我的朋友嘛。”

银一开始想要拒绝，她和麦达一样，不喜欢处理复杂的人际关系。不过她转念一想，反正没什么事情，作业早已写完，晚上也不需要去打工，不如放松一下。她又想到天上的桑杰，他也希望他们都开心吧。耳边回响起桑杰的话语：

“以后我和你……会在那里重逢的，到时候还想听听你在地球上的故事。”

“银，希望你不要哭，以后开开心心的，要幸福。”

等到很久之后再次见到桑杰，那时的自己将会讲给他什么故事呢？

银望望董嘉森，点头同意：“好，那就一起去。”

第二十二章　若只如初见

这是银第一次走进 KTV，她感到很好奇。原本以为大家只是简单地唱歌放松一下，让她没想到的是，董嘉森喝了很多酒。他像银一样，什么都没有吃，他只是不停地喝着啤酒。银看看桌上的爆米花和水果拼盘，对董嘉森说：

“我看，你还是吃点什么吧！喝酒伤身体啊。”

董嘉森只是表情憔悴地说：“我失恋了。”

银吃了一惊，她只知道他有喜欢的人，但不知道他俩什么时候在一起的，更没想到他们俩这么快就分手了。

“银，你喝酒吗？”董嘉森又问。

“我不喝酒的，不过偶尔也确实想大醉一场。”

“真的吗？我都有点心疼你……”

银打断了他：“不要，我不需要你的同情。”

也许，美好的事情在前面吧。

朋友们点了许多歌曲，大多数都是摇滚乐或是伤感的情歌。董嘉森却和银一样，没有点歌也没有唱歌，不过，他并不甘寂寞。有朋友唱完一曲，董嘉森便兴奋地带头鼓掌，但下一个人演唱的时候，他又显得表情淡漠或是心事重重。有时候，他也会陶醉地随着音乐自顾自地摇头晃脑。银奇怪地看着他，没想到他竟有这样性格矛盾的一面。

有一个朋友点了首说唱歌曲，是一位姓桑的男歌手唱的。银很自然地想起了桑杰，只不过这个歌手的歌曲实在太喧嚣，桑杰一定不会喜欢。银想起桑杰带她去古镇，以及陪她去逛街的场景，她怀念那种安静的美丽……

桑杰，我想你了。

“今晚的歌曲怎么都是这样的，可以让他们找其他的风格吗？”银对身旁的董嘉森说。

董嘉森无所谓地耸耸肩：“他们开心就好，我也不好说什么的。”

那位朋友唱完了桑姓男歌手的歌曲，董嘉森再次带头鼓掌。下一位朋友找了一首情歌，董嘉森没再看他，而是打开一罐啤酒。

银趁着大家都没注意走出门去，打算悄悄离开。她不喜欢这样嘈杂混乱的场面。

走出门也没什么别的事做，银在街上一个人散步，不知走了多久，兜兜转转又折返回 KTV 门前，意外地看到了董嘉森。

他独自一人，泪流满面地摇晃着酒杯，努力把酒往嘴里灌，但他却突然想要松开手。

银一把抓住他的手：“千万不要砸啊！”

董嘉森居然还能认得出银，他含糊不清地说道：“他们……都回去了，我让他们回去……写作业。我想自己一个人……一个人待一会儿，我心里真的……真的好难受。”

银看着他失态的样子，一向坚强的她心里忽然有点害怕，不知道自己能不能应付眼前的局面。夜色越来越黑，下起了大雨，一扫白天的炎热，穿着白裙的少女孤单地站在雨中，感到寒冷而无助。她想溜走，不，她不能在这种时候把他一个人丢在这里。

一开始她只想嘲讽这个情圣，现在居然有一点心疼。也许，他的悲伤不仅是因为失恋，也是因为好友桑杰的离开吧。不同的是他可以酩酊大醉一场，银却只能默默消化悲伤。

也没有别的什么地方可以去，银把董嘉森搀扶回 KTV 大堂，让他坐在沙发上。大堂里的工作人员一脸嫌弃地看着他俩，银只好说：“我们是这里的客人，他喝多了。”

“你家人的联系方式是什么？”银问道。

可是董嘉森竟然已经倚靠在沙发上睡着了。

不知道过了多久，董嘉森在梦中不断地喊着“纯”，终于把自己喊醒了。睁开双眼，他看到了手中端着一杯温水的银，原来自己就倚靠在 KTV 大堂的沙发上。

“把水喝了。”银的声音依旧显得冰冷无情，“你很擅长为难人，我今天真的不知道怎么办才好。”

董嘉森很听话地喝下那杯水：“我错了，我真的错了……想不到，你这个有才华没温度的人，也……也挺会关心人的嘛。”

银没有接他的话，忽然想起什么，八卦地问：“对了，纯是谁？”

“这个问题不想说了。总之她一点都不温柔，不像你这么温柔。”

“嘉森，你醉了。”银无奈地叹一口气，“我对你温柔，只说明我和你不够熟。其实有时我是喜欢正面刚的。”也许她是在形容自己和麦达沟通的情景吧。

“不管怎么说，假如我以后能有你这样的女朋友，那我太……太幸福了。”

“嘉森，你醉了，你真的醉了。”银递给他一个橘子醒酒，“你可以和世界上任何一个可爱美丽优秀的女孩子谈恋爱……但不是我。”

董嘉森愣住，似乎从酒意中清醒过来，这句话确实对他造成了一些打击，但他表现得还是很客气，只不过因为喝酒的缘故，仍是有些口齿不清：

“银，我的话你不要放在心上，我们是好朋友……好朋友嘛，所以我……我就与你无话不谈。我考虑……我要好好读书，考上好的大学，我不……我不谈恋爱，万花丛中过……片叶不沾身。”

银哭笑不得地看着他。

那天深夜董嘉森酒醒后，坚持要把银送到她住的小区楼下，银只好答应。

他们俩打了一辆出租车。雨也停了，汽车在安静的深夜里疾驰着，两个人都没有说话。过了两三分钟，董嘉森开口了，他开口说话后，就似乎没有停下来的意思。他要和银谈的是“纯”，他的前女友——

“她是我们班的同学。我和她在一起并没有太久，一开始我觉得她很在意我，和她在一起真是甜蜜而又美好。”

“前段时间，因为你我都知道的原因……我的心情非常难过，所以我和她……每天找理由吵架。”

他继续说道：“然后，她竟和我分手了，也许……她并不在乎我。人生……人生若只如初见，那该多好啊！”

银不知道该说什么好，想了想，说：“为什么要这样做呢？你本该好好对待她。”

“我多羡慕你啊。”这是银想说却未能说出口的话。

银一推开家门，Silver 就扑了上来。

银直接坐在了地上。Silver 在她怀里，用毛茸茸的脑袋蹭她的衣服。银前两天给 Silver 买了好吃的猫罐头，所以 Silver 很快乐。Silver 一天没有见到银了，很想念她。

银摸着 Silver 的脑袋，对着它喃喃地说：“我多羡慕你啊。”

Silver 什么都不明白，只是在银的怀里“喵喵”地叫着。银羡慕它什么都不明白。

第二十三章　宇宙奇旅

有一个周末，银写完了作业，打开电视，和 Silver 一起看。在电视上，银看到了浩瀚无垠的神秘宇宙，以及美丽的星空。

银就对 Silver 说：“看，星星。”

Silver 对着屏幕上的星空，嘴角上扬，“喵”地叫一声，似乎也很喜欢这些星星。

银终于知道，世界级物理竞赛的那笔奖金可以用来做什么了。

她渴望到宇宙去旅行，她渴望暂时逃离令她烦恼的尘嚣。现在人们如果想要去宇宙，只要买两张往返的太空车票就可以。而银是一个机器人，她甚至不需要穿厚重的航天服，就可以像身居地球那样轻盈无忧地在太空中漫步。

银走进洗手间，看着镜子里的自己，忽然觉得开心，于是一个人笑出了声。桑杰走后，她很少有真正开心的时候。

银计划去宇宙好好遨游一番。她向班主任请了两周的假，她一直学习成绩很好，班主任并没有什么意见。当然她也向自己做兼职的便利店请了假，对于老板而言，临时换一个员工虽然有点麻烦，但银平时工作态度认真而且效率奇高，所以老板也同意了。

眼下还有一个烦恼就是猫咪 Silver，可以把它交给颜如雪，请她帮忙照顾两周应该不成问题……

银很快搞定这些事，然后就准备出发去宇宙啦。

Silver 被送到颜如雪那里了。自己这么快就搞定了这一切，银一个人待在家中，感到一阵轻松。但很快，她又有点失落——也许就算自己消失一年，也不会有更多人会觉得缺了自己不行。

不管怎么说，先享受眼下这场旅行吧，相信这一切终将变成美好的回忆。

银和许多乘客一起，乘坐太空飞车去往宇宙。

他们穿过对流层，来到了平流层中。

这里虽然寒冷，但阳光非常灿烂，金色的光芒如雨水般倾泻在她身上。太空飞车穿过一片片如羽毛柔纱般轻盈的白云，银对着天空遥远的蓝色招招手……

银忽然想起桑杰，想起他的话："以后我和你……会在那里重逢的，到时候还想听听你在地球上的故事。"

银并不相信自己真的会在宇宙中见到桑杰。不过此时她也在想，假如真的见到他，那么她一定会讲讲自己最近的生活，以及从地球到宇宙这段路上所见的美景。

太空飞车停下来了。

银终于正式出舱开始了自己的宇宙之旅。此刻她是彻彻底底的一个人，并没有同伴。不过，她并不孤独。

银所见到的宇宙是温柔的蓝黑色，辽阔无际，望不到尽头，只有那些星星，闪烁着或冷清或耀眼的光芒。

有一颗明亮的星闪耀着银色的光芒，照亮了周围黑暗的寂寞，使银想起钻石这种东西。据说，很多情侣结婚时，男孩会给心爱的女孩戴上一枚钻石戒指——银不明白自己为什么忽然想起这些。

不同的星星有着不同的颜色，它们调皮地眨着眼，像是舞者裙裾上飞扬的亮片。

大片大片的星云，给人以梦幻的感觉，恍若仙境。

如果有天堂，是否如这般模样？

在地球上仰望无垠的夜空时，许多人总会慨叹人类的渺小。

当一个人身处宇宙，心也会变得像宇宙一样宽广吗？

宇宙中太宁静了，宁静得听不到一点声音。与此同时，宇宙中形形色色的爆炸很喧闹。银远远地看着恒星爆炸或消亡，如地球上的花开花落。

遨游在宇宙间，银回忆了很多，想起她诞生的那年夏天——那是一个盛夏黄昏，六月末的夕阳斜斜地透过窗照进来，天地都被镀上一层梦幻般的玫瑰金，Silver 实验室也不例外……算起来，银被麦达创造出来，已经有接近一年的时间了。

不过现在，她和麦达没有联系了。桑杰是爱她的男孩，桑杰也离开地球来到了宇宙中。短短一年时间，银却已经历太多。

银也想起学校里的班主任和朋友们，想起韩子仪和颜如雪，还有其他许多人。她也想起了 Silver，不知道那只胖猫现在怎么样了。当然，她还回忆起 C 城，那座经济发达又充满人情味的、风景美丽的大城市，那是她诞生、求学的地方，也是她遇到桑杰的地方。

也许自己消失得再久一点，也会有人想念我吧。

宇宙的风光已经看够。也许，我该回去了吧。

银独自行走着，前往太空车站，再等一会儿，就会有一辆车接她与其他乘客返回地球。

“银，你怎么会在这里？”一个久违的声音打破了宁静……

真的是他吗？！银下意识地环顾四周，四周依旧是温柔的蓝黑色，空无一人。“……桑杰，你在哪里？”

“我就在你的面前。你为什么来到了这里？”

“我只是来玩的，现在我很孤单，想回地球了……哦，我想我不是一个有勇气的人。”

“不，你很勇敢。我一直很想念你，看起来你过得还不错吧？”银依旧看不到他，只能听见他的声音。

银对桑杰说：“嗯，我还好……还记得我和你说的癌症疗法的事情吗？麦达和他的团队在研究癌症的最新疗法，也许快要成熟了吧，那样就可以挽救很多人的生命了。”

“是吗？那真的是太好了，我很高兴。”

“可惜的是，你离开得太早了。”

“放心吧，我现在也还不错，没有病痛的折磨。”

“那太好了！”银看着远处，只见一辆车缓缓驶入太空车站，“桑杰，我要乘车回地球去了。”

“好的，银，希望你以后找到爱你的另一半，也希望你……把我忘掉吧。”

银说：“桑杰，我会找到那个他的。不过，我不会把你忘掉。”

“这样啊……那也好，那就把我放在你心里吧！”银从桑杰的声音判断出，他似乎在望着自己微笑。

于是银对着眼前温柔的蓝黑色虚空挥手作别：“再见！”然后她就踏上太空飞车，飞车载着银和其他乘客，向着地球的方向行进……

在返程的路上，银再也无心欣赏美景，她一遍遍回想着刚才的场景，几句平淡无奇的对话显得那样弥足珍贵，她要把这一切铭记在自己的心里。蓦然，一个问题跳了出来：刚才与桑杰的对话，究竟是不是自己的幻觉？

银想起学校里的语文课上，老师教的一首诗：

锦瑟无端五十弦，一弦一柱思华年。
庄生晓梦迷蝴蝶，望帝春心托杜鹃。
沧海月明珠有泪，蓝田日暖玉生烟。
此情可待成追忆，只是当时已惘然。

第二十四章　重返地球

科大 Silver 实验室。麦达和他的团队成员们最近非常忙碌——他们要继续完善癌症的最新疗法。

麦达是最忙碌的，他争分夺秒地做研究，几乎忘记了身体的疲惫。毕竟，这项研究很重要。

他和银几乎没有联系过——经历了那件事之后，他不知道该和她说什么。更重要的是，他实在太忙了，经常废寝忘食地工作，更没有时间和她见面。不过，他偶尔也会关注实验室电路的信号，猜测她在哪里。

一连很多天，麦达竟然完全无法捕捉到银的电路信号，他试着给银打电话，也没有接通。他感到很奇怪，于是给物理学家彼得打了一个电话。

彼得今年六十多岁，是麦达为数不多的朋友之一。当然麦达比他年轻很多，他俩算得上是忘年交，彼得喜欢叫他“小麦”。麦达一时失误创造出具有人格的机器人“银”的事，除了几个学生之外，也只有彼得知道。

彼得听了麦达的话，就说：“也许银去了很远的地方——也许她已经不在地球上，而在某个遥远的宇宙空间里。”

“怎么会这样？她不会回来了吗？”麦达问出这个问题的时候，大脑有点空白，并没有什么特别的情绪，只是感觉到靠近心脏的位置有鲜明强烈的疼痛。

电话那头的彼得说：“小麦，我没有说她不会回来——认识你这么久了，感觉你很少表现得这么激动。没想到你这么在乎她，她只是你创造的机器人嘛。”

麦达尽力让自己的语气平静一点：“我只是想知道她在哪里。”

“这么说来，你确实很久没和她联系过了，但是你又很关心她——这是怎么一回事呢？”

“事情很复杂，以后有机会再和你说吧。我不知道该和她说什么，我也不喜欢处理复杂的事情——除了科学实验。”

“这样啊。”彼得笑起来，“也许银只是想暂时换个地方生活，或者去了什么地方玩耍，玩腻了就会回来的，毕竟她还是个小女孩嘛。你再试着给她打个电话吧，如果她还在地球上，而且手机有信号，那么她就会接到你的电话吧。”

于是，银回到地球上的那个下午，接到了麦达的电话。

“银，你在哪里？”

银听到麦达这样问候她，还是觉得很温暖。

不过，她只是含糊地回答：“我出去玩了一段时间，现在打算回学校了。”

电话那头是短暂的沉默，然后银又听到麦达说：“我最近很忙，所以一直没有和你见面。”

麦达没有问银任何问题，所以银也就没有说话。

又是一阵短暂的沉默，麦达接着说：“不过还是保持联系吧……你也可以来找我的。”

银很感动，又莫名地有点儿难过。

不过，她并没有去和他见面。再后来有一次，是一个星期五下午放学的时候，银再次接到了麦达的电话：

“银，你在哪里？”

“我在学校。”

“好的。我没什么事情。”

“没什么事情，那就这样吧。”银想了想，又问，“你最近怎么样呢？”

“嗯，我还好。”

很多年之后，银回忆起往事，发现自己在那段时间里，没有主动给他打过电话。

在回到地球之前，银决定回去之后拜访物理学家彼得——她曾经从麦达那里听说过彼得的名字。她没有其他目的，只是希望彼得可以解答自己的问题：在宇宙中，自己和桑杰的对话，究竟是不是一场幻觉？

彼得想必是很忙的吧，不过，自己好歹也是世界级物理竞赛冠军，也许他会有兴趣与自己聊聊。

银通过邮件与彼得联系，简单介绍了一下自己——当然并没有告诉他，自己是个机器人。

彼得似乎对银很有兴趣，很快回信，两人约在一个阳光明媚的下午见面。

彼得的家位于郊外，屋子里布置得很温馨。他看起来约莫六十多岁，身材微胖，精神很好，戴一副老花镜，是一个慈祥的老大爷。面对银这个还在读高中的小姑娘，他并没有摆什么架子。他的妻子还给银倒了一杯热咖啡。

银原本猜测彼得是一个有点威严的老人，没想到是这样的平易近人。她首先开口对彼得谈了谈自己对物理学的一些理解，然后想把自己在宇宙中的经历讲给他。可是还没等她提及那段宇宙之旅，彼得就赞许地竖起了大拇指：

“小姑娘，你真的很棒。也许若干年之后，我们可以有什么机会合作。不过我想问一句，你是怎么知道我的？”

“彼得教授，我认识科学家麦达，他曾经和我提起过您。”

彼得思考良久，然后说道："小姑娘，你很像他。"

"教授，您说什么？"银听到这句有点莫名其妙的话，感觉很惊讶，不知如何回答是好。

"是的，你很像他。不管是头脑还是性格。你和他是什么关系，方便聊一下吗？"

"其实我本来是不方便的，不过我感觉您很和蔼可信，所以我可以告诉您。"银说。银在心里想，自己可没兴趣谈论麦达，尤其此时此刻，她急于从彼得那里寻找到答案。但她还是要回答这个问题。

彼得笑了："你们说话的方式也很像，都比较直接。"

"我并不总是这么直接的。其实，我是麦达研制出的机器人。"

彼得听了，表情有些惊讶，不过很快恢复了平静："啊，原来如此。他是我的好朋友，他曾经和我说，他研制了一个机器人，是一个十六岁的女生，没想到她具有人的思想情感。原来就是你，难怪你和他很像。"

"对，就是这样。不过，我不认为我和他像，他还说我是他的错误。"

彼得安慰着银："我说你像他，也是对你的夸奖，事实上，很少有人能得到这样的夸奖。其实，麦达还是很棒的，他很年轻，却已经取得了很多人一辈子难以企及的成就。"

银不置可否："很年轻吗？他都多大岁数了？教授，我和他交流有点儿困难。而我见到您，就觉得您很亲切。"

"他今年三十六岁，快三十七岁了，我们喜欢叫他'小麦'，因为他年轻吧。"

银忍不住笑起来："你们是这样称呼他的啊。"她转念又一想，麦达这样一个人，或许曾经想过要像武侠小说里的大神一样不问世事、孤独终老，不过也还是踏入了江湖，并取得了极高的地位。

彼得也笑，他喝了一口咖啡，又说："我知道，他大概对你有点儿冷淡，不过，其实他是很在意你的。"

银并没有说话。

彼得又说："如果有可能，你还是多陪麦达说说话吧。其实麦达很孤独，除了工作之外，也没什么人可以和他聊天……"

"他的家人在哪里？"

彼得犹豫了一下："麦达很小的时候，他父母就离异了，后来各自都有了新的家庭，也很少和他联系。其他的，我也不太了解。他性格比较内向，自尊心也非常强，可能这也和他早年的经历有关系吧。"

银沉默了，她现在才明白，也许年轻时的麦达像自己一样，也曾体验过苦涩的人生吧。

她又想到麦达经常废寝忘食地工作，虽然还很年轻，却有了许多白发。已经很久没见过麦达了，银突然有点想他。银手握着咖啡杯，忽然想起一些细碎的细节——

想起他给自己起的名字"麦甜"。也许麦达在高冷的外表下，也隐藏着热烈、温馨的情感，就像她曾经在郊外见过的一望无际的麦田，清风吹拂下是飒飒金色的波浪。

想起自己从宇宙回来之后，麦达给自己打电话，问："银，你在哪里？"

还想起寒假的时候，有一天她要去找颜如雪玩，麦达恰好开车和她偶遇，于是提出载她去。她坐上他那辆银色汽车的副驾驶位，一路上两个人也很少说话。等红灯的时候，麦达看着道路两边花树上盛放的花朵，忽然说道："现在梅花开得很好，再过一段时间，春天就要来了，到时候有桃花、杏花、辛夷花……"

不过，她还是更关心桑杰的事情，于是她把宇宙中发生的一切讲给了彼得教授，并问他这一切是不是真的。

"小女孩，我也不知道，我从未听说过类似的事情，这也不属于我的研究范围。"

听了这话，银震惊而又失望。

虽然她没有说什么，但彼得注意到了她表情的变化。他接着说：“我想，最大的可能是，你当时在宇宙里太孤单，同时太空环境和地球很不一样，所以产生了错觉。”

“我明白了，谢谢您，教授。”

“不用谢，没有帮到你。你今天的这个问题，也可以去问问麦达。”

银觉得彼得确实很有亲和力，于是她半开玩笑地说：“教授，我都猜得到他的回答。他会对我说，你要相信科学，不要想这些有的没的。”

两个人都笑了起来。

第二十五章　生日快乐

不久后，银重返学校。虽然她对学校的很多事情依然不满意，但回到校园后，她心里的孤独感才烟消云散。

只有几个朋友知道她是出去玩了，却不知道她具体去了什么地方。

“银，你回来了！”那天课间在走廊里，董嘉森同银打招呼。

“是的，嘉森，好久不见。”

那次董嘉森在KTV醉酒之后，银一度担心他再次追求自己这个“有才华，没温度”的女孩，不过他并没有这么做。现在她想，也许可以和他成为好朋友，毕竟自己有时实在寂寞。当然，仅仅是单纯的好朋友。毕竟，董嘉森也是桑杰的好朋友，桑杰离开这个世界之前，曾让董嘉森把装着《星空》CD的信封交到银的手中。

那张CD很好听呢。

银在学校里乖乖待了很长一段时间。她参加了学校的考试，成绩一如既往地出类拔萃，稳居理科班第一。面对同学们的称赞，银并没有任何惊喜——毕竟麦达预设了这样的程序，让她成为一个天才少女，所以她的才华似乎也没什么值得骄傲的。

但是，她的人格和感情是她自己的，这也就是银可以成为“人”的原因所在。

当然，她一直没见过麦达。银最想知道，麦达团队对癌症疗法的研究进展到什么地步了。银上网去搜，却一无所获。

银的十七岁生日就要到了——这是银来到地球的第一个生日。去年秋天在校园里，桑杰问银的生日是哪一天，也许那时的他也想给银庆祝十七岁生日。但可惜啊，生日这一天没有他陪着自己了。

银打开抽屉，看着桑杰提前送给自己的生日礼物：CD和一张银行卡。

银找到颜如雪和董嘉森："后天是星期六，也是我的生日，我想请你们吃饭。"颜如雪和董嘉森欣然同意了。

银选择的饭店，正是几个月前桑杰和一群朋友聚餐的那一家饭店。银没有点菜，而是让颜如雪和董嘉森来点。等待上菜的时候，颜如雪说："嘉森，现在咱们把蛋糕打开吧！"

颜如雪和董嘉森提前给银订了一个生日蛋糕，并将蛋糕带到饭店。他们俩拆开蛋糕盒子的那一刻，银也露出惊喜的笑容——那是一个很漂亮的水果蛋糕，上面有白心火龙果、红色的樱桃、碧绿的提子……蛋糕上用草莓果酱写着几个字：生日快乐。

颜如雪很小心地在蛋糕上插上蜡烛，董嘉森向服务员借来一个打火机，点亮了生日蜡烛。颜如雪开心地说："银，你许个愿吧！"

银笑得很开心，但内心依旧是无限寂寞。她不想影响他们俩的心情，于是面向蛋糕，闭上眼睛。其实，银并没有许愿，她也不知道可以许下什么愿望。

银睁开眼睛，和两个朋友一起吹灭了蜡烛。

过了一会儿，一位女服务员把饭菜端了上来，董嘉森顺便把打火机还给她。颜如雪和董嘉森点的是宫保鸡丁、清炒时蔬一类的家常菜，可能他们不想让银花太多钱。

三个朋友在一起开心地边吃边聊，他们三人都没有提到桑杰的名字。

银借口去洗手间，她走到摆放在饭店门前的那张空桌子旁，一个人坐下。

她想起春天他们聚餐那天，桑杰在这张桌子旁坐下休息，银也曾来到这里找他。

“一会吃完饭，我想在附近走走，你愿意和我一起吗？”那天桑杰曾这样说。那天下午，他第一次牵了自己的手……

银一个人看着来往的车辆和人群。此刻，有风吹过。

银很快站起身，回到颜如雪和董嘉森那里，和他们继续聊天，就像什么都没有发生。他们吃完饭，银就去结了账。

“咱们要不要一起去公园？”颜如雪提议道。

“我觉得可以！”董嘉森说。

于是他们三人来到了不远处的公园玩耍，还拍了很多照片。董嘉森给银和颜如雪拍了几张照片，他们还在湖边请路人为他们拍了一张三人合影。

他们在公园里走着走着，看到一个小房子，门前有一块牌子：智能时光机器。

银想到，自己也是一个机器。她很好奇，就想进去看看。

“银，这里没什么好玩的吧。”颜如雪说。

董嘉森却说：“我有兴趣，我陪她去看看。”于是董嘉森陪银走进那个小房子，颜如雪在门前等着他俩。

房子里确实有一台机器。银向机器里投入硬币，屏幕上就出现一些指示，问银是否想要重现过去的某一天，或是看看未来是什么样子。

银想了想：“我想看看十年后的一天。”

机器说话了：“十年后的你会变得很成功，成为一个优秀的科学家。”

银摇了摇头：“这机器，只会说好听的话取悦顾客。”

董嘉森笑笑：“不管它，再听听呢？”

机器说话了：“有一个呵护你的男生，会和你结为伴侣。”

银对着那台机器，问道：“他是谁？”

机器回答说：“不是眼前的这位先生。”

董嘉森站在机器面前，有些尴尬地笑了笑。银看着时光机器，有点发呆。她相信时光机器的每一句话，同时她也想知道，十年后陪伴在自己身边的人究竟会是谁。只不过，那机器不再开口说话了。

此时此刻，她真的很想念桑杰，十年之后，自己应该也不会忘记他吧。银还是呆呆地看着时光机器，眼神黯淡下去。董嘉森就这样默默地站在旁边看着她。

银转过头看着董嘉森：“你要不要给它投币，看看未来自己的样子呢？”

董嘉森笑着说道：“还是保持神秘感比较好。”于是他们就走出了小房子。

等在门前的颜如雪问：“你们觉得时光机器好玩吗？”

银说：“不好玩。”

三个好朋友还去体验了过山车、激流勇进之类的游乐项目，也一起去坐了摩天轮。摩天轮很快抵达最高处，银饶有兴致地俯瞰着城市的风景，她觉得这一切都十分新奇，她来到地球只有一年，这是她第一次体验这些游乐项目。

走出公园后，几个小伙伴们准备回家了。董嘉森和银可以顺路同行一段，而颜如雪则要去往不同的方向，她与他俩挥手道别。

“今天很开心，星期一再见哦！”银对她说。

只剩董嘉森和银两个人的时候，董嘉森就提起了刚才的事情，语气依旧十分自然：“银，刚才在公园里，那个时光机器给你说了几句话，还是很有趣的嘛。”

银望着董嘉森，只是点点头。

董嘉森又说：“我看你站在那里，是不是想了很多事情？”

银愣了一下，也许董嘉森看出了她的心事吧。银还是点了点头，也许是因为她此时心情还不错，所以觉得无需隐瞒太多自己的想法。

不过，董嘉森并没有问银都想了些什么，他只是说道："那台机器说，十年之后会有一个呵护你的男生和你结为伴侣，我很高兴，不管未来那个他是谁，我都很高兴。"

"嘉森，谢谢你。"银很少被董嘉森感动，似乎这是第一次。

傍晚时分，银回到家，她接到了麦达的电话。银很好奇，他今天有什么事。

麦达的第一句话依然是："银，你在哪里？"

"我在家里。"

"今天是你的第一个生日，我想，应该祝你生日快乐。"麦达的语气似乎有点不好意思，也许他不善于表露这样温馨的情感。

银握着手机，突然想掉眼泪，但她是没有眼泪的。

"银，你今天在做什么呢？"麦达听银一直没说话，又问。

银平复了一下激动的心情，用尽量平淡的声音说道："今天我和两个朋友在一起，一个女生名叫颜如雪，还有一个男生名叫董嘉森，他们俩给我过生日。我们一起吃了午饭，还去了公园，公园里有许多游乐设施，我第一次玩，公园里面还有一台时光机器。"

也许因为过生日，银的心情确实比较好，银和麦达也聊得比较多，甚至还说出了一些没有和朋友说过的话。当然，她没有告诉麦达，时光机器都说了些什么。

"我觉得如雪喜欢嘉森，这只是我的感觉而已。不过嘉森以前说他喜欢我。"

麦达在电话那头笑了起来，也许他觉得小女生的世界很单纯很可爱："那，你喜欢他吗？"

"我当然不喜欢他。"银又问，"教授你呢，还是很忙吗？"

"当然啊，基本每天都在实验室，最近在做比较重要的事情。你也一直没有来找我。”银听得出他很明显有一点失落。

银想说，其实自己也想念他了，但是又不知道该怎么开口。

麦达考虑了一下，又说：“等我把事情忙完，我们见一面吧。关于癌症疗法的研究，我也想和你聊聊，等我和你联系吧。”

银说：“好的。”

“教授，今天你有没有做什么特别的事情？”即将结束通话时，银问道。

“没有什么特别的事情。其实今天也是我的三十七岁生日。”说到自己的生日，麦达的声音很轻，电话那头的他，似乎在不好意思地微笑着。银感觉他就像一个单纯的少年，同时她也很意外——原来麦达是在三十六岁生日那天创造了自己。

“真的啊？！也祝教授生日快乐呀，有没有吃蛋糕呢？”

麦达还是笑：“没有啊，今天很忙的，我没有告诉别人。”

“如雪和嘉森送给我一个蛋糕——被我们‘消灭’了。早知道可以留给你一块。”

“没关系，我这个年纪也不爱吃蛋糕。”

第二十六章　明媚假日

学校放暑假的这一天，银和董嘉森两人在学校附近的一个广场散步闲谈。广场并不大，却也别具特色，有绿树、喷泉、长椅和白色的鸽子。今天的天气确实非常不错，虽然 C 城是一座多雨的城，但到了夏天，阳光也不吝挥洒它的热情。

银和董嘉森聊了聊学校文科班和理科班的故事，当然主要是董嘉森在说，银在听。董嘉森说道："银，你现在变得沉默很多。"

"没有吧，我以前也不太爱说话。"银否认道。

"是不是想念桑杰呢？"

银有点儿吃惊，没想到他会说出这句话，她继续否认："怎么会？不是这样的。"

董嘉森说："其实，一开始我也不知道。但是后来我慢慢能看出这个秘密，他很喜欢你，你也喜欢他。"

银吓了一跳，虽然董嘉森情商很高，善于察言观色，看出这个秘密也不算一件难事，但她此刻也很好奇，董嘉森是怎样知道的。

董嘉森接着又说："不是桑杰告诉我的，只是我的感觉而已。桑杰确实很好，他是个很温柔的人，总是为别人考虑，从我认识他一直到他人生的最后时刻都是如此。总之，他是一个……值得你想念的人。"

银听到这些，又感觉心里很疼。

董嘉森又说："银，我想说的是，你没必要总是这样压抑自己，难过的时候可以说出来。"

"也许以后，我想听你讲讲桑杰的故事。可是现在，我什么都不想说。"银倔强地说。

董嘉森有点无奈地笑了笑。此时，他竟有些羡慕那个已经不在人世的男孩子——之前桑杰在学校里似乎很普通，不像董嘉森这样有存在感，可是桑杰在认识董嘉森的第一天，就抢走了他的进球机会，后来又抢走了这个美丽女孩的心。

董嘉森只好转换话题："银，你最喜欢的是物理，以后读大学会不会选物理专业呢？"

"我想我也许会吧。"

"你不会是以后想当科学家吧？你有这个潜质的。"

科学家？银想起了麦达，不管怎么说，她确实有点想念他了。银说："我没有想过这些，你呢？"

"我打算学英语专业，我的理想是做一名口译。"

"你的理想也很棒啊！"银又幽默地说，"据说英文系的美女很多哦。"

"不，我没考虑这个，现在我只想考一个好大学。你很优秀，我看，你很适合报考科大！至于我，也要认真努力，如果我们大学还能做同学，那就太好了！"

银听到"科大"，不禁沉默了。董嘉森不明所以地看着她："怎么了？美少女，不想和我继续做同学吗？"

银被他的话逗乐了："嘉森，你怎么会这样想呢？和你做同学我很开心。"

董嘉森如释重负地说："那好，我们一起加油吧。"他又小心地加上一句："以后我想和你去摘草莓，作为朋友。"

银只是笑笑不说话。她望着董嘉森阳光下的侧脸，总之，这个明媚的日子里一切都很美好。她的心里虽然还是有一些忧伤和遗憾，但此时此刻，似乎也可以把这些情绪暂时抛在脑后了。

他们就这样坐在沐浴着阳光的长椅上，无拘无束地享受着自由的假日。他们不再说话，而是安静地看风景。只见远处一位妙龄女子款款走来，她身材高挑、容貌秀美，留着披肩长发，穿着一条棕色长裙，显得温婉而优雅。

“那是我姐姐，是不是很漂亮？”董嘉森热情地向银介绍。

董嘉森的姐姐走了过来。银仔细看她，确实和董嘉森有几分相像，姐弟俩颜值都很高。她微笑着对他俩打招呼，然后说自己还有些事情就走开了。

“她确实很漂亮，我不知道你还有一个姐姐。”银望着她远去的背影。

“她是我的亲姐姐，名叫董嘉岚。只不过她比我大很多，今年二十九岁了。”

“完全看不出来啊，我以为她只有二十岁左右。”

“哈哈，真的吗？我姐姐虽然不认识你，但却听说过你。”

“是吗？你对她提起过？”

董嘉森不好意思地看着银：“就在几个月之前……我醉酒那天晚上。我回到家对她说，有一个女同学陪着我，她的名字是麦甜，不过我们常常管她叫‘银’。”

“哦，原来是这样啊。”

“是的呀，我觉得‘银’这个字真的很特别也很美，很适合你——是谁给你起的昵称呢？”

银还是沉默。董嘉森不会知道，给自己起这个昵称的人，其实是一个不怎么懂文学的科学家，现在她有点想念他。

董嘉森也就没有问下去，而是继续说道：“我姐姐听了就说，多亏这位同学，不然也许我一个人在外面喝醉了会出什么意外呢。她当时还打算带点儿礼物到学校感谢你……不过我说，银可能不太喜欢这样。”

看来董嘉森还真的很了解自己呢。银有点不好意思地说："那天晚上的事情只是我举手之劳……出于好奇问一句，你的姐姐结婚了吗？"

"唔，就是这件事最头痛了，我姐姐她什么都好，只是没有给我找到一位姐夫。"董嘉森一脸无奈。

银觉得他的话很有趣，就在心里笑起来。

"银，你有没有认识的小哥哥，可以给我姐姐介绍一下吗？我姐喜欢成熟的类型。"

银实在没想到他会这样说。银没有回答，心里想着：这简直太难了吧！

此时，银的手机响了起来。银从包里拿出手机，来电显示是麦达。她没有立即接起来，而是丢下董嘉森，自己走远了几步才接通电话："教授，你有什么事吗？"

简单说了几句之后，银挂断电话，回到董嘉森身边。

"是谁打来的电话呢？"董嘉森好奇地问。

银没有回答这个问题："嘉森，对不起，我有事，先走了。"

董嘉森看着银，有些不舍地说："那好吧，我也该回家写作业了。银，你记得帮我姐留意哦。"

第二十七章　夏天的实验室

银再一次走进科大 Silver 实验室。

她已经很久没来这里了。今天的实验室只有麦达一个人在，大概是实验室完成了什么很重要的任务，所以严厉的麦教授也决定给大家放个假吧，银在想。

麦达听到银走进来的脚步声，放下手头的工作，从实验台前抬起头看着这个小女孩。他的眼神有些复杂，有重逢的惊喜，也有一点忧伤。

他没多问什么，指指身边的一把椅子，对银说：“坐吧。”

银犹豫了一下，还是坐在离他很近的那把椅子上，顺便打量他一下——嗯，麦达还是那么帅，只是，白头发又多了许多。

他今天很少见地穿着一件白大褂，显得很精神。以前银见到他的时候，他往往在做工科实验，而不是医学方面的工作。银忽然又想起他们对癌症的研究，这是她最想知道的，她心里有无数个问题想问，可是面对近在眼前的麦达，她却开不了口。

麦达也一样沉默地看着她。今天，可能是不必去学校上课的缘故，她把乌黑的秀发自由地披在肩上，穿着一件浅绿色连衣裙，并没有什么繁杂的样式，但看起来充满青春的气息，大概会有很多同龄的男孩子喜欢她吧。他很想知道前段时间她究竟在做什么，不过现在不是问这个的时候，毕竟他还有更重要的事。

过了很久，银无意间看到了麦达那双很好看的修长的手，不过这双手上似乎有伤痕。银觉得两个人长时间沉默的这种场面着实很尴尬，于是没话找话地问道：

“你的手怎么了？”

“哦，没怎么，之前做实验把手弄伤了。”也许是银的问题打开了麦达的话匣子，他又说，“银，好久不见。”

她听着麦达的声音，感觉周遭的一切竟有些不真实：“你还记得吗？上次见面，你要我提供癌症的一种治疗方法。”

银清醒过来：“教授，我当然记得。”

银低着头，依旧能感受到麦达的目光，他在说：“如今，这种疗法已经成熟。我想了很久……我决定把它无偿公布，我的团队也已经同意了。”

银愣住了，不过很快，她听到了自己的声音：“教授，这是你们辛勤努力的成果。你这样做，是为什么呢？”

“我个人的决定。你怎么想，都随便你。”

这句话倒是很符合他的性格。银准备起身离开，说：“教授，实验室有点儿闷，我出去几分钟。”

“我觉得实验室的空气很好。我给你五分钟。”麦达看看手表。

银走出实验室，来到楼下，抬起头仰望天空。

夏天的阳光依旧绚烂，天空是宁静的、单纯的蓝色。

桑杰，你在天上看到了吗？如果你能够知道这一切就好了。

银觉得环绕身旁的风很安静很温柔，就像桑杰看着自己的眼神……

银需要回实验室了，五分钟过得很快。虽然她还不知道，麦达叫她来做什么。

麦达继续对银说道：“想要公开这种疗法，除了科研外，还有许多事情要做。虽然我们团队还有很多人，但是我也想让你参与帮忙。我想，我们这个决定也恰好是你希望看到的，对吧？”

银说："那当然也是我希望看到的……"

但与此同时，她心里充满了不确定，不知道自己能不能完成麦达的任务。

"我知道，你的沟通交流能力比我强很多，我们吵架那天，我就看出来了。"

银听了他的话很想笑，却又不敢笑出声来。

"多问一句，你现在还在恨我吗？"麦达又问。

"没有……是我对不起你，那天晚上我说了很多过分的话。"

"我当时确实很伤心，后来也就慢慢忘记了。所以，没关系的。那天……看着你离开的背影，我觉得自己真的无能为力，所以我就想拼命把这件事做好。"

麦达看银没有说话，又问道："……你还好吗？"

银不知道他为什么忽然这样问，想了想，也许麦达好奇她和桑杰的关系，所以才会问这个问题吧。

"还好。"银不想再继续这个话题，"经过这么短的时间你们的疗法就已经成熟了，教授，你一定很辛苦吧？"

"当然要在尊重科学的前提下抓紧时间做，可以说争分夺秒吧，毕竟这项研究很重要。其实也没觉得多么辛苦，只不过我最近神经衰弱很厉害，有时简直搞不定。"麦达看着她，自嘲地笑了起来，"年纪大了，脑子有点儿不够用了。"

他很少在自己面前示弱，银着实意外。不过，创造出机器人少女"银"，并且研究出癌症的一种新疗法并经过实验使之成熟，麦达做的这两件事确实非常耗费心血，而这两件事恰好又都是与银有关系的。银不知道该说什么好，只是很心疼地看着麦达。

麦达又问："你呢，学校放暑假了吗？"

"是的，今天是暑假第一天。"银想着麦达刚才的话，"你说你年纪大了……你只有三十七岁，作为科学家，是很年轻的。"

银又说："教授，你有什么要帮忙的找我就好，你需要注意休息，我看你的白头发又多了不少。"

麦达的眼神里也充满感动，但语气一如既往地冷静："平时我也没有其他什么事需要你帮忙……只不过碰巧，我觉得这件事和你有些关系，你也许会愿意来做。"

"确实是这样，这件事我很乐意做。"银又说，"我想，你除了做科研，还可以再找些别的事来做，劳逸结合……"

麦达似乎不想让她再说下去，打断了她的话："好了。现在听我说，你需要帮我做什么。"

他们谈了很久。最后银说："教授，我知道该做什么了。你放心，我会把它当作我自己的事情来做好。"

"好，相信你。"

"谢谢小麦教授。"银想起彼得说他们叫麦达"小麦"，觉得很有趣，于是她也开玩笑地这样叫他。

"你从什么人那里听说这个绰号的？"麦达有点尴尬。

"没有听谁说起过——我有时候可以这样叫你吗？这样显得你还年轻。"

"那好吧，也不是不可以。"麦达无奈地说。

银离开实验室之前，忽然想起了什么，说："小麦教授，今天你给我打电话之前，我恰好遇到一个很漂亮的姐姐，不知你有没有兴趣认识一下？"

"我不感兴趣。"

麦达就这样结束了他们的谈话。

第二十八章　最美妙的事

有一个周末，银和猫咪 Silver 一起窝在沙发里看老电影。

男主角爱上了女主角，可是两人却无法在一起，于是他改变了主意，默默地关注着那个闪闪发光的她。电影接近尾声的时候，在男主角抽身离去之前，他在纸上留下一句话：“爱上你，是我一生中最美妙的事。”

银站起来关掉电视机，走到卧室里，拉开书桌的小抽屉，拿出桑杰留下的浅蓝色信封。

信封里是那张银行卡，以及一张字条：

银：

这张卡里是我的零花钱，钱不多，留给你去买喜欢的东西。

她想了一下，拿出那张卡，走到银行去取钱。

“这张卡里有多少钱？我想全部取出来。”银对工作人员说。

“好。这是现金 520 元整。”

银拿到这笔钱的时候，忍不住心里一颤。

她想起桑杰出院回家休养的时候，陪她逛街。那天桑杰很高兴：“前段时间一直在医院治疗，似乎好久没感受现实生活了。”

那天他自己没有买任何东西，只是给银买了她喜欢的文具与小饰品——桑杰在人生的最后时光里，舍不得给自己买什么东西，他是真的很需要钱来治病。

可是后来他不但拒绝了银的帮助，还把自己的零花钱全部留给了银。不知这个数字是不是巧合，也许那个善良的男孩想对她说：“我爱你”。

银在心里说：“我也爱你”。

银带着这笔钱，来到 Silver 实验室找麦达。

麦达停下手中的工作，看着她：“银，怎么了？”

银就把那 520 元钱交给他：“教授，我希望把这笔钱捐赠给实验室，为你们的癌症疗法早日公开出一点儿力。”

麦达马上说：“我们有经费，不需要你的钱。”他当然不知道这笔钱是怎么来的。

“算是我的一点心意吧，虽然钱不多，是 520 元。”银还是坚持。

麦达听到这个数字，也笑了，他收下了这笔钱：“好，我们会把它用在需要的地方。”

如果桑杰知道自己用这笔钱做了这件事，应该也会很高兴吧。

因为银参与了实验室团队的一些工作，所以她和麦达需要经常见面，有时也会简单地聊聊天，他们的相处逐渐变得轻松自然。

在麦达和银的接触过往中，总是充满了聚少离多的情节，他们都太习惯独自生活。不过到后来，麦达和银都逐渐意识到自己内心深处对人际关系的渴望。麦达倔强的性格并没有什么改变，不过如今面对银的时候，他确实变得更加温和，也比以前更开朗。

银也能渐渐地在他面前敞开心扉。有时候银会和他说起曾经的生活，那些孤独成长的岁月，她还漫不经意地说起她曾经遭到同学们的各种排挤和冷落。

麦达感到惊讶，同时又有些后悔：“为什么从前没有听你说起过这些？”

银只是笑着说：“我现在说出来，是因为已经不介意了。”

“那么你现在适应人类社会了吗？感觉还快乐吗？”

“教授，我感觉很快乐。现在排斥我的人少了，虽然我的朋友并不多，但他们都对我很好。”

听到银这么说，麦达终于松了一口气。

“教授，你什么时候开始做Silver实验室的负责人的？”银又问。

“大概六七年前吧，那时候我来到科大工作没多久。”

“实验室的名字为什么是Silver？”

“不是我命名的。不过，我很喜欢这个名字。”他说这些话的时候，语气还是很平淡。不过，他一直看着银苹果般可爱的脸庞。

所以他也给自己起了一个昵称叫“银”吧，银想。

“对了，今天我也给你准备了一个小礼物。”银从手提袋里拿出一盒饼干。

银突然送给他礼物，麦达很惊讶，又有些不好意思。他没有立刻接受，而是问：“为什么送我这个？”

他在想，银确实还是个单纯的小女孩，同时，他也在想象着如果银不是机器人，会是什么样子。也许她也会是个“吃货”，会像别的女生一样，喜欢去奶茶店买奶茶，或者和朋友们吃烧烤，或者和她未来的另一半一起做甜品，总之都是很可爱的。

“小麦，你做实验没空吃饭的时候可以吃点饼干。”

原来银这么体贴，这一点他没有想到。

“谢谢你，小女孩。”麦达很感动。

有一天中午，银在操场上看到董嘉森在打篮球。路过的几个女生用花痴的眼神看着他，但他并没有看她们一眼，只是一个人沉默而倔强地投篮。

也许，少了桑杰这个伙伴兼对手，篮球场上的董嘉森会有些寂寞吧。

银看了他几秒，并没有和他打招呼，然后就走开了。

过一会儿，银听到董嘉森在背后叫她。她回过头，看到董嘉森抱着篮球站在她面前。

“银，你最近是怎么回事，我和颜如雪叫你出来一起玩，你总是说忙。”董嘉森嬉皮笑脸地埋怨她。

银抱歉地说：“嘉森，对不起，我最近真的太忙了。”

“你在忙着学习吗？你已经这么优秀了，简直不给我们活路啊！”

银也笑起来：“嘉森，我真的在做一件很重要的事情。”她很想把自己在做的事情告诉董嘉森，不过她还是没有说出来，毕竟这件事还没有完成。

“是什么呢？我猜，你不想告诉我。”董嘉森自嘲地笑笑，又说道，“不过，你做什么事我都全力支持哈，至少精神上支持你嘛。”

“嘉森，谢谢你。”

历时三个月，在麦达团队和银的共同努力下，癌症的最新疗法终于顺利无偿公开。眼前是凉爽的秋天，一个收获的季节，银也升入了高二年级。

那天下午，麦达对银说：“我打算好好休息一下，也给团队其他成员放个假。对了，我也想认识一下董嘉森的姐姐——既然你多次向我提到她。”

银有点惊讶，没想到他居然改变了主意。也许是他没有做好单身一辈子的准备，也许是他觉得银的想法也很重要吧。

银说：“好啊，我给你去要她的联系方式。”

“嗯。你也好好休息吧，最近你除了上课，周末还要帮我做这些工作。”

银想了想：“我要回家去听歌了。”

麦达笑了，他觉得银的爱好很简单，银是个单纯的小女生。

他不知道的是，银回去听的那张名为《星空》的 CD，是桑杰留给她的礼物。

她已经听过很多次了，这张CD也激活了她对于宇宙、对物理研究的想象。现在她很少听了，一方面是因为她有许多事情要忙；另一方面是她担心听得次数太多，会把它弄坏。

银回到家，再次拿出了这张珍藏的CD，与猫咪Silver一起听。第一首歌曲以熟悉的钢琴前奏开场，让人感受到不被理解的寂寞，整体却不哀伤。

桑杰曾经是寂寞的、不被理解的吧。病床上的他期待着银的爱和陪伴，却无法对银说说自己的心里话。也许曾经他真的有很多话想对银说，最后却只能借这张不会说话的CD来表达吧……

下一首歌曲是轻松欢快的，与第一首截然不同，悠扬华丽的音符令银想起自己在宇宙漫游时见到的美景。也许，这样的音乐也可以在婚礼之类的场合播放吧。

银从第一首歌一直听到最后一首。

第二十九章　等你归来

从秋天到冬天。也许是因为功课很忙，也许是想要逃避什么，也许是完成了一件重要的事情……不管是什么原因，总之，在银帮助麦达团队顺利公开癌症疗法之后，她就很少想起桑杰，也很少关注这件事情的后续进展了。她依然像什么事情都没有发生那样，做一个低调的学霸。

忘了吗？当然没有。

有一天中午，银到文科 1 班，找到董嘉森：“你知不知道桑杰的墓地在哪里？我想去看看他。”

银希望告诉桑杰，她帮助麦达团队顺利公开了新的癌症疗法，她还想送他一束花，但她不想买献给逝者的菊花，因为银莫名地觉得桑杰一直没有离开，只是换了一种方式陪伴在她身边。她想在他的墓碑前，放一束灿烂的向日葵。

这么久都没来看你，你会不会埋怨我呢？其实我有很多很多话想对你说，有很多很多美好希望得到你的见证……也许现在是时候了……

董嘉森和银走出教室。银听董嘉森说：“哦，这样啊，我前几天也是这么想的，于是我想了一些办法总算联系到了桑杰的家人。他们对我说了一些事，我这两天正想找个机会告诉你——”他突然停顿一下，似乎在组织语言。

银迫切地问道：“然后怎样呢？”

“桑杰的爸爸对我说：‘谢谢你们还这么关心他。’不过……”

银打断了董嘉森的话：“那么桑杰在哪里呢？快告诉我。”

“他爸爸说——桑杰并没有墓碑。”

“啊，为什么？”

“因为他父母还是没有放弃，所以，桑杰接受了低温冷冻。他父母希望有一天科学进步，可以让他复活。银，你问我桑杰在哪里，我也不太清楚，他在一个很远的地方，他现在在那里……休息。”董嘉森说到最后，说得很缓慢，似乎在想着合适的措辞。

银吃惊地看着董嘉森，两个人都没有说话。

银回过神来，不自觉地露出笑容。原来自己的直觉是准确的——桑杰真的没有离开。虽然他现在无法被唤醒，似乎和死去的人没什么区别，但总归是有希望的吧。

银和董嘉森两人在操场上走着。初冬中午的风有些凉意，但他们俩都没有感觉寒冷。

银想了很久，才说出这样一句话：“为什么你和我此前得到了错误的信息？”

“很多人都说桑杰去世了……而他的父母可能是觉得让他复活几乎没有希望，所以对于这些话题既没有承认也没有否认。也是我不好，我应该早点儿去联系他的父母——只不过当时我太难过了。”董嘉森说到最后，眼睛里闪烁着亮晶晶的东西。

银点点头，银相信董嘉森的话——只不过是当时他太难过了。银很快又感觉心疼——桑杰一个人待在那么寒冷的地方，一定是很孤独的吧。尽管他此刻没有任何知觉，只是安静地睡着了，银也很心疼他。

银和董嘉森来到乒乓球台旁，在长椅上坐下。银想了想，又问：“你是在哪里见到他的父母的？”

“我去了他家里。银，我怕你难过，所以就一个人去了。桑杰的爸妈和表弟都在，我对他们说很抱歉，这么久了才来看望你们。然后我与他们聊了一会儿，桑杰的爸妈把这件事告诉了我，他们也问了我一些学校里的事情。”

银只是听董嘉森说：“我说想去桑杰的房间里看看，他们也同意了。桑杰的表弟小凯陪我走进去。房间里有一张书桌和椅子，一张铺着浅蓝色床单的单人床，桑杰喜欢浅蓝色。对了，墙上还有一张篮球明星的海报。总之和其他男生的房间没什么区别。我在桑杰的那张书桌前坐下，也和小凯聊了聊——原来他也是咱们学校的，今年读初二。他说，他很想念表哥，想念表哥和自己一起打篮球的那些日子。”

“当时桑杰的爸妈想留我一起吃午饭，他们说家里恰好有好吃的萝卜炖牛肉和卤排骨。不过我不想麻烦他们，就打算回家去。总之那天桑杰的爸妈见到我，心情还不错，但我能看得出他们很憔悴，毕竟……”

董嘉森停顿几秒钟，又说：“我从桑杰家出来后，独自一人在外面走了很久。冬天有点冷，我又没吃东西，回家之后我就觉得又冷又饿。我爸妈大概觉得我是为了什么女生闷闷不乐，所以对我也没有什么好脸色……银，我之前说过我不找女朋友，我是说到做到的，恋爱这种事……没什么意思。”

银听董嘉森讲着这些故事，对他一点都不同情，甚至想笑他。只不过银还是克制了自己——毕竟董嘉森带给自己这样一个好消息。

银没有对董嘉森的事发表什么评论，她说道：“我相信桑杰一定会回来的。”

“我倒是不敢这么肯定，目前这种事情还没有什么进展。”

“但至少是有希望的。”

“这个，也许他父母还是抱有希望吧。”董嘉森委婉地说。

“你是怎么和桑杰认识的？我一直没问过。”银看着董嘉森。

董嘉森回忆道：“那是去年秋天开学不久，当时你们班和我们班打了一场篮球比赛，桑杰和我都参加了。”

银也回忆着，却没有什么印象。那时她和桑杰还不是朋友，或许那时她甚至不知道他的名字。

董嘉森看着不远处的篮球架，继续说道：“你们班赢了，本来就是意料之中的事情嘛。比赛结束后，桑杰和我都没有马上回教室，而是在场边休息。我当时也不知道为什么，主动去和他搭话。记得那天桑杰看着我，不好意思地笑着；还记得他送给我一瓶矿泉水——总之，我们从对手变成了朋友。”

原来是董嘉森比自己先认识的桑杰——如果自己也能再早一点和他相识就好了。

“你还想听桑杰的什么故事？”董嘉森又问。

“都可以，随便你。”

董嘉森想了想，说：“桑杰和我都是水瓶座，他的生日只比我晚一天，所以我有时叫他小桑。”

“原来这样，那你们很有缘。以前你们经常一起做什么？”

“我们经常课余一起打篮球。他篮球水平还可以，他个子很高嘛。我们也喜欢一起去书店，或者一起交流学习问题。桑杰是理科生，数学很好；而我语文比较好，所以就互相取长补短。”

银忍不住笑了。她似乎很难把桑杰和篮球高手这个形象联系在一起。

董嘉森又说：“我们也会聊点儿别的，比如，喜欢的女孩。我对他提过我的前女友纯，也问他有没有喜欢的女生——不过桑杰一直守口如瓶，他只是说，现在考虑这些有点儿早。”

“这样啊。”银有一点失望。

“后来……”董嘉森没有继续说下去。他们俩很默契地沉默了，站起来继续走着，一直走到篮球架下。

他们停下脚步，董嘉森抬起头看着篮球框。篮网在初冬的风里轻轻晃动，偶尔能听到一两声鸟鸣。

董嘉森想了想，又说："其实有一次我偶然看到桑杰和你在一起，不过我没有和你们打招呼。我最后一次去看望桑杰的时候，他让我把那个浅蓝色信封给你——在他走后。"

"我知道。"银还是简单地说。

董嘉森继续说："当时桑杰看着我，我很难忘记他的眼神，也许他有什么事情放心不下，也许他在想他的父母，或者其他重要的人。我也帮不了他太多，我想了想，就对他说：'我会和别的朋友一起多和银聊聊天，让她不会孤单。'"

"桑杰听了，就笑了，他对我说：'我知道，银以后会很开心的。'"

银很少开口，大多数时候都在听他说话。董嘉森又说："现在……虽然几乎没有希望……但我也想着未来他是不是会回来，再和我打一场篮球。我也想着，未来……"

银看着董嘉森，那张美丽的娃娃脸上忽然绽放出了笑容。她打断了董嘉森的话："嘉森，我记得你说，让我帮你姐姐寻找适合她的人，现在还需要我帮忙吗？"

"当然！感谢你还记得！不过，他是什么人呢？银。"

"是一个大帅哥。"银调皮而又神秘地说。

第三十章　向往

不久之后的一天，银去科大找麦达。她把董嘉森姐姐的联系方式告诉了他，也和他聊了聊自己的校园生活。

麦达一边听着，一边点点头看着银，他的眼睛里似乎有一点儿羡慕：“你的朋友们很好。我接触更多的是同事和学生，一起工作还行，但我很难和他们发展友谊，他们大概觉得我内向或是性格古怪。”

“那只是他们的看法，你不必放在心上。”银率真地说。

麦达不置可否地笑笑：“其实我也有两三个朋友。”

银没有听他说起过这个话题，她很好奇地问：“小麦，你最好的朋友是谁？”

麦达想了想，很快回答：“他叫彼得，一位比我年长很多的理论物理学家。”

银大吃一惊。原来麦达最好的朋友，是她曾经拜访过的那位老人。银想起彼得给她讲过麦达的往事。当时她还在想，彼得怎么会对他如此了解——毕竟麦教授留给很多人的印象，是神秘而又高冷的。银对麦达的过去还是很好奇，但此时她也不方便向他提问，她想着，以后有机会再问吧。

银假装淡定地说：“我曾经听你提起过他。”

“没错。我和大多数人只谈工作，但是和他在一起，我也可以聊聊我自己……”

麦达又说："你喜欢物理，也许以后我可以把你介绍给他认识一下。"

银忍不住笑了，说出实情："我曾经见过他。"

这下轮到麦达大吃一惊。不过他并没有问银是在什么地方见到彼得的，只是问道："你们都聊了些什么？"

"主要的话题就是物理吧。"银并没有多说什么，不过，她忽然又想起，她向彼得提出的那个问题：

"彼得教授，我在宇宙中旅行，听到了他的声音，是我的幻觉吗？"

银和麦达都没有说话，银看着校园里的人工湖，初冬的湖面平和又安宁。

过了一会儿，麦达说要继续去工作，于是他们准备说再见。不过因为校园很大，他们还可以顺路一起走十几分钟。

银想了想，说道："教授，你们实验室公开的癌症疗法，应该很不错吧？很多人都在赞赏你。"

"你最近在关注这个？"麦达笑了，"我也在关心这件事，不过，我主要关注疗法的效果，很少看他们怎么评价我。"

"为什么呢？"

"没什么特别的原因——我没有时间考虑别人对我的评价，更重要的是，这件事是我们团队共同努力的成果。当然，你也作出了很多努力。"

"教授……"

"怎么了？"麦达看着她。他们在湖边停下了脚步。

银鼓起勇气，给麦达讲了自己和桑杰的故事，以及桑杰接受冷冻的现实。银曾经以为，自己是永远不会和他讲这些的。

虽然她尽量讲得简短而平静，但麦达依然感受到了她内心深处隐藏的情感。这个男孩……对她很重要吧？麦达这样想。他一边想着，一边看着银。漂亮女孩的脸上，透露着倔强和高冷，却又有着少女的天真娇憨，这两种气质并不违和，而是完美统一。

麦达忍不住问道：“他就是你曾经向我提到过的那个患癌症的男孩吧？”

“是的，就是他。”银像曾经那样，再一次恳求地望着麦达，“小麦教授，你可不可以把他救活呢？”

麦达没有立即说话，而是陷入了沉思。银很关心他，银希望他得到幸福；他当然也希望银的未来是幸福的。那么，他能够帮助银吗？

他并没有像上次一样直接拒绝，毕竟现在新的癌症疗法已经公开。不过，他心里依然充满了不确定性。

银充满期待而又紧张地看着他。麦达的语速很慢，似乎在斟酌怎么说比较好。银很认真地一字一句地听着：

“我们团队没有研究过如何唤醒冷冻人，所以现在只能寄希望于其他人的研究进展……”

“不过，如果有一天他真的被唤醒了，我们一定会努力治好他的病。虽然我现在不能给你承诺什么，但如果有希望，我们一定会努力把健康的他带回到你身边。”

“教授，那真的太好了！谢谢你！”银高兴地跳了起来。

“不用谢我，我现在也没做什么。”麦达忽然又想起了什么，他看着天真的少女，问道，“前段时间，你向实验室捐赠了520元钱……我想知道，你是怎么得到那笔钱的？”

“是他留给我的……我觉得把这笔钱随便花掉会很可惜，所以我……”

一向冷静的麦教授，听了这番话也十分动容，也许他想起了很多事情吧。他看着眼前这个机器人小女孩，她是没有眼泪的，但谁说她没有感情呢？假如她是和自己一样的人类，那么她说起这些的时候一定在哭。麦达感觉很心疼，却不知怎么安慰她，他忍不住拍了拍小女孩的肩膀：“银，这笔钱已经用到研究需要的地方了。”

银点了点头，嘴角上扬，笑了起来。

银又回忆起桑杰的那张字条："钱不多，留给你去买喜欢的东西……"

银也想起前段时间看过的那部电影里，男主角在纸上写下一句话："爱上你，是我一生中最美妙的事。"

那天晚上，麦达回到家看着手机，看着银发给他的照片——那是她和桑杰唯一的合影，也许是她的好朋友偷拍的。照片上有一些极具特色的绿色植物。银说，照片是去年秋天拍的，那天她和同学们参加了学校组织的秋游。

麦达有些好奇地看着照片上这个名叫桑杰的男孩。从侧脸看，男孩并不属于帅哥类型，却有一种很特别的气质，大概是一个很温柔的人。在这张照片上，桑杰注视着银，眼睛里满满都是爱。

看着照片上桑杰和银相视而笑的样子，麦达也不自觉地嘴角上扬。麦达在想，桑杰能不能如银所愿被唤醒并恢复健康呢？他心里并没有答案。

如果被唤醒的桑杰知道了银是一个机器人，还会爱她吗？麦达心里同样没有答案。

不管怎么样，麦达都希望桑杰能够善待银这个机器人姑娘，银不是一个洋娃娃，而是一个有灵魂的女孩……

第三十一章　时光若水

时间悄悄流走，总是无言。冬去春来，很快又到夏天。银已经是个十八岁的姑娘，也即将升入高三了。因为学业繁忙，她辞去了在便利店的兼职。她的成绩还是一如既往地优秀。小猫咪 Silver 依旧在茁壮成长，给银带来了很多乐趣。

班主任自然也让同学们换过几次座位，银有过几个新同桌。最近一次座位调整后，银和韩子仪重新成为了同桌，韩子仪还是一如既往喜欢在课间唱歌。

除了颜如雪、董嘉森外，银也有了几个新朋友。后来也有一两个男孩子试图追求银，银都以学习紧张为由拒绝了。在学校的生活虽然很辛苦，但总体也是快乐的。

当然，银有时也会想起桑杰。银看到那些曾经排斥她的同学，就想起之前她和桑杰在课间聊天的情形。有桑杰陪在她身边，她就觉得很少有人对她表现出明显的排斥。桑杰也曾经对她说："谁让你不开心，我去找她们，你不要担心。"桑杰离开后，自己就要一个人面对很多事了。

银看到韩子仪的蓝色水杯，会想起桑杰也有一个同款杯子。桑杰在银面前也有脆弱的一面，有时会对银抱怨自己胃疼，银会在课间给他接一杯温水，让他缓解痛苦。现在银觉得桑杰一直是一个心事很重的人，这也是他有胃病的原因之一吧。不过，那时的银只觉得桑杰给她带来了许多快乐，而很少去了解他的心事。

银走到操场上，看到董嘉森和小伙伴们练习投篮，会想起桑杰和董嘉森一起打篮球的故事。当然，最近董嘉森很少打篮球，毕竟功课很忙。银和颜如雪放学后走出校门路过水果摊，依然会看到桑杰喜欢吃的葡萄，桑杰曾经很耐心地给银介绍葡萄到底是什么东西。银也会想起她曾经和桑杰放学后同行，桑杰会给她讲一些搞笑的事。

总之，银的大脑中关于桑杰的这些记忆都停留在他患癌症之前，那时的生活单纯而美好。而关于那之后的事情，银很少回忆起什么，也许她潜意识里在不断逃避着那些悲伤的记忆。

银也会想象着，如果有一天桑杰能重新回到她身边，她一定会和他说很多很多话，把这么长时间里没说的话全部说完。

她会对他说："桑杰，有一次嘉森对我说，你是个很温柔的人，总是为别人考虑——这样会不会很辛苦？"

桑杰会笑着回答："确实有点儿辛苦，只不过自己性格是这样，也很难改变什么——不过，银，我喜欢为你考虑，只要和你在一起，我一点儿都不辛苦。"

但无法回避的事实是，现在桑杰依然一个人躺在那个寒冷而孤独的地方，就像置身于厚厚的冰雪之中，不知什么时候才能够醒来。银每每想到这里，就努力说服自己赶快把这个现实问题忘掉，不如想想别的事情——对了，麦达教授昨天给她打电话，说抽空见一面——他有什么好消息吗？

银骑着一辆共享单车去了科大。去年她还不会骑自行车，那时董嘉森载着她去医院看望桑杰，还记得董嘉森买了一束向日葵——后来发生了什么，银有点想不起来了。是的，她不断地逃避着那些悲伤的记忆。

等红灯的时间里，银想起了别的事情，比如，麦达和董嘉森的姐姐董嘉岚。

一开始银提出把董嘉岚介绍给麦达，他并不感兴趣。但是随着时间的推移，麦达居然真的爱上了董嘉岚。虽然麦达很少给自己讲他的恋情，但是银觉得，麦达和董嘉岚在一起很幸福。

银来到科大。夏天的校园很美丽，平静的湖面上有几只可爱的小鸭子。

一开始麦达只是和她闲聊，他说："时间过得确实很快……一转眼你也快要上大学了。你想报考什么专业？"

"我不确定，只是对天体物理学比较感兴趣。"

"这个我了解不多。不过也好，我研究地球上的事情，你喜欢天上的事情。"

银似乎不太想和他谈这些，她直接地问："教授，你今天找我有什么事呢？"

麦达犹豫了一下，表情竟有些羞涩："我最近打算向嘉森的姐姐求婚。"

"哇，恭喜恭喜！之前只知道你们在恋爱，没想到进展这么快。"银感到很吃惊，由衷地为他感到高兴。

"嗯，多亏你的介绍，她真的是一个很好的女孩。所以我不想谈太久恋爱，我想早点儿和她结婚。"

听了这话，银调皮地白他一眼："不谈恋爱就可以节约时间搞科研了，对不对？嗐，你真是——"

麦达没有辩解，而是打断了她："好了，我想让你给我出出主意，求婚应该怎么说？如果她答应了，我后面需要做些什么？"

没想到他今天是要问这个，银忍不住大笑起来："教授，我是单身狗，你问我这些，我怎么知道？"

"你会知道的，你很聪明，情商很高。"

"真的吗？不过，关于你的求婚，我要好好考虑下，才知道该说什么啊。"

"那你尽快考虑，想好了告诉我。"

不管怎么说，对于麦达这么快就要求婚的事情，银还是感觉很惊讶，同时也在好奇，不知道科学家的爱情和别人有没有什么不一样的地方。她和麦达聊过许多话题，但她并不很了解他的恋爱故事，她想了想，决定还是向麦达发问了。

“教授，你们谈恋爱是怎样的呢？”

麦达很快看出了她的心思，说：“我们会一起吃饭、逛街、看电影之类的，形式和别人差不多。嘉岚以前是文科生，所以我也很少和她讨论科学问题。如果说和别的情侣有什么不同，可能是我比较忙，陪她的时间确实不多。我也不怎么懂浪漫，不过，我也在认真学啊。”

“哈哈哈哈，比如你会学着像别人一样，给女朋友送花吗？”

麦达不好意思地点点头。之前很多时候，他忙于科研，竟然经常忽略银只是个十八岁少女的事实。而今天听到她天真的提问，他意识到，银确实还只是一个小女孩呢。

银看到他的笑容，又想起一个问题。不过她犹豫了，不知道该不该说出口。

“还有什么要问的？你随便问吧。”麦达看着她犹豫的表情，很坦诚地说着，似乎毫无顾虑。

既然他这样说，银就问：“小麦教授，你以前说过你第一次谈恋爱的事情，我还是有点儿好奇。”

银很快感到后悔，又补充一句：“如果你不想说，就当我没有问吧。”

麦达不禁一怔，他实在没有想到银会突然提起这个。这个话题确实是他不愿意回忆的。不过，他转念一想，满足一下小女孩的好奇心也无妨。

他停顿了几秒钟，也许是在考虑怎么开口，然后他故作轻松地回忆着，那双好看的眼睛看向湖对面很远很远的地方：“那是二十年前的事情了，像你和董嘉森一样，我也年轻过。那个时候我觉得，她很乖，很可爱……”

银觉得这个开场白有点幽默：“你现在也还是很年轻的。”不过同时她又在想，这个沉默高冷的工科教授，也曾经是一个年轻飞扬的少年啊。

麦达不置可否，深吸一口气，继续说道：“当时我和她在一起，两个人都很年轻，只是有以后要结婚的打算，并没有太多详细的计划。那时我没什么钱，我的父母也各自组建了新的家庭，不能给我任何帮助，所以对方觉得我不具备结婚的条件。就这样我们分手了。”

他一口气说完。不知什么原因，麦达在说出这些话后，心里居然感觉一阵轻松。

麦达留给银的一贯印象，是潜心科研、很少关注世俗问题的。银实在没想到，他居然有这样的故事。她内心的负罪感更重了：“教授，真的对不起。”

“没有关系。”麦达居然还想继续谈下去，也许他也确实想倾诉一下，银无疑是最佳的倾听者。“我有时想起这些事，倒是也不怨恨她。这么多年里我没有再恋爱，这也与她无关，只不过是我太忙了。有时候我只想一辈子做实验、做研究，觉得单身也未必是一件坏事……银，谢谢你让我认识了嘉岚，她很包容我，她让我不至于孤独终老。”

看来自己还是帮了他一个忙。银轻松地微笑起来。

“对了，银，”麦达的目光从湖面转移到她的脸上，“……现在我慢慢觉得，你也是我生命中很重要的人。”

银在湖边停下脚步看着他。很久之前他说银是他的“错误”，看来时间还是可以慢慢改变一个人的。

“原来教授也会说这样的话啊。”银不禁感慨万千。

“只不过我并没有给你很多关心，未来也很难做到这一点……”

“其实还好吧。我想，你更需要多陪陪嘉岚，她很爱你……”

“银，我明白，我会的。”

银转过头去看着他：“教授，其实你给予我的已经不少了，真的。”

麦达没说话，只是轻轻地摸了摸她的头，拍了拍她的肩膀。也许，麦达心里想要给她一个拥抱吧。不过，或许是因为沉静内敛的个性，他并没有这么做。

第三十二章　梦中的重逢

不久之后，有一天晚上，银接到了麦达的电话：“银，谢谢你，我向嘉岚求婚成功了！”隔着电话，银能感受到他声音里的欣喜。

“我们下个月结婚，到时候你来参加我们的婚礼吧！”麦达又说。

银开心地说：“太好了，教授，恭喜你们！我一定会去！”

银放下电话，脸上依然带着笑容。她在想，麦达这个科学家，在新婚之前也会兴奋、紧张，与其他人没什么两样，这样的麦教授还是挺可爱的。

银复习功课到很晚，然后躺在床上睡着了。猫咪Silver不想睡觉，却也安静地卧在银给它搭的小窝里，没有打扰银。

银被身体里的闹钟唤醒的时候，并不愿醒来，但是理智战胜了睡意。她困倦地打了个哈欠，在床上坐了两分钟，才想起今天是星期天。今天她要去书店找资料。

银匆匆忙忙地穿好衣服、梳好头发，然后就去搭地铁。

今天地铁里的人并不多，可能大家都在家里享受周末的安逸时光吧。银找了个座位坐下来，她旁边的位置也是空的。银感觉很自在，陷入了沉思，她在想，今天要找什么资料呢？

“我可以坐在这里吗？”地铁到了下一站，身边传来一个男孩子的声音，声音很温柔，又显得有些小心翼翼。银觉得这个声音很熟悉，但她还是沉浸在自己的世界中，并没有抬头看他：“可以啊。”

那个男孩子在她身边坐下来，没有说话。过了一会儿，她听到男孩在叫她的名字：“银——”

银从沉思中醒过来，转过头看着这个穿着浅蓝色衬衫的男生。他个子比较高，很瘦，头发剪得很短，戴了一副眼镜。他的眼睛不大，此时这双眼睛里，也有一点忧伤，难道是——

男生说：“银，是我，我是桑杰。”

“啊！桑杰，真的……真的是你吗？！”银目不转睛地看着他。

“真的是我。不信，你看这个。”桑杰说着，从口袋里拿出一个小东西，原来是银曾经送给他的那枚玻璃球。

“太好了，真的太好了……我感觉时间真的过了好久好久。”银想起往事，激动之余又很难过。

桑杰也很激动，他很心疼地看着银：“银，我好担心你会哭。哦，对了，我忘记了一件事——我忘记了你不会哭。”

“什么？！”

“嗯，我知道了，你其实是机器人——麦达教授告诉我，你是他创造的机器人。”桑杰的声音还是很淡定的。

“啊？！好吧，其实，我以前也想告诉你的，只不过我没有来得及……”

“银，别再难过了。我已经重新获得了生命，麦达教授也帮助我战胜了癌症，我现在不是好好的吗？我真的非常感谢他，也非常感谢你。”

“嗯，那太好了，我最希望看到你健健康康的。”银笑得很灿烂，像一个天真的小女孩，她又问：“那么，桑杰，关于我的秘密……你是怎么想的呢？”

“……我一开始确实很惊讶，我从来没有想过这一点。后来我就觉得，机器人女孩也是一样很可爱的嘛。”桑杰说完，微笑地看着她。

银没有说话，而是甜甜地笑了。

桑杰又问：“你现在上高三了吧？”

“是的。”

“明年就是大学生啦，真好！对了，你要去哪里？”

“我要去书店，下一站下车。”银说。

“真巧，我也是下一站下车，我要回家。”

地铁到站了。银和桑杰走出地铁口，互道再见，去往不同的方向。

银高兴之余也有一点小小的伤感，因为她和桑杰刚刚重逢就又一次说再见了。这时，天上飘起了雨丝，银没有带伞，她一个人在雨中走着……

雨似乎停了下来，原来是她的头顶多了一把浅蓝色的伞。银停下脚步转过头，见是桑杰撑着伞站在自己身旁。

“你还是像以前一样，不记得带伞。”桑杰心疼又有些嗔怪地笑了，“我送你去书店吧，不然你要淋雨了。”

银点点头，同意了。两个人一起在伞下走着，却陷入了短暂的沉默。

桑杰想了想，终于鼓起勇气问：“银，你现在有男朋友了吗？”

“我当然没有男朋友。”

桑杰的声音有些颤抖：“那么，我想对你说，我喜欢你……从我第一次见到你的时候，我就想以后一直和你在一起……银，让我抱抱你，好不好？”

两个人停下了脚步。银没有说话，只是看着桑杰，点了点头，羞涩地笑了。银觉得，自己是世界上最幸福的女孩了。

桑杰丢下那把伞，忘情地张开双臂拥抱了银。雨越下越大，雨水打湿了他们的脸颊和衣服，不过他们都没有在意这些。

银被桑杰搂在怀里。虽然桑杰还是很瘦弱，但是银能感受到他的手臂很有力量，有他陪在身边，自己就不会孤单了。她似乎想起了什么，就问道：

“桑杰，我前段时间一个人去了宇宙旅行，还在宇宙中听到了你的声音，是你吗？”

“当初我病重昏迷之后，就什么都不知道了，当然也不知道我家人决定把我冷冻，不知道自己还有机会重生、再见到你。所以你说的事情……应该不是真的吧，可能当时是你太想念我了，对不起，当时你一定很难过。”

“不过现在，我不难过啦，因为你已经回到我身边了。”银深情地看着桑杰。

“嗯，银，我不会再丢下你了……”桑杰轻轻地抚摸她的头发，温柔地为她拂去头发上的雨滴……

……银睁开眼睛。依旧只有她一人，原来是一场梦。银看着天花板，有一种恍然若失的感觉。为什么会做这样的梦呢？也许是因为接到了麦教授的电话吧，幸福的麦教授要结婚了。

一定是早晨了，因为她听得到窗外的鸟鸣。与梦境不同的是，今天没有下雨，而是一个晴天。

这时Silver“喵”地叫了一声，灵活地跳到她的床上。银抚摸着Silver，内心的失落感才少了一些。

第三十三章　见证幸福

银第一次参加婚礼，就是麦达和董嘉岚的婚礼。那天她特意穿了一身浅粉色的连衣裙，看起来像个粉嫩可爱的小公主。

婚礼开始前，银到了宴会厅门前。只见麦达穿着一身深蓝色西装，显得英俊而又沉稳。他看到了银，就说："银，待会你坐在嘉森旁边。"

银走进宴会厅，很快就看到董嘉森，他一脸开心地笑着对自己打招呼，银在他身边坐下。

婚礼场地的主题色调是安静而又不失梦幻的浅蓝色。过了没多久，婚礼仪式开始了，麦达和主持人首先出现在舞台上。不过银和董嘉森没怎么听主持人的讲话，而是一边看着台上的麦达，一边轻声聊天。

很快，董嘉岚也和父亲一起，缓缓走向舞台。

麦达有些紧张。看着那个身穿白色婚纱的美丽女子款款走来，也许他想起了他们第一次见面的那天。

那天是按照董嘉岚的喜好找了一家饭店，他们相约一起吃午饭。麦达要比董嘉岚早到一会儿，过了没多久，董嘉岚来了。

麦达不无拘谨地首先开口说道："嘉岚，你好。"

"你好，麦教授。"董嘉岚也同他打招呼。

麦达听到她对自己的称呼，不由地笑起来："不要叫我教授了，叫我的名字就好——对了，很多人叫我'小麦'，你也可以这样称呼我，还显得我年轻一些。”看得出他在努力表现得幽默一点，不过还是无法完全克服紧张的情绪。

那天他们聊的并不多，很多时候只是沉默。不过这种沉默，倒也不会让董嘉岚感到尴尬。他有时安静地看着董嘉岚，或许在想事情，董嘉岚不知道他在想什么。

这顿饭快要吃完的时候，董嘉岚抬起头和麦达的目光无意间相遇。在那一瞬间，董嘉岚似乎有了不一样的感觉——他眼镜片后面的那双眼睛很好看，更重要的是，他的眼神很单纯，未被世俗污染，就像一个少年。她很难见到这样的眼神。

也许这就是心动的感觉吧。

麦达注视着她，那一瞬间，他的表情似乎也起了微妙的变化。他略一思考，然后说道："我说话比较直接，如果你觉得不合适就提出来。"

他又说："我们都不算年轻了，那么有些话题早点沟通比较好，免得久了再说，就很麻烦，浪费彼此的时间和精力。"

工科直男的这句话可真是有点打击人。董嘉岚有点生气，想反驳一句什么，但不知为什么，她还是想听他把话说完。

没错，那时的麦达，确实是个"钢铁直男"。不过后来，他最终还是和董嘉岚幸福地相恋，结为夫妻。

舞台下，银和董嘉森依然在聊天。"麦达真的很厉害哦。"董嘉森说着，从桌上装着喜糖的盘子里拿起一块带包装的巧克力，递给银。

银把巧克力放在手里摆弄着玩："他是一个理工科直男。"

"银，总之谢谢你给我找到了这么优秀的姐夫。"董嘉森说。

银笑笑："嘉森也很不错，和你在一起聊天很开心，所以我想介绍麦达给你姐姐。你的姐姐也很可爱，还有，我想，他们确实彼此相爱。"

"我很好奇，银，你和麦达到底是什么关系？他是你的亲戚吗？"

银看着董嘉森，不知如何回答。不过董嘉森没再追问下去——因为此时，他的父亲正在台上，把姐姐董嘉岚的手交给麦达。董嘉森和银有点紧张而又认真地看着婚礼上最感人的这一幕。

过了一会，董嘉森又说："我看得出，麦教授他很在意你呢。"

银想一想："我应该告诉你的，不过我还是不知道怎么开口……要不你去问你姐姐吧，不管她说什么，你都要为我保密哦。"

董嘉森听了这些，表情显得很是困惑，不过很快就爽朗地笑起来："啊，这样啊，那好，等哪天我姐回家吃饭，我去问问她呗，然后给你保密。"

银看着他，调皮地微笑起来。

婚礼仪式告一段落，麦达一直显得很自然，毕竟很多流程都是事先排练过的。不过银还是感受到了他隐藏的紧张，因为他的目光不断看向银和董嘉森，似乎想要从他们这里寻求力量。

过了一会儿，麦达和董嘉岚向各位宾客敬酒。银觉得这个场面有些无聊，毕竟她既不吃东西，也不喝酒。她没有再关注两位新人，而是抬起头望向舞台的天花板，她像发现新大陆一样对董嘉森说：

"你看，天花板上有许多星星！"

"是啊，这个背景真不错，是我姐姐喜欢的。"

星空也恰好是银喜欢的。除了敬酒外，婚礼的其他环节都让银感到很新奇，毕竟这是她第一次参加人类的婚礼。银不由地悄悄想象着自己未来的婚礼，舞台的布景又会是什么样呢？

此时，欢快的音乐打断了她的思绪，银很快分辨出，这音乐来自桑杰送给她的CD《星空》。CD里的每一首歌曲，银都再熟悉不过了。银以前就觉得，其中的一首歌曲很适合在婚礼上播放，想不到麦教授和董嘉岚也选择了它。

董嘉森也说："银，这音乐真好听！你知道这是什么歌曲吗？我想找到它，等我高中毕业后，我要学会弹吉他，在家庭聚会时给大家弹。"

"嘉森，我知道，我有一张CD，名字叫《星空》，里面有这首歌。这首歌确实很有年代感。"

“哇！好呀！我觉得可以！不过，银，你怎么会有CD这种东西？好古老的。”桑杰曾经把装着CD的浅蓝色信封交给董嘉森，但董嘉森并没有拆开那个信封，所以也不知道信封里是什么。

银笑了，只是说：“我可以把它借给你，但你一定不能弄坏它。”

“我只是听一听，然后就还给你。放心好了，我会好好保护它的！”董嘉森看着银，忽然又说，“嗨，银，我想，以后你的婚礼上，也可以播放这首乐曲哦。”

银羞涩地说：“这件事太遥远了。”

“那也可以提前想象一下，对不对？好啦，我先去和姐姐姐夫聊几句……”

婚宴接近尾声的时候，宾客们陆续离开了，麦达和银在宴会厅外聊了几句。

“今天你穿这身裙子很好看。”麦达欣赏地看着她。

“我不管什么时候都很好看啦。”

小女孩很少在自己面前撒娇，麦达有点不习惯，不知该说什么好，不过他也发自内心地对此感到高兴。

银又很兴奋地说：“我穿这身衣服，就是为了你们的重要时刻呀——教授，恭喜你们啊。”

“嗯，今天确实很开心，银，再次谢谢你让我认识了我的妻子……”麦达说，“不过，面对这么多人我还是有点儿紧张……所以我想单独和你待几分钟。”

“教授，当然可以。”银又说，“你们要永远幸福甜蜜。”

“如果有一天我也找到了自己的幸福，教授，你会祝福我的，对吗？”

…………

第三十四章　前生今世

“他醒了！”

桑杰睁开眼睛的时候，听到了这样的声音。他看到几个穿白大褂的医生站在他床边，此外还有一个没有穿白大褂的男子，正焦急地看着自己。

桑杰猜不出眼前这位男子的年龄，只能判断出他比较年轻。或许是潜心科研、用脑过度的缘故，他浓密的头发里很明显地掺杂了一些白发，不过这并没有影响到他的容貌。他很英俊，透过他眼镜片后面的眼神和侧脸的轮廓，看得出他是一个倔强、坚毅而又有些严厉的人。似乎在哪里见过他？

不过，桑杰依然无法说话。那个男子看到他醒过来，眼里露出一丝笑意。

过了几天时间，桑杰慢慢从父母那里知道，原来自己两年前接受了低温冷冻——父母希望用这种方式，留住他的生命。现在，世界上有一种新的癌症疗法，来自麦达教授的团队。桑杰可以接受这种疗法，父母很开心。

原来他见到的那位没有穿白大褂的男子，就是麦达教授。桑杰总觉得他的名字很耳熟，似乎在哪里听过——他确实丢失了许多记忆。

不管怎么样，桑杰没有忘记一个人，那就是银——他深爱着的女孩。对了，银曾经向他提起过麦达教授。桑杰想起来，麦达教授是世界上最著名的青年科学家之一。桑杰以前只是在书上和网上见到过他的照片。难怪他见到麦教授本人时，会觉得这个帅哥有些面熟。

桑杰再一次见到麦教授的时候，不无紧张地对他说：“教授，我以前认识一个女孩，她的名字是‘银’……”

麦达笑了，也许是时候对桑杰说出银的秘密了：“银是我一时失误制造出来的具有人格和感情的机器人。”

桑杰惊讶得说不出话来。他沉默了很久，麦达也没有说话，而是静静地坐在他身旁。

不管怎么样，桑杰还是想见到银。桑杰看着麦达，又问：“银……她现在在哪里？年龄多大了？”

“她快要十九岁了，正在学校准备下个月的高考呢。”

“这样啊……”桑杰看着身边的管子和吊瓶，他在想，自己的病还是有点严重。现在他不能打扰她，让她再为自己担心。

麦达又说：“银一直很想念你，我答应她，要努力治好你的病。”

桑杰非常感激地看着他：“教授，谢谢你！我明白了，等银高考结束后，我就联系她，和她见面。”

一个月之后，桑杰终于看到了银。银像从前那样，手捧一束灿烂的向日葵，来到病房看望他。桑杰看着久违的姑娘，情不自禁地泪流满面……

“桑杰，别哭。”银还是笑着安慰他，她的笑容那么可爱。而桑杰知道，银是一个不会流眼泪的机器人。

桑杰擦掉眼泪，看着坐在自己身边的银。两人都没有说话。银在想，桑杰已经知道自己的秘密了，他还会像从前一样喜欢自己吗？

桑杰在想，他曾经牵过机器人银的手，感觉和人类没什么不同。如果自己去拥抱她，会是什么感觉呢？他忽然很想拥抱她，如果自己现在对她说出想了很久的那三个字，她会欣然接受吗？

不过，桑杰转念一想，如果银和自己恋爱了，他希望带银去逛街、看电影，两人一起去旅行；以后他要和银结婚，两人一起种花，一起养猫。

总之，银和自己在一起，应该是快乐阳光、无忧无虑的，这才是他想要的。

而现在，自己要治病也要重新开始读书，没有时间陪伴她。父母因为他的病花了很多钱，自己也不能给她买漂亮的衣服。与此同时，银还要担心他的身体。

桑杰看着银很久，最终也没有说出那三个字。

桑杰说："银，我会一边治疗一边抽空回到学校去读书。两年后，我会考上大学。虽然有很多困难，但我有信心。"

银鼓励桑杰："我相信你，一定可以的。"

桑杰忽然又有些羞涩地看着她："你就要读大学了，好好享受新的生活哦，如果你遇到喜欢的男生，就去恋爱吧。两年之后，假如你还没有男朋友，假如你还不嫌弃我……那么咱们在一起好不好？"

银温柔地说："我当然不会嫌弃你啦。只不过，我是一个机器人，如果你真的和我在一起，会不习惯吧？"

桑杰说："这些都没有关系。其实，你不知道，我第一次看到你的时候，就有一个梦想：以后和你一直在一起。"

银甜甜地笑了："虽然你以前没有说过，但我猜到了。我还是觉得你很可爱，像和你初次相遇时一样。"

桑杰也说："我也一样，我还是觉得你很可爱，就像从前一样。"

下卷

第一章　那年夏天

记忆中的夏天时常有灿烂的阳光，绿色的树叶和荷塘分外美丽，把这座城市打扮得魅力非凡。

那年的夏天也不例外。喧嚣的蝉鸣胜过鸟叫，竹子在围墙上投下的阴影，给夏天增添了几分清雅的感觉。

经历了紧张的高考，银和董嘉森各自如愿被科大的物理学院和外国语学院录取。他们九月即将去大学报到，在这之前还能享受一个相对轻松的暑假。

那年夏天桑杰苏醒过来了，重新回到了银的生活中——银在十九岁生日那天知道了这个好消息。她想，这是她收到的最好的生日礼物。

不过，桑杰是很忙的，他在那年夏天重返校园，一边继续自己的高中学业，一边接受治疗。桑杰接受了麦达教授团队最新的癌症疗法，他的病好了许多，至少可以正常地生活、学习了。当然，麦达教授也还是很忙。

一开始桑杰很不习惯新的生活，学习很辛苦，周围的学弟学妹自己也都不认识。不过除了班主任，没有人知道桑杰曾经是癌症晚期患者，这一点他觉得不错。

桑杰的同桌是一个名叫刘莹的女生，性格活泼开朗，和他相处也很愉快。不过桑杰还是想念曾经的同桌赵林。赵林去了另一个城市上大学。还有，他很想念那个安静内向却很爱笑的女孩——银。

桑杰和银有时会在微信上聊天，但见面并不多，毕竟桑杰太忙了，要经常去医院治疗和检查。见面的时候，桑杰也没有再对银表示什么，只是像朋友那样聊天。

银很有些寂寞。如果桑杰再热情一点，她应该会更开心。现在，她心里有些失落。当然，银也还是会担心桑杰的身体，不过她心里的包袱比以前轻了许多，她相信有一天桑杰会彻底战胜病魔。

在一个周末，桑杰找银去逛街。他们没有提前约好去哪里，随意走到了小吃街。

他俩在小吃街一边走，一边轻松地聊着往事。

“嗨，两年以前，你父母计划让你接受冷冻、等待你苏醒的事情，你为什么没有告诉我呢？”银的语气就像在谈论什么八卦。

“那时我真的不知道啊，他们当时每天都忙着赚钱或者为我寻找治疗方法，也没有对我说过这些。也许他们作出决定的时候，我已经不能清醒地和你交流了。”桑杰一脸真诚而无辜地说道。

不过，同时他也在心里想：如果自己提前知道这件事，会告诉银吗？桑杰自己心里也没有答案。他只知道，他不希望她在不确定的情形下心存一个如此渺茫的希望。

桑杰又说：“你也一直没有告诉我，你是一个机器人啊。”

“是啊，我本来想告诉你，只是一直没有找到机会。有一次在奶茶店想和你说，但那时你病得很严重，就担心影响你心情。”银不禁低下了头。

桑杰笑笑，脸上是一副“我知道，我都了解”的表情。“这没什么，机器人女孩也是一样可爱的，我……”他犹豫一下，还是把“我很喜欢”那几个字咽了下去，而是转变话题说，“听说麦教授创造你，是为了让你帮助他在实验室做科研？”

“是的。不过，因为我有了人类的思想情感，所以便也没能帮他做什么，只是后来帮助他们团队一起完善了癌症疗法。”银淡淡地说。

“很棒哦！”桑杰竖起大拇指，“总之我很感激麦教授，如果没有他的帮助，我的病也不会好。更重要的是，如果他没有创造你，我就不会认识你了。”

两人相视而笑。

这条街热闹非凡，有许许多多的店铺。很多人都无忧无虑地在这里逛街、买小吃。

他们俩走过一家店，看到很多人在排队买烤串。银说：“我也要吃。”

桑杰看一眼买烤串的队伍：“人很多的，我去给你买，你在近处逛逛。”

“那也好！”

过了十几分钟，桑杰买到了银喜欢吃的烤面筋和烤肉。此时，银蹦蹦跳跳地来到他面前。桑杰不禁一阵感慨，这个小女孩只有在他面前才显露出最童真可爱的一面。

“你要不要吃一点儿？”银接过烤面筋和烤肉。

桑杰摇了摇头：“我不能吃这些。”

“哎呀，那多没意思。”

“给你买的，看着你吃就相当于我也吃到了。”桑杰笑笑。他看着银品尝美食的样子，不由地想起以前自己病得很严重，有一次出院陪她逛街时，自己曾对银说：

“也不知道下次和你这样逛街会是什么时候……”

没想到，两年多之后，自己还有机会和她逛街。这一切是在做梦吗？桑杰简直觉得这一切太甜蜜、太美好了。那天的银很美，他看着银的侧脸，女孩子的脸上写满了幸福，还有对未来的憧憬……

他们又到荷花池边走了走。天气很热，附近有一个竹林，蝉鸣声也显得十分悦耳。他们俩在石凳上坐下，感受着这座美丽城市的魅力。

桑杰用手背擦去额头上细密的汗珠：“银，我突然很想打篮球，有几年没有打了。”

“真的吗？”银半开玩笑地问道。

“当然，不过我还是要好好休养一下，过段时间再说。”

第二章 机械少女的大学生活

九月进入科大报到后，银还是租房住，也不打算住进学生宿舍，因为她不想让别人知道自己是一个机器人。

银喜欢物理。她的学习成绩很优秀，获得了不少奖学金。她不需要再去便利店打工，只是有时去做家教，她不需要担心生活费用——当然银也并没有赚很多钱，只是够用而已。不过，银已经觉得很满足了。

麦达以前给她的那笔钱，她还是没有花。她就把麦达的钱存在另一张银行卡里。

银空闲的时候会和颜如雪一起出去玩，她也在大学里认识了一些新朋友——虽然她依然是内向的，但是她不再像以前那样“社恐”。总之，在银看来，大学生活是丰富多彩的，比书山题海中的高中生活有趣多了！

当然，银和桑杰两人经常会在微信上聊天。

“银，你今天有什么课？”桑杰会这样问。

“今天只有一门数学课和英语课。”

“哈哈，好羡慕，我从早到晚都有课。”

银看到校园里的情侣们，也会想着遥远的未来，不知道未来会有一个什么样的人牵着自己的手。那个人会是桑杰吗？银也有点不确定。

大学的课业负担一点都不重，学生有许多自由时间。银没事做的时候，会去旁听麦教授的课。

麦教授主要在实验室工作，他的课并不多，每周四下午有一节课。麦教授的课当然也比较深奥，不过，聪明的银还是觉得这门课很有趣。其他学生总是听得很认真，特别是坐在前排的那些学生。但银与众不同，她总是喜欢坐在第二排，一边听课一边玩手机，点开桑杰的朋友圈看他有没有发新动态，或者打开手机地图，寻找附近好玩的地方。

麦教授有些不满地看她一眼。银看看麦教授，调皮地做个鬼脸。麦教授没有笑，但是眼神透露出一丝笑意。

下课后，银和麦教授打了个招呼，就去和小伙伴们自由地玩耍去了。麦教授则回到实验室继续忙碌。

“教授，那个十九岁的男孩怎么样了？”麦教授的助手询问桑杰的情况。麦教授很年轻，他的助手也只比他小几岁。

麦教授把视线从手里的试管上移开：“他现在还好吧，但是还要做一次手术，到时候才能知道咱们的疗法对他有多大帮助。”

“嗯嗯，知道了。”助手没有再多问什么。其实他也很好奇，麦教授似乎很关心那个叫桑杰的男孩，但是以前从来没有听教授提起过，仿佛教授是最近才认识桑杰的。不过，麦教授是很严厉的一个人，多问无益。

麦教授一边准备着实验，一边忍不住想起三年多以前，自己在实验室里创造出银的那个盛夏黄昏。

那天他怎么也不会想到，银会具有人类的意识和情感。

假如她像他所期待的那样，仅仅是一个完全听从他命令的机器人，那么此刻，银姑娘也许正在协助他工作。只要银和他们一起完成一个重要的实验，他就会去实验室楼下的自助冷饮柜，给她买一只香草冰淇淋——麦教授真是一个不折不扣的直男科学家，他认为女孩子一定会喜欢香草冰淇淋这类甜品，机器人女孩也不例外。

但是现在，银不仅帮不上自己什么忙，自己还要努力救治她认识的男生桑杰——那个很温柔的男孩子，是银的男朋友吗？

从银和桑杰联系的频率推测，他们俩并不是恋人关系。

为什么……

教授心里有一千个问题想问，以至于他的太阳穴刺痛起来。他叹了口气，不再考虑这些，继续做实验。

做实验有些累了，麦教授停下来休息，下意识地看了一眼电路信号，发现银距离实验室很近。也许她下课了也没有出去玩，一直待在学校里吧。麦教授想到这位小女孩，还是不自觉地嘴角上扬。

又过了一段时间，桑杰的父母联系银，送给银一张银行卡。他们说，一开始他们先找到麦教授，想把这笔钱给银和麦教授，感谢他们让桑杰重获生命。

麦教授婉拒了，但是桑杰的父母无论如何都要他把钱收下，教授只好说："那就把这笔钱全部给银吧。"

银只好收下了来自桑杰一家的感谢。但是银没有见到桑杰，他的父母说他上学去了。

那天晚上，银给桑杰打了一个视频电话："桑杰，谢谢你的爸爸妈妈。"

桑杰在屏幕里愣了一下，很快明白她说的话，他笑笑说："应该的，其实我们早就想好好感谢你和麦教授，只不过一直想多攒一点儿钱给你们。我一直吃着药，家里也没有攒下太多钱。"

"这个感谢也太郑重了，我简直不好意思收下。"

"没什么啦！"桑杰语气轻松地说道，"其实……还有其他的感谢，以我的名义给你，只要你喜欢，以后送给你。"

其实桑杰想说的是："以后把我自己送给你。"

银不知道他指的是什么，本能地拒绝了："不要啦。"

"你又不知道是什么，就不要了吗？"桑杰看着她，有些伤心。

“是什么呀？”银看着桑杰黑黑的眼睛，没有再追问下去，“不管是什么，我都收下，好不好？”

有一天，银下了课，搭校车到新校区听一场讲座。

在校车上，她旁边坐着一个陌生男生，他们并没有交流。

校车停下来，银走进报告厅，找个位置一个人坐下来，却发现刚才车上那个男生恰好坐在自己旁边。银觉得有些奇怪，却也没有在意。

银听完讲座没有别的事，就去等校车回去。

这个时候，她身后有个男生跟她打招呼：“你好。”

银转过头，发现依然是刚才那个人。银出于礼貌也回答：“你好。”

他们在校车上聊了几句，彼此加了微信。银想，只不过是多认识一个朋友。

那个男生叫李航。后来银才知道，那天第一次见面的时候，他本来并不打算听讲座的，而打算到新校区去办其他事。但是见到银之后，他却莫名其妙改变了主意，与银一起听讲座、一起坐校车，然后自己再重新坐校车回新校区。

也许，李航有点喜欢自己吧。银一边这么想着，一边看着窗外的粉色花瓣在微风中飘落。

银喜欢的人是温柔的桑杰，不过银也欣赏李航的热情，仅仅是欣赏而已。

第三章　回忆的滤镜

李航和银单独见面只有两次，第一次是校车上的偶遇，第二次是他们俩聊天一段时间后，李航单独邀请她。

银接到李航的邀请时也是犹豫的。不过，她想起桑杰的话："你如果遇到喜欢的男生，就去恋爱吧。"

那是一个温暖的春天，也许银也应该有一些新的故事吧。

于是，她就这样和李航见了一面。

他们聊得很开心，虽然是第一次单独见面，却感觉像多年的知己。

但是，银突然想起了桑杰，又觉得有点失落。他是唯一牵过自己手的男生。即使知道了自己是机器人，他对待自己的态度依旧温柔。最近她很少主动找桑杰聊天，此刻突然特别想念他，不知道他在忙什么，身体怎么样。

"银，你在想什么？"李航微笑着问。

银看着李航，没有说话。其实她是在想，这几天桑杰都没有找自己聊天，也许他真的很忙吧。

她和李航分别的时候，李航笑着说："改天见。"

银一个人在家里，有点儿寂寞。手机振动起来。看到李航的消息，银把手机放在一边，也没有回复。不知怎么，她心里有点莫名的烦躁，于是出门去超市买了一瓶红酒，给自己倒上一杯。好在她是一个机器人，不然一直喝总归会醉的吧。可惜的是，她唯有继续清醒。

和人类相比，机器人的记忆力更好一些。与人类相同的是，机器人脑海里的滤镜会让回忆比真实更美好。银喝下一杯酒，也忘不了很久很久之前，她认识桑杰的那一天。

那时候她和桑杰还在同一个教室做同学，但她不知道他的名字，只是有时会和他擦肩而过。

后来有一次她摔了一跤，桑杰帮助她把书一本本捡起来。那一天她知道了他的名字，他们也成为了好朋友。

“谢谢你！”银对眼前的男生说。那是她第一次注意到这个瘦高的男孩，第一眼看去，银觉得他并不属于帅哥类型。

“不客气。”男生对自己微笑，他笑起来还是有点好看的，银想。这时候，预备铃响了起来。

那天中午放学后，学校里人很少，银没有回家，而是一个人走到楼顶天台上席地而坐，晒太阳。

一个男生走过来，在自己对面席地坐下。银吓了一跳，仔细一看，原来是帮她捡书的那个同学。

男生叫她：“麦甜同学。”声音很温和。

银点点头：“你知道我的名字啊。”

“当然知道，咱们是同班同学嘛。你吃午饭了吗？”

“吃了。可是，我还不知道你叫什么。”银有点不好意思地说。

“我姓桑，我叫桑杰。”

“桑杰。”银念一遍他的名字，觉得很好听，“桑这个姓不算常见。”

“但比你的姓更常见。”

两个人都笑起来。银有点不知道该说什么，就问道：“你吃过午饭没有？”

桑杰笑了：“我也吃过了。”

银没再问什么，而是和桑杰安静地对望着。银第一次仔细打量他，桑杰个子很高，很瘦弱，头发剪得很短，脸色有些苍白，眼睛不大，双眼皮，戴一副眼镜，笑起来有两个酒窝，笑容羞涩温柔。那天中午很凉爽，但是阳光十分明媚，桑杰的皮肤很白，在阳光下他的脸颊也笼上了一层灿烂金色的滤镜。

桑杰也看着银。银很漂亮，脸圆圆的有点婴儿肥，但身材很标准，显得很健康；大眼睛，乌黑的长发，一切都显得近乎完美。不过桑杰又觉得她有什么地方与其他人不太一样，却又找不到明显的证据。也许是她太美了，美得有一点不真实吧，普通的校服也掩盖不了银的美。

虽然他们都没有说话，气氛倒也不至于尴尬。他们就这样一起晒了一会儿太阳。

过了一会儿还是桑杰先开口了："麦甜。"

"嗯？"银看着他。

"我觉得你很聪明，好像什么都会的样子。"桑杰有些不好意思地说。

"哪里！对了，我还有一个名字叫银，你也可以这样叫我。"

"哦？是银色的银吗？"桑杰觉得"银"这个字很特别，他也有些开心——银愿意把自己的昵称告诉他。

银点了点头。桑杰又问："银喜欢干什么？课余的时候。"他第一次这样称呼她，还真有点不习惯。

"我喜欢去逛文具店、花店之类的地方，我还想养只猫。"

桑杰很认真地听着，在心里记下了她的话。没等银提问，他说道："我喜欢听音乐，还有打篮球。"

银有点惊讶，没想到看起来瘦弱的桑杰会打篮球。她想了想："前几天，咱们班和文科班有过一场比赛，你是不是也参加了？"

"对，不过我打得不太好。"桑杰谦虚地笑笑，"那天你去看比赛了吗？"

"没有欸。"银说着，不知怎么，心里有点遗憾的感觉。

从那天起，他们成为了好朋友。有时候午休期间他俩都不回家，而是并肩坐在阳光下，桑杰会戴着耳机听音乐，也会递给她一只耳机。

高中时代的银是个有些高冷的女孩，但是面对桑杰，她似乎不太一样。那时班里许多女生嫉妒、排斥银。除了颜如雪，银没什么女性朋友。银和桑杰走得比较近，不过班里的女生们倒也不感兴趣，一方面他们俩从来没有越过“那条线”，另一方面她们认为桑杰无论是学习成绩还是外表都有点配不上银。

在银获得那场世界级物理竞赛的冠军后，她们对银的排斥转为恭维。

桑杰听说了银获得冠军的消息，觉得很惊讶，但他又在想：“这本来就是她应得的啊。”

第四章　幻化成风

银继续回忆着往事。那时的她有了桑杰的陪伴后，不再那么孤单，在班上受到的排斥也少了很多。他们表面上一直是朋友关系，桑杰没有向银表示什么，两人也没有考虑其他的关系，生活单纯而美好。

有一次，桑杰带银去 C 城郊外的古镇玩。

那是一个秋日的阴天。那个安静的南方古镇没有太多游客，绿意葱茏，流水潺潺，仿若一个世外仙境。午后，他们坐在一家露天茶馆晒着太阳吹着风，好像一切烦恼都可以幻化成风。

可是没有多久，一纸诊断书打破了这一切美好。桑杰不幸患上了癌症，银和同桌韩子仪、好友颜如雪以及许多同学们都去医院看望他。

银觉得很不习惯。她早已习惯了桑杰陪在她身边，桑杰对于她来说，就像一杯温开水，平淡却温柔，不可或缺。

过了一段时间，桑杰出院休养，还陪银妹儿逛了街。桑杰虽然是癌症晚期病人，但和她在一起时还是表现得很开心，会讲笑话给她听。

桑杰在担心，以后的银会不会很孤独？

“你的身体怎么样？”银也会关心地问他。

“这个没什么好说的，就那样吧。”银虽然担心，但还是被他的语气逗笑了。

桑杰又说：“你走近一点儿也可以，我的病不传染。”

银想说她并不是担心他的病会传染，只是有点不好意思再走近一点。

那天他们俩路过一家花店，银想进去看看，于是他俩就走进去……再后来，桑杰做了手术，银和董嘉森也在那家花店为桑杰买过向日葵。

花店里有飘香的百合、柔嫩的玫瑰和灿烂的满天星。红色、白色、橙色、绿色、黄色——花店的色彩总是灿烂亮丽，每一缕光都饱含生机。系着卡通围裙的花店主人热情地对桑杰说：

“帅哥，给这位姑娘买一束花吧！”

桑杰听了就很害羞，他看了银一眼，小声地问：“想要什么花？”

银想要玫瑰花，但她觉得不好意思，于是说：“我要百合花。”

桑杰就给银买了一束香水百合。他侧着头看着手捧鲜花的女孩：“真漂亮。”银在想，桑杰是在说鲜花漂亮，还是说自己漂亮呀？

他们走出花店不久就看到一对情侣，有一个路人拿着手机帮他们合影。银看着他们，眼睛里有些羡慕。桑杰似乎看出她的心思，主动说道：“以后我病好了，也和你一起拍照，好不好？”

“世事一场大梦，人生几度秋凉。”银忘不了那种明知道终究会失去他，却又无能为力的感觉。银试着努力说服自己：他太痛了，早一点离开或许不全是悲伤的事。

春天来了，树上开满了米黄色的小花。桑杰忍不住摘下口罩，深深呼吸这清香的春天里的味道。

那天的风也很大，似乎所有的悲伤都会幻化成风。

眼前这片天空是如此美丽，我多想亲自把它送给你。

别回头，下辈子一定还是要做个帅气的男孩子呀。

没想到很久之后，桑杰重新睁开了那双爱笑的眼睛。而且，桑杰依然记得银。

过去的日子就这样过去了，逝去的时光已是如此漫长。银又打开手机，在微信里点开桑杰的头像，他们上次的聊天记录停留在七天之前。

“桑杰，你在干吗呢？”

银发出这样一句话，没有回应。她又给自己倒了一杯红酒，入口那一刻，感觉有点苦涩——机器人的味觉也是很灵敏的呢。

算了，还是不要这么颓废了。银背起书包离开家，打算到学校的图书馆去学习。前不久她在图书馆看到了一本有趣的物理书。

她在学校里走了一会儿，就见到了董嘉森。

两个人打了招呼，银和董嘉森聊了几句近况，就问道：“桑杰最近和你联系了吗？他好吗？”

董嘉森看着银，犹豫很久才说：“他今天做了第二次手术。”

银愣住了：“怎么会？！”

“银，别紧张，是姐夫麦教授建议他做手术的，这样就可以彻底治好他的病了。”

“好，我明白了。”

第五章　爱的光芒

桑杰和银见面的时候，常常会在科大校园里散步，或者在他们读高中的学校附近散步。他们会聊聊彼此的近况，当然，聪明的机器人少女银也会帮助桑杰解决一些学习问题。在银的帮助下，桑杰学习有了很大进步。

桑杰很想像从前那样牵银的手，但他没有那么做。

经历了那场病，再加上年龄的增长，十九岁的桑杰变得成熟了许多。他一边读书，一边继续治疗、复查。每次去医院拿检查报告之前，他都格外紧张，很害怕努力换来的一切再一次陷入万劫不复的深渊——他战胜癌症，离不开自己和家人的努力，更离不开银妹儿和麦教授的努力。

“你就要读大学了，好好享受新的生活哦，如果你遇到喜欢的男生，就去恋爱吧。”这样的话，桑杰只对银说过一次，以后再也没有说起——桑杰当然还是梦想着有一天能和银在一起的。

桑杰和银见面聊天时会问她许多事，却从来没有问银有没有和其他男生交往，他不想干涉她。同时，他也很少对她提起自己内心的痛苦和挣扎，他只希望看到银轻松的笑脸。

桑杰看着银白皙的手指，就希望着有一天能给她戴上一枚戒指。但是他逐渐觉得银妹儿看着自己时，眼里的光似乎没有以前那么明亮了。银妹儿最近似乎也很少主动找自己聊天了。虽然银在自己面前还是一如既往地热情而快乐，但敏感的桑杰似乎意识到了些什么。也许，银遇到另外一个让她眼里满满都是爱的光芒的男孩了。

在最近几次和银见面的时候，他逐渐确认了这一点。不过银没有说，桑杰自然也没有问。桑杰只是安静地看着可爱的女孩，眼神有一点忧伤。

他依然很温柔地和她聊天散步，就像从前一样。到了说再见的时候，银走出很远，不知怎么地，她又回过头，恰好看到桑杰依然站在原地，看着自己的背影……看着桑杰的身影，银忍不住有些心疼。

桑杰想着曾经与死神作斗争的那些日日夜夜，银经常来看望他。而现在，自己一边接受治疗，一边面对艰辛的学业，这种日子同样黯淡无光。唯有银才是他这段黯淡岁月的灿烂阳光，只要能够看到她，他还有什么不满足的呢？

只是，看着银的背影，桑杰很失落，也很难过。他想起多年以前，和她一起去古镇的那个秋天。

桑杰回到家里，躺在床上稍事休息，然后就起来打开书本学习。这时手机振动起来，是银妹儿的消息："桑杰，你回家了吗？"

"嗯，我回家了，应该和你说一声的。"桑杰写下这句话，顺手发了个笑脸的表情。

凌晨的时候，桑杰从梦中醒来，他打开手机翻看着银和自己的微信聊天记录，然后又睡着了。

一个阳光灿烂的晴天，桑杰去医院检查，为第二次手术作准备。麦教授说，这次手术后，他就会彻底恢复健康。

他心里有点害怕。打开微信，看着银妹儿的头像，他犹豫了很久，最后也没有给她发消息。

他只是回想着上一次和银见面的场景。

那天与银见面的时候，他和从前不太一样，有些小心翼翼地和银保持着距离。他的眼光始终温柔地停留在银身上，似乎想说些什么却欲言又止，最后告别的时候，他温柔地对银说了"再见"。

第六章　黎明之前

“银，别紧张，是姐夫麦教授建议他做手术的，这样就可以彻底治好他的病了。”董嘉森说。

“好，我明白了。”银松了一口气，“你这两天见过他吗？”

“昨天刚刚见过的。他做手术前，我去医院看望他，他向学校请了一个月的假。”董嘉森又说，“昨天我们聊了很久”。

“你们都说了些什么？”

“昨天没有别的朋友去看望他，桑杰只告诉我他要做手术。他说：‘嘉森，如果我的手术可以成功的话……’”

“我打断了他，我说，‘你说什么呢，怎么会不成功呢？’桑杰很淡定地笑着说，‘做手术有风险的嘛，所以难免会这样想’。”

“桑杰现在……应该没事了吧？昨天他还说什么了？”银紧张地问。

“别担心，我和他父母联系了，他的手术是成功的，只不过他可能还没有醒过来。昨天他还说，‘如果成功了，那我想以后和银妹儿在一起’。”

银的心忍不住颤了一下。

“那是他第一次对我承认他喜欢你，他还说，‘不过如果银喜欢别的男生，那也可以的’。我不知道他为什么这么说，我很惊讶，就说，‘杰娃，你想什么呢？银一直很喜欢你呢’。”

银听到这里，更心疼了。她想，最近对桑杰的关心确实少了，也很少找他聊天了。

董嘉森又说："我为了逗他开心，还开玩笑说，'很多男生都喜欢银妹儿，我当然也喜欢她，可是她完全不给我们机会啊，我好羡慕你'。"

"但是桑杰还是看起来有点伤心，他说，'我也不知道银妹儿怎么想的。她以前为了我一直担心难过，其实她不该承担那么多，现在我只希望她享受生活，开心就好，不要总是想着我'。我就说，'如果我是你，我就去追她了，不会让她跑掉'。"

"然后……桑杰怎么说的？"银有些紧张地问道。这一刻，她意识到原来自己真的很在乎桑杰在想什么。

董嘉森犹豫一下："桑杰说，'可是，我现在不能给她幸福啊，假如她遇到另一个比我更好的人，那我也不能说什么……'我记得桑杰说这些话时很平静，但是他的眼神很无奈，也很痛苦……"

"最后，桑杰和我说，'嘉森，我要做手术的事，就不要告诉银妹儿了'。"

银一时说不出什么话，过了好久才问一句："他的身体怎么样？"

"其实桑杰身体还是不太好，他太瘦弱了，每天都要吃很多药，药物的副作用也很严重。他情绪低落的时候会和我说，我就陪着他，听他诉苦。"董嘉森忍不住心疼地叹了口气，"不过他本质上真的是个乐观的男生，一边治病，一边面对繁重的课业，非常不容易。"

"啊？原来是这样，我很少听他说起这些……"桑杰总是在银面前展现出最阳光的一面，银完全不知道，他咬着牙走过了一段如此艰难的路。

董嘉森又说："桑杰不让我把他做手术的事告诉你，不过我想，还是应该和你说的。我打算再去看看他，你要不要一起去？"

"我要和你一起去。"银说。

董嘉森笑了，又有点惋惜地看着她："我不知道桑杰为什么说那样的话——银，你不喜欢他了吗？"

银愣住了，她想起了很多……想起第一次见到桑杰的时候，他帮助自己把书一本本地捡起来；想起桑杰每次约她散步时，他们俩说的话；还想起那天两个人在古镇，走在她前面的桑杰回过头来说："银妹儿，一起去晒太阳。"

银也想起她一度以为桑杰去世了，那时她对他的怀念。桑杰的样貌和家境并不突出，学习成绩虽然优秀，却也不及自己。她怀念他，也许是因为他温柔的性格，以及，他对她无私的爱。

银还想起她和桑杰最近一次见面的情形——

那天桑杰来找自己，见面的时候，桑杰似乎和从前不太一样，看起来有些小心翼翼，和自己保持着距离。他的眼光始终温柔地停留在自己身上，似乎想说些什么却欲言又止。最后告别的时候，他温柔地对自己说了"再见"。

也许，那天桑杰是想要把做手术的事告诉她吧，但他最终还是什么都没有说。

…………

银摇了摇头："没有，其实我一直……喜欢他。"

董嘉森如释重负地说："那太好了，我觉得桑杰真的是值得你喜欢的人……当然，我并不是作为他的朋友才这么说的。"

银不知道的是，桑杰做手术之前，对董嘉森倾诉心声的时候，董嘉森为了宽慰他，还对他说："小桑，如果银妹儿真的喜欢别的男生……那你也别太放在心上，银妹儿终究只是机器人，你可以去和人类女孩恋爱啊。"

桑杰却倔强地说："我知道她是机器人，可她也是我喜欢的女孩啊！"

董嘉森没再多说什么，只是坐在他的床边。由于虚弱和疲惫，桑杰似乎要睡着了。董嘉森在离开之前说了一句："小桑，等你做完手术了，还是让银来陪你，和你说说话嘛。"

此时桑杰的意识似乎已经没那么清醒了，董嘉森听到他这样喃喃地回应着："我不想让银担心，也不想拖累她……"

董嘉森看着渐渐进入梦乡的桑杰。或许，桑杰会在梦里和银相逢吧。然后董嘉森转身走出去，随手带上了门。

与医院住院部走廊有几分压抑的安静不同，医院之外是另一个热闹的世界。

董嘉森离开医院，就去逛文具店了。周末的时间总像是被人按下了慢速播放键，店里有许多洋溢着青春活力的少男少女。董嘉森不由地想到，桑杰也应该是他们之中的一分子。他忍不住叹了口气，算了，还是不想了。

第七章 回忆之后

银和董嘉森打车去医院。在路上，银几乎没有开口，董嘉森也没有主动和她聊天。

银还是在回想，她想起很多琐碎的细节。

“黄昏之后，黎明之前；回忆之后，遗忘之前。”

银在心里说：桑杰，一定要早点儿好起来。

银又一次见到了桑杰的父母。桑杰的父母说，桑杰已经脱离了生命危险，刚刚醒过来不久，因为失血很多，所以人非常虚弱。

董嘉森说自己要先进去和桑杰说几句话，他们同意了。于是银和桑杰的父母留在门外等候。

银不确定桑杰的父母是否知道自己是机器人，但不管怎么样，他们似乎知道自己和桑杰的关系非同一般，而且当然也知道是自己和麦教授帮助桑杰重获生命的，所以他们对自己还是非常热情的。

只不过此时，他的父母也很焦急，并没有太多心思和银交谈。这几天他们一直没怎么休息，偶尔空闲下来，也会想桑杰以前的事情。想起桑杰刚来到他们的世界时，医生说：“恭喜你们，他是一个很健康的男宝宝”；想着他曾经是一个天真可爱的小婴儿，后来一点点长大，变成调皮的小男孩；想起后来他又变成温柔内敛的少年，以优异的成绩被一所重点高中录取，同时也有了自己的小秘密。当时父母不知道他的秘密是什么，也许，是喜欢某个可爱的女孩子吧。

银不知道桑杰曾经对他父母说：“以后我要和银这个姑娘结婚，她很可爱，也很美丽，只不过她是个机器人，希望你们也喜欢她。”

过了几分钟，董嘉森走出来：“银，你和我一起进去吧。”

银走上前去：“他知道我来看他吗？”

“知道的。”董嘉森说。

和董嘉森走进病房的那一刻，银不知为什么非常紧张，她的心同时又被歉疚的情绪牵扯得有点疼。

她一眼就看到桑杰躺在床上闭着眼睛，身上还插着许多管子。不过，桑杰听到两个人的脚步声，猜到是银来看望他了，就睁开了眼睛。

银忍不住心疼地叫起来：“哎呀，桑桑！”她走到他身边，在离他最近的那把椅子上坐下来。

桑杰的眼睛里全是重逢的惊喜，他看着银露齿而笑，又有些不好意思地说：“欸，银妹儿。”他伸出手想去牵银的手，却还是把手收回了。

董嘉森顽皮地说：“小桑，是不是很惊喜啊？你好久没见银妹儿了，很想她，是不是？”

也许是刚刚做完大手术，心理有点脆弱，也许是别的什么缘故，桑杰听了董嘉森的话，就忍不住流出了眼泪，又悄悄地用没有输液的那只手把眼泪擦掉了。

董嘉森和银假装没有看到，董嘉森说：“你们单独聊一会儿吧，我等会儿再过来。”

银在桑杰床边的椅子上坐下来。银很难过也很自责——桑杰在手术台上和死神搏斗的同时，自己却在和其他男生约会。银又想起桑杰对董嘉森说的那番话，也许桑杰什么都猜得到吧。

不过，桑杰并没有和银聊起这些情感问题，可能是因为他实在没有力气吧。他们只是简单地说了几句话。

桑杰叫着银的英文名字："Silver，让我看看你。见到你真的很开心，想不到你会来。"他认真地看着银，然后就笑了："变漂亮了呢，很可爱。"

银在想，不管经历了什么，桑杰依旧是个很爱笑的男孩。

银也害羞地笑起来："桑桑，你感觉怎么样？你做手术这么大的事情，为什么不告诉我？"

"我还好，其实早就打算做手术的。我不想让你担心嘛，所以没有让麦教授和嘉森告诉你。嘉森还是告诉你了，对不对？"

银点点头："你还是应该告诉我。你要多吃点东西，这样才能恢复快。"银心里仍是有点歉疚，如果前段时间对桑杰关心再多一点，也许他就会把手术这件事告诉她。银看得出，桑杰也很渴望她的关心。

"嗯，我尽量多吃一点儿。"桑杰很听话地点点头。

银心疼地看着他："做手术之前，你害怕吗？"

"有点害怕，毕竟要开刀嘛，也有点儿担心失败……不过也还好，毕竟不是第一次做手术了。"桑杰忽然有些不好意思地把视线从她脸上移开了，没有说下去，过了一会儿又看着她，笑笑，"银，我没有什么事，不要再来看我啦，我过不了多久就出院回去上学了。"

银想说些什么，却什么也没有说出来。

桑杰又犹豫着说道："最近你很少找我聊天了，你是不是……"

"怎么？"银有些紧张，难道桑杰真的看出了自己的秘密？

桑杰安静地看着银，心里想着：现在的我，怎么能追求这样的姑娘呢？我所理解的爱你，也许就是要做让你开心的事情吧。

短暂的沉默之后，桑杰继续说："最近是不是很忙？"

银不敢看他的眼睛，低下头："嗯，我是很忙。最近课有点多，也在准备竞赛一类的。"银有些心虚——桑杰很了解她，知道她不会花太多时间在学业上的。

桑杰听了银的话，没再回应什么，而是闭上眼睛，表情有些痛苦。银紧张地问：“怎么了？”

“没事，麻药劲儿消退了，觉得伤口很疼。”

银想着，也许自己也在他的心上划了一道伤口吧。

银坐在桑杰床边，默默地看着他，也没有说话，但她不再心虚和紧张，而是有一种莫名安心的感觉。

过了一会儿，桑杰睁开眼睛看看她，他的眼神依旧很温柔：“银，我最近每天都会拿出你送我的那个玻璃球看看，麦教授真是心灵手巧呢。我从玻璃球里能看到城市风景，也能看到乡村的麦田，有时还能在晚上看到漂亮的星空，我就一点儿都不无聊了。”

“哇，真的吗？居然可以看到这么多东西。”

“对呀。”桑杰没再多说什么，也许是刚才说了很多话，他感到有些疲惫。

银就说：“桑桑，你好好休养，我要回去了。”

“好的，银。”桑杰微笑着和她道别，又说，“回去路上小心一点。”

桑杰目送着银离开的背影，其实他很想走到窗边去，看看银下楼离开医院的身影，只可惜他还无法下床。银离开后，董嘉森进来了。

桑杰看着董嘉森，笑笑：“其实你没有必要出去的，我们也没谈什么秘密的话题。”

董嘉森也笑了：“还是想把时间留给你们——小桑，你感觉好一点儿了吗？”

“嗯，看到她，我就觉得好多了。虽然不知道以后会怎么样……但现在能看到她，我就感觉好幸福啊。”

董嘉森离开后，桑杰很想睡一觉。但他还是等着银妹儿给他发消息。过了一会儿，桑杰在手机上看到了银说自己已经回到学校的消息，他给银回复了一个笑脸的表情，就拿着手机睡着了……

第八章　春天里

桑杰出院的那天，接到了银的电话。当时桑杰正在病房收拾东西，等着父亲来接他。

“桑杰，听嘉森说你今天出院，真是太好了！”银妹儿在电话里说。

“嗯，是啊，银，我康复了。谢谢你和教授让我战胜了癌症。”

“我也想去看看你，但你不让我来。”银有些抱怨地说道。

“我不是，我没有，银……”桑杰的声音忽然中断了。

银焦急地喊道：“桑桑，你怎么不说话？！你在哪里？”

桑杰默默地挂断了电话。他只是害怕银听到他的抽泣声。

与此同时，董嘉森发来一条微信：“小桑，这周末一起吃饭，你要不要叫上银啊？你都好久没有见过她了。”桑杰没有回复。

过了一会，手机再次响了起来，桑杰看看来电显示，是“银妹儿”。

“银。”桑杰擦掉眼泪，过了一会儿才按下接听键，尽可能用平静的语调回应她。

这次轮到银沉默了，桑杰顿了一下，接着说：“对不起，刚刚你问我在哪里，我正准备回家，休养一周就去上学。”

他继续说着，也不管银妹儿有没有在听：“之前只是不想让你担心，现在好了，我不会再让你担心了。”

桑杰和父亲走出医院。父子俩打了一辆出租车，在车里放松地聊天。

“前两天听你说，周末你要和嘉森还有其他几个朋友去吃饭？”父亲说。

“嗯。”

父亲拿出了手机，点开自己和儿子的微信聊天框：“给你转点儿钱吧。”

桑杰摇摇头，想要拒绝。

“没关系，老爸有钱，你和银出去也要花钱嘛。”

桑杰还是摇了摇头：“我……这周末不见她。”

星期天，银在校外买东西，偶然遇到了桑杰。这是桑杰出院后，银第一次看到他。

两个人都愣了一下，望着对方，没有立刻说话。银还记得那天桑杰穿着浅蓝色衬衫，看起来气质很干净。

还是桑杰先说话了，他一边说，一边有些羞涩地笑着：“银，你今天有什么安排？”

“刚才在文具店买了东西。桑杰，你呢？”

“今天中午嘉森和赵林叫我吃饭，我就去了。”

银不知该说什么，就只说了个“哦”。

“嘉森还叫了你以前的同桌韩子仪呢，没想到他们也比较熟。”

“是吗？”银看着桑杰。没想到董嘉森确实交友广泛——不过她和韩子仪也不算是好朋友，无所谓了。

“我也想叫你一起去的，只是怕打扰你。没想到在这里遇到你。”桑杰又问，“银妹儿，下午准备做什么呢？”

“我没什么事情啦。”银一边说着，一边想起以前和朋友们聚餐后，桑杰会约她再去别的地方逛逛，但今天，桑杰似乎完全没有这个打算。

银的猜测是对的，桑杰听了她的话，也没有说什么，只是说：“今天天气很暖和，阳光也不错，心情都变得好起来了。”

“你身体恢复得怎么样？”

“很好，别担心，定期复查就可以了。”桑杰又问道，“银妹儿，你回学校去吗？”

“嗯，是的，再走十几分钟就要到了。”银故作轻松地说，心里其实有些失落。

“那，我送你回去吧，然后我再回家——你觉得方便吗？”桑杰探询地望着她。

“当然方便啦！”银很开心。

“嗯，我送你，免得你一个人走回去。”

银听了桑杰的话，忽然有点心疼桑杰。这个男孩一直那么爱她，即使知道她喜欢别人，依然默默地呵护着她。

银默默地走在桑杰身边，听着桑杰有一搭没一搭地与她说话。

“前几天麦教授也给我打电话了，他很关心我，问我做完手术后有没有什么不舒服。”

“韩子仪和赵林在外地上大学，最近他俩恰好都回家了。”

“今天我们吃了火锅，我只吃清汤锅，他们吃辣锅。聚餐是AA制，但他们没有让我花钱。”

“吃火锅的时候，韩子仪还问起你呢。”

银看起来漫不经心，其实每句话都听进去了。

也许，桑杰也是一样吧，看似漫不经心，其实每句话都是认真对她说的。

到了彼此说再见的时候，银走出去几步然后回头，她知道桑杰一定没有走开。果然，桑杰还是站在那里，看到她回过头来，就笑着向她挥了挥手。

银妹儿，其实我知道你会回头看我的。但是，我只能送你到这里了……

后来李航也多次约银见面，银都以学习忙为由拒绝了。不过，李航似乎也很理解她，毕竟他们只是聊过几次天的朋友。只是李航心里也不免有些惋惜，银就这样消失在他的生活里，他们的故事就这样无疾而终，在那个春天里幻化成风。

第九章　陪着你

后来银主动找桑杰聊天比较多了，桑杰对银的变化感到有点惊讶，不知银为什么和以前不一样了。不过他始终没多问什么——他不想多问，也没有时间多问，银想找他聊天，那他就陪她聊好了，自己空闲时也会更多地联系她。

有一天，桑杰期末考试结束后，手机振动起来，来电显示是“银妹儿”。桑杰在走廊上一边接电话，一边往楼顶天台走去。

银在电话里讲了很多，讲到她的快乐和烦恼——虽然是聪明的机器人少女，但她也会遇到学业方面的困难。毕竟科大的功课有点难，想要不费吹灰之力还真是不容易。

桑杰一边安慰她，一边问道：“假如不谈学习的话，你快乐吗？”

“也一般般。有时候想找朋友们玩，他们各自都有事，我就只有和猫玩。再说，晚上也没事情做，你知道我是机器人，不需要睡觉的——但实在没事做，我就只好睡觉。”

桑杰不禁莞尔一笑：“不如起来学习。”

“才不呢，我可不是麦达那样的书呆子。对了，最近我买了新衣服，一件花格子外套。”

“有空拍照给我看看。”

“嗯，买衣服的钱，来自你爸妈送给我的那张银行卡。”银忽然说。

“和我说这个做什么？你想怎么花都可以啊。”

银停顿好一会儿才说：“最近我不知道为什么，觉得用这笔钱有点儿心虚。”

桑杰也不知道说什么好：“那笔钱本来就是为了感谢你们的……是你应得的呀……”

“之前觉得还好，最近觉得不太自然。”

“为什么？”其实桑杰模糊地猜到了银的想法，大约她喜欢了别的男孩，所以对他心存愧疚。

“我也不知道怎么说好，只是今天空闲，就给你分享一下我的心情而已。”银说道。

桑杰觉得既然银不想说，就没再追问，而是开玩笑地说：“好啦，轻松点儿啦，又不是聘礼之类的。”他说着，就笑出了声。

“嗯？？？”机器人少女不太懂得聘礼是什么，却也模糊地明白了一点什么。

桑杰自己也觉得不好意思，苍白的脸颊泛起红晕：“没有什么——我的意思是，想让你放松点儿，别想太多了。”

“嗯，桑杰，谢谢你。”

放下电话后，桑杰没有立刻回教室去，而是站在天台上望着远处的蓝天白云，看了很久。

桑杰走回教室，看到教室里只有同桌刘莹和其他几个同学在。桑杰就问刘莹：“还没有回去啊？”

“嗯，”她笑了笑，“桑杰，你去哪里了？”

桑杰一边整理着书包一边说：“刚才在天台接了个电话，顺便晒晒太阳。”

“嗯嗯，我刚才看了一会儿书，也打算回家了。”

“那，咱们一起下楼呗，我打一会儿篮球再回去。”桑杰说。

桑杰和刘莹一起走出教室。刘莹看看周围没人，忍不住对桑杰说："你看起来不太高兴，怎么了？"

"没怎么，挺好的。"桑杰牵牵嘴角。

"你前天去医院复查……没什么事吧？"刘莹担心地望着他。

"真的没什么事，谢谢关心啊。本来我也不想说，不过还是告诉你吧，我是接了朋友的电话，然后心情不太好，我自己打会儿篮球就好了……"

"桑桑，今天天气真好呀，你在干什么呢？"星期天桑杰在家写作业时，收到来自银的一条微信。

"我在写作业呀。"

"哦哦哦，今天我在和猫咪玩，还和颜如雪去看了一部电影，电影里面的自然风光很漂亮。"

"不错啊，我都好久没去看过电影了。"

"真是辛苦啦，那你身体怎么样呢？也要多注意休息啊。"

"身体还好吧，放心啦，银妹儿。明年高考结束了，我就能轻松一点儿了，希望可以考一个好一点儿的大学吧。"

"等你高考结束，我们是不是有更多时间聊天了啊？"

桑杰假装很淡定地说："为什么说起这个啊，你是不是感觉有点孤单了？"

"也还好。"银简短地说。

"嗯，等我高考后，当然有更多时间找你了。"桑杰又想起了什么，问道，"你快要过生日了，6 月 22 日，是不是？"

"对呀。"

"到时候你就二十岁了，和我一样大了哦。"

"哈哈哈哈。"银打出这样几个字，桑杰觉得她似乎在开心地笑。

银生日的前一天是个星期五，桑杰给她发了消息：

“嗨，银，又有好几天没有和你说话了，你明天就过生日啦。”

“对呀，明天我会和如雪一起出去逛逛。”

“我也去找你吧，认识你这么多年，都没有给你过过生日。之前你的每个生日，我不是在住院，就是被冷冻了，只有今年正常一点儿。”

银被他的幽默逗笑了：“说得确实有道理，我也想见见你。”

“不过，会不会有别的小哥哥给你过生日呀？那我就不方便去了。”桑杰终于忍不住问道。他一直想知道这个问题的答案，今天终于找到一个比较合适的契机。

“没有啊！我是单身狗。”银又加上一句，“一直都是单身狗。”银说到这里，简直有一种想流泪的感觉，但她没有眼泪。

桑杰看着银的消息愣住了，很久没有回复。他很确定银曾经喜欢别的人，但他又有点不懂银说的“一直都是单身狗”是怎么回事。算了，还是不想了。总之，他看到银的消息还是很开心的，假如未来有一天他和银在一起了，那么或许他们就是彼此的初恋呢！

但是他又忍不住想着，假如自己没有生病，那么银就不会“一直都是单身狗”，他有点难过。

银发来一条新消息：“你怎么回事？不说话。”

“刚刚手机出了问题。”桑杰说。

“怎么不换个新手机？”

“没钱买嘛，明知故问。”

银又被他逗乐了：“你的手机好奇怪，现在看起来又很正常了——不过，认识你这么多年，我也没有给你过过生日呢。”

“不怪你，都是我自己的原因。再说，男孩子的生日也没那么重要。那就这样定了，明天你什么时间方便，我去找你。”

第十章　银色手链

自从银被麦达从Silver实验室创造出来，已经整整四年了。现在的她，是一个二十岁的少女，变得比从前更美了。

“麦教授，祝贺你！”

“祝贺什么？”麦教授正在实验室忙碌，接到银的电话，一时有点摸不着头脑。

“祝你四十大寿快乐。”银调皮地说。

“我差点儿忘记，也祝你二十岁快乐。今天和谁一起过生日？”

“和一个女同学，还有桑杰。”

中午桑杰来找银，他给银买了一个小蛋糕，并且请银和颜如雪吃午饭。

桑杰看到银，心里既兴奋又紧张，就吃不下多少东西了。吃完菜，银切开蛋糕，把蛋糕装在三个盘子里，先递给颜如雪一块，然后又把一块小一点的蛋糕递给桑杰，最后那块留给自己。桑杰看着银，幸福地笑了。

下午他们三个人一起去逛街。颜如雪走在前面，桑杰和银并肩走在后面，银也有时候跑去牵着颜如雪的手，桑杰走在她俩身后。那天银并没有买什么很贵重的东西，但陪在她身边的人是她的好闺蜜与呵护她的男孩，银觉得很幸福。

到了商场，颜如雪说想买一条裙子，她自己挑选了一件，然后走进试衣间试衣服。银和桑杰就在试衣间外的沙发上等她。

“银。”桑杰叫她。

“怎么？”

“你有没有看中的衣服，我送给你，今天是你生日。”

银有点感动，却只是淡淡地说：“好，一会儿我看看。”

“那天听你说你一直都是单身狗，为什么没有找男朋友啊？”桑杰又笑着问。

“没什么合适的人选。”银白他一眼，“你呢，有没有喜欢的人？”

“就不告诉你。”桑杰调皮地说，心里有点苦涩。他的心情是矛盾的，一方面他很想和银在一起，另一方面他忙于备战高考，不愿让银一直等待他。

银半是生气半是戏谑地给了桑杰一拳。桑杰惊讶地看着她，他一时很难分辨她的情绪，更不确定那一拳的轻重，却一点都没有闪躲。

拳头落到桑杰肩膀上，银真切地感觉到桑杰很瘦，瘦到皮包骨头了。他似乎也被自己打痛了，忍不住皱了下眉头。

“很痛吗？”银问道。

“还好，”桑杰一边揉着肩膀，一边说，“你这个机器人，打起人来不知道轻重。”

银连忙道歉：“对不起，我刚刚是开玩笑的。”

“没事，我了解，随便你。”桑杰还是笑笑。

“桑桑，你好瘦，现在有多重呢？”银忍不住心疼地说。

“我也不知道，最近没有称体重。不过如果我让你不高兴，你今天真的揍我一顿也没什么。”

“真的？为什么？”

“我也不晓得，可能因为今天是你生日吧。”

银被桑杰逗得大笑起来。桑杰心里却还是有点不好受，觉得自己很对不起银，假如银真的把他打一顿，似乎也没什么。

他们逛完街，桑杰和银把颜如雪送回家。他们俩开始考虑接下来的时间怎么安排。

因为陪着银走了很久，桑杰忍不住低下头轻轻咳嗽，有些气喘。

“要不回家吧。”银看着桑杰。

桑杰想一想，歉意地说：“嗯，我也累了。咱们在这里休息一下吧，然后我送你回家。”

桑杰也很想和自己待在一起呢。银有点开心，就与桑杰坐在街角的长椅上休息。

桑杰从书包里拿出一个小东西，有些害羞地说：“银，这个送给你，给你的生日礼物。”

银也很害羞地接过它，打开包装。里面是一条银质手链，看起来价格不高，但却很精致漂亮。

桑杰不无紧张地看着她，说：“……这条手链，不知道你喜不喜欢，也许戴在你手腕上会很好看。”

银温柔地说：“我很喜欢。”她一边说着，一边就把手链戴在手上。

其实桑杰很想亲手为她戴上手链。他只是笑着说：“我昨天在学校附近挑了很久，你喜欢就好。”

银看着眼前的桑杰，又说：“谢谢你。桑桑，对不起。”

“怎么了？”桑杰奇怪地看着她。

“嗯，没什么。”

桑杰没再追问，伸出手轻轻帮银整理了一下散落在额前的几根头发。

银觉得很开心。

第十一章　水雾与玫瑰花

校园外绿荫下的小径很安静，阳光努力钻过树叶斜斜地照下来，树荫里似乎藏着许多秘密。

银的二十岁生日之后，她和桑杰的关系更近了一些。时间过得飞快，转眼就是秋天，空气里有几分凛冽的寒意。银给桑杰织了一条蓝色的围巾送给他。

“机器人织的围巾是不是很漂亮？”银调皮地说道。

“当然啦，银妹儿，我好喜欢。”桑杰一边说，一边戴上那条围巾，感觉暖和了许多。他看看手表，距离下午上课还有一点时间，就想着请银喝点东西。

“你想喝什么？”桑杰问银。

“我想喝奶茶。”银看着桑杰，一边撒娇地说，“我好久都没有喝奶茶了，也没有喝其他什么东西。”

“很多女孩子对甜品、奶茶都没有抵抗力——原来你这个机器人女孩也不例外啊。”桑杰幽默地说道，一边宠溺地看着她说，“你上次喝奶茶是什么时候呢？”

“是一个月之前啦，我和如雪一起。”

桑杰不由地笑起来，他觉得银只会和好朋友或者喜欢的男生去喝奶茶，看来银喜欢的男生也许只有自己。不知从何时起，自己变得很喜欢猜测她的想法，也许这就是爱情吧。

桑杰带银去学校旁边的奶茶店。路边有一棵桑树，风吹过，一片桑叶飘落下来，桑杰调皮地抓住了它，把它递给银。

到了奶茶店，银对店员说："我要一杯热的椰果奶茶。"

桑杰说："给我来一杯和她一样的。"

那天晚上银在家里整理房间的时候，找到了颜如雪给自己写过的许多小卡片或明信片。虽然她们现在不在同一所学校读书了，但还是经常保持联系。

"桑杰经常来找你，是不是？"颜如雪在电话里问银。

"也没有啦。他很忙的嘛，明年就要考大学了。"银有些害羞。

"其实以前上高中的时候，我就觉得你们俩关系不一般哦！但是又没有充分的证据，你们两个都很低调，你也没有对我提起过，所以后来我又觉得，你们可能只是好朋友吧！"

"你你你……太八卦了！"

"你们什么时候会在一起呀？"颜如雪继续八卦地问道。

"要看他怎么想的，我不着急啊！"两个女孩子都笑了起来。

银在想，如果以后和桑杰在一起，过着简单而稳定的生活，她就很满足了。

桑杰已经不需要戴假发上学了，他的头发重新长了出来。

在桑杰苏醒之后，他听说了银妹儿的秘密：原来银是麦达创造的机器人，麦达原本希望她协助自己从事科研工作，可她却具备了人的情感——就这样，银离开了实验室，后来认识了他……

他很心疼银妹儿。银曾经为了他的病担心难过，甚至一度以为他去世了，非常怀念他，这些都让桑杰自责不已。桑杰想象着穿着白裙的美丽姑娘独自走进花店，想着买一束白色的鲜花去墓园看望他——脑海里浮现的这个画面，让桑杰心生无限伤感。

所幸的是，他依旧真实地生活着，生活在与她不同的书山题海的世界里，生活在与她相同的充满人间烟火气的地球上。

桑杰担心机器少女得不到周围人类的理解，想好好照顾她。

可是，自己现在还没有完全康复，需要父母的照顾，又怎么能好好照顾银妹儿呢？不过，也许有一天自己会和银恋爱、结婚，那样就能每天陪着她了吧。

总之他一直把银放在心上，小心地默默呵护着她——尽管银很多时候不了解他的这些想法。

桑杰偶尔还是会做梦，梦到几年前自己和银第一次牵手那一天——那一天桑杰吃了几片止疼药才去找银，当药片开始发挥功效的时候，被病魔困住的身体重新变得轻盈起来。那一天他以为自己将不久于人世，他在梦境中看到一片清澈的湖，湖畔少年抽身离去，眼前是一片辽阔而朦胧的水雾……

而少年回眸的时候，隔着水雾看到了鲜艳盛放的红色玫瑰花。玫瑰花丛中，似乎还有一个美丽的少女，穿着粉色的长裙，一颦一笑都那么好看。

第十二章　阳光下的天台

银在路上偶遇了骑着自行车的桑杰。桑杰看到银就停了下来，两个人不约而同地脱口而出："你不上课吗？"

桑杰先说："今天请了假，去医院拿检查报告，你知道我要定期去复查的。"他戴了一个白色口罩，倒是显得气质很干净。

银也说："我今天没有课。我陪你一起去吧！"

"这……"桑杰犹豫了一下才说，"好吧，咱们一起去。我载你去好了。"

"我是机器人，有点重哦！"银站在他面前调皮地说道。

"试一下。"

于是银坐在自行车后座上，桑杰一边骑车一边说："比我想象得轻一些。"

机器人少女银确实比人类要轻一些。

银想起以前与董嘉森一起去医院看望桑杰，那时她坐在董嘉森的自行车后座上。现在，桑杰身体恢复得不错，已经可以骑车载自己了，她很高兴。

桑杰骑车载着银，女孩的长发在风中飘扬。银看着移动变幻的风景，脸上洋溢着甜甜的微笑。

只是走进肿瘤医院门诊大厅的时候，桑杰还是很紧张。他们坐电梯上了楼，银注意到桑杰的双手止不住地颤抖着。银轻轻拍了拍他的手臂，鼓励他：“桑杰，不会有事的。”

桑杰转过头看着银，然后微笑说：“嗯，不会有事的。”

桑杰带着银走到一台自助打印机前，很熟练地打印报告。看到那张白色 A4 纸，桑杰的手和声音还是止不住地颤抖着：

“我先看看，然后再拿给你看。”

银也不禁为他捏了一把汗。桑杰拿起那张纸看了几秒钟，就像小男孩递给小女孩一件玩具那样，很轻松地把它递给银看。他们俩都松了一口气。

桑杰拿着报告单去找医生交流了一会儿，然后就轻松地和银离开医院。

银坐在自行车后座上问道：“桑杰，你回学校去吗？”

桑杰一边骑车一边点点头：“嗯。”

等红灯的时候，他看看手表，已是中午十二点多了，转念一想，说道：“银，我请你吃午饭吧。”

“咱们一起去学校食堂吃吧。”银说。

“还是出去吃吧，食堂这个时间没什么菜了，只有米线、面条一类的。”

“没关系——我也想回母校看看。”

“那也好，就在食堂简单吃点儿。”桑杰说。

桑杰和银到了食堂，这时候食堂已经没什么人了。“我好几天没吃东西了。”机器少女银调皮地说。

桑杰笑着说：“别人听到了还以为我不给你吃东西。”

他们俩走到档口，桑杰点了一小份不加辣椒的牛肉米线，然后问银：“你要吃什么？”

银就对食堂阿姨说：“给我来一份和他一样的。”随后她又补充道：“我要辣的。”

桑杰和银端着米线在一张小桌边面对面坐下，桑杰体贴地对银说：“慢点吃，很烫。”其实他有点想吃银的那碗米线，他从小就很喜欢吃辣，只不过现在他在饮食方面要以清淡为主。

银眨眨眼睛，把自己的碗推到他面前：“哎呀，你尝尝我的这份，吃一点点辣没有关系的。”

“这样……可以么？”桑杰有些不好意思地看着她。

“我觉得可以！”银鼓励地说着。

桑杰笑了，从银的碗里夹了一点米线吃：“确实很不错。”

银神秘地说：“我刚才选辣的，其实就是想让你解解馋。”

桑杰很感动，却又不知道该说什么好。过了一会儿，银打破了沉默：“真的很好吃欸。”

“对，即使是清汤的，味道也不错。我有时候请假去医院，回学校晚了，大家都吃过饭了，我就喜欢一个人来这里吃米线。”桑杰说。

“因为很好吃是吗？”银问。

“也不全是。大概因为这种时候不用考虑我的病还有其他的困难，也不急着回教室去学习，总之就是难得的比较自由的时间，不想任何烦恼。”

他们吃完午饭，距离下午两点上课还有差不多四十分钟。桑杰看看银：“难得见面，我带你在学校里逛一下。”

银就说：“想去教学楼楼顶的天台上。”

桑杰笑了，他和银以前经常坐在那里聊天。他也经常一个人在天台上晒太阳，接听她的电话，或者什么也不做，只是在那里默默地想她。

他们俩踩过校园那棵银杏树的影子，走上楼顶的天台。

他们像从前还是同班同学时那样，并肩坐在阳光下，安静地待着。桑杰在想心事，想着身边的女孩，机器人女孩怎么能完全懂得疾病的痛苦和自己的无奈呢？就祝她永远像现在这样做个单纯的小女孩吧。他想到这儿竟不由地笑了笑。

“你笑什么？” 银看着阳光下桑杰年轻的侧脸的轮廓。

“没笑什么啊。”桑杰一边说着，一边从校服的衣袋里拿出两颗糖果，让银挑选一颗。

银选择了草莓味的，把菠萝味的那颗留给桑杰。她撕开包装纸，把草莓味的糖果放在嘴里，看着落在桑杰脸上的阳光，又问道：

“桑桑，再过几个月你就要考大学了，你要去哪里读书啊？”

桑杰没想到银会突然提出这个问题，愣了一下：“我还没有想好，到时候看成绩吧。”

“我是说，你想去哪个城市呢？”

“去哪个城市？我不去别的地方了，就留在这里。我这个身体状况，我和父母都觉得我读大学离家近一点儿好……”其实桑杰心里还想说：我想离你近一点。

银听了没说什么，却有点开心。

桑杰又问：“银，你会不会觉得我很没用？”

“怎么会！在我心里，你是个很顽强的英雄。”

“真的吗？”桑杰沉默一会，忽然说，“我想一直做你的英雄。”

银睁大眼睛望着他，然后轻轻点了点头。

他们走下天台，遇到了一个扎马尾辫的高个子女孩。女孩先是有点惊讶地望着桑杰和银，然后很快同他俩打了个招呼。

桑杰就向这个女孩介绍说：“这是我的朋友麦甜。”然后他又对银说：“她是我的同桌刘莹。”

两个女孩也彼此打了招呼。不过当时银有点心不在焉的，并没有仔细打量他的同桌。

桑杰一直把银送到校门口，然后对她说：“我要回去上课啦。”

“嗯，好好加油哦！”

第十三章　香草冰淇淋

银告别桑杰后，回到学校去上课，等到晚上再离开学校回家。

下课后她忽然想独自散散步，不觉又绕回到高中母校附近。

她融进放学的人潮里，想着会不会偶遇桑杰。

这时，她看到前面一个女生的钱包掉在地上。银弯下腰捡起那个钱包，拍拍那个女生的肩膀："同学，你的东西掉了。"

那一刹那，银想起多年前在母校教学楼，桑杰蹲下身，为她把散落在地上的书一本一本地捡起来。

扎马尾辫的高个子女生站住，接过钱包，对银粲然一笑："同学，太感谢你了！钱包里除了钱，还有我的身份证和学生卡，如果这些东西丢了，我真不知该怎么办才好了。"

银不好意思地说："没事的，没事的。"

女生仔细看着银的脸，忽然又问："你是桑杰的——朋友吗？"

银有点迷茫："是啊，你怎么知道？"

"今天中午上课前，我遇到桑杰和一个女生，我感觉你很像她。"

"啊，是的，那个女孩就是我。"银想起来这个女孩了。没想到对方还记得自己的脸。

女孩又说："还记得吗？我中午和你们打了招呼。我是他的同桌刘莹，我知道你叫麦甜。"

“真的感谢你，”刘莹又说，“我请你去吃点东西吧。”

银推辞不过，就说：“那咱们去吃香草冰激淋怎么样？”

刘莹笑了：“没问题！”

多年前，麦教授在实验室创造出银之前，曾经预设了一种奖励银的方式：只要银和他们一起完成一个重要的实验，就奖励给她一个香草冰激淋。所以，机器人少女银也很喜欢吃香草冰激淋。

没想到麦教授还有这样的童心呢。银此刻有点想念麦教授。

银和刘莹走进不远处的甜品店，店里有很多学弟学妹，但银都不认识。两个原本陌生的女孩也没有太多的共同话题。银并没有向刘莹讲太多关于自己的信息，刘莹只知道她叫“麦甜”，是一名大二女生。她们俩的共同点似乎只有手中相同味道的香草冰激淋，以及与桑杰的相识。

刘莹想起了与桑杰认识的第一天，班主任安排她和他做同桌：“刘莹，你就坐在靠窗第四排那里吧。”

她很听话地向第四排走去，只见未来的同桌是一个气质清秀的男生，谈不上帅，但五官还是耐看的。

桑杰抬起头看到她就笑了，他的笑是很温柔很阳光的。与此同时，敏感的他也注意到，女孩的眼神里似乎有了一些波澜。

后来，桑杰和刘莹也成为了好朋友。

因此，桑杰成为了刘莹和银吃冰激淋聊天时的主要话题。

“我知道桑杰以前生过一场病，具体是怎么回事也不太清楚。他父母为了给他治病把钱几乎花光了，家里蛮困难的。他也休学很久，才回来继续上学。”刘莹说着这些，表情有些心疼。

“是的，他原本是你们的学长。”银说到这里不禁笑了。

刘莹的话锋一转：“不过桑杰很上进，性格也很好，和他做同桌还是很轻松的。他也是我的好朋友，会告诉我许多事情。”

“比如什么事情呢？”银忽然莫名地紧张。

“比如……”刘莹忽然停顿了，似乎有什么话难以开口。为了掩饰内心的紧张，她停下来吃两口冰激淋，继续说：“他说他有个喜欢了很久的女孩，再过几个月他考上大学后，如果那个女孩还是单身，他就会向女孩表白。”

“这样啊？”银假装惊讶地看着刘莹。

“是的。我想，他很喜欢那个女孩子。有时看到桑杰课间和那个女孩子聊微信，笑得很甜。还有一次似乎是那个女孩子来找他，桑杰就陪她喝了奶茶，桑杰的胃不好，喝了奶茶回来就去洗手间吐了。但即便如此，那天桑杰也是很开心的，因为见到了她。”

银听了刘莹的话，感到惊讶而又心疼。她不知道该说什么，就转移了话题：“桑杰在你们班里有很多朋友吗？”

“他的朋友还是不少的，桑杰喜欢和男生们一起打篮球。不过，有一点与众不同的是，桑杰有时候喜欢一个人到楼顶天台去晒太阳。今天他和你在那里待了一会儿，其余时候他永远都是一个人去那里。”

刘莹看着银的表情，猜想着：会不会就是这个女孩子呢？

“我很羡慕你！”银忽然听到刘莹说出这样一句话。

“羡慕我什么？”

“只是觉得你很漂亮。”刘莹又说，“时间不早了，我要回去复习了，咱们有机会再见。”

“好呀，下次我请你吃香草冰激淋。”银调皮地笑着。

银回到家，想给桑杰打个电话，却担心影响他复习备考。她犹豫了一下，还是没有拨出那个熟悉的号码。

第十四章　愿望

几个月之后，桑杰被C城一所重点大学录取，虽然学校排名不如银所在的科大，但是也很不错。

按照桑杰之前的计划，他考上了大学，银也依然是单身，他该向她表白了。他想，自己会继续好好学习，以后好好工作，带给银幸福的生活。他也实现了离银近一点的愿望——他和银依然在同一座城市读书。

那天桑杰认真地准备了很久，来到了银的家。但见到银的那一刻，他却失去了所有的勇气。他站在美丽的女孩面前，欲言又止地望着她。

银的心情也很激动，她意识到桑杰似乎要向她表示什么——只不过不知什么原因，他一直沉默着。

“你是不是有什么话想对我说？”银看桑杰一直不说话，忍不住问道。

桑杰想了很久，才把自己希望和银在一起，却又时常担忧癌症哪天会复发，害怕会拖累银的复杂心情告诉她。他不知道该怎样说才好，所以也就说得很慢。

最后，他痛苦而又坦诚地说道：“我考虑了很久，每天都想着和你在一起……但是又感觉好对不起你。”

银脱口而出：“不要想那么多，只要咱们两个人在一起就够了。”

桑杰沉默了一会儿：“不要太执着了，和谁在一起过一辈子都一样，不是吗？”

“你怎么能这样说？！”银气恼地说。

“现在我觉得和谁在一起都一样。至少你不是特别的。”桑杰的表情很冷漠，这是银从未看到过的，可他的心里却在滴血。看着眼前的小女孩，他好想紧紧把她拥抱在怀里，一辈子保护她，而不是这样残忍地把她推开。

“你走，再也不要回来了！”这似乎是银第一次对桑杰怒吼。

桑杰脸上那冷漠的表情消失了，取而代之的是惊讶，随后银觉察到他眼睛里深藏的悲伤。桑杰忍住泪水，一言不发地站起身来。在他转身离去的那一刻，银似乎听到他的一声叹息：

“做人好难啊，为什么一直这么辛苦……”

桑杰走了半小时后，银收到桑杰的一条信息：“银，对不起，我走了，刚才说那些话，只是怕自己给不了你幸福。你可以好好考虑一下，如果不想和我在一起了，就发个信息告诉我，没什么……”

银看着手机，没有回复。桑杰没有再给她打电话或发任何消息，当然更没有来找银。

银很想念桑杰，又很害怕会把他弄丢，好几天不和他联系还真是不习惯。如果她是一个人类女孩，她一定会伤心地啜泣。可惜，她没有眼泪。

“但曾相见便相知，相见何如不见时。

安得与君相诀绝，免教生死作相思。”

在这些孤独而忧伤的日子里，只有猫咪Silver是她唯一的慰藉。当然麦教授和朋友们也曾给她发过消息，银懒得回，他们并不知道发生了什么。

银悲伤地蹲在地板上，懒懒地看着小猫咪扭着胖乎乎的身体向她走来。这时她显得比小猫咪高不了多少。

回忆填满了银的心房。银回忆着上一次与桑杰见面的情景，回忆起他眼睛里的泪水，回忆起他最后说的话：

“做人好难啊，为什么一直这么辛苦……”

爱上等于哀伤。年轻的机器少女银，也渐渐体会到桑杰的辛苦和无奈。过去的岁月里，为什么她很少想起这些呢？

其实他们分开第五天的时候，银很偶然地在街角遇到过桑杰。不知道他出来有什么事，银在想，也许是买点菜，或是买药，或是有别的事。桑杰和银的家离得并不算远。

银很惊喜，但是少女的矜持让她始终没有开口喊他的名字。桑杰好像也没有看到她。

银只是悄悄地看着桑杰孤单的侧影，看不到他脸上有什么表情。银把他的身影刻在自己脑海里。

她转身回家，喂自己的胖猫咪。

“猫咪，”银抚摸着Silver的毛，一边对它说，“你觉得桑杰是个怎么样的人呢？”

Silver当然听不懂，它撒娇地扭着身体，仰着脸看她，咧开嘴“喵”地叫了一声。

第七天。银在家里，听到很轻的敲门声。

是猫先听到有人敲门，闻声就跑到门边，银也走到门边。她猜到了敲门的人是谁，犹豫了一下，然后打开了门。

桑杰站在门口，静静地看着银。Silver调皮地蹦到他脚边。桑杰看起来又瘦了不少，脸色很苍白，看来这几天对于他来说也是一场煎熬。

“银，我可以……进来吗？”

银静静地点了点头。

桑杰走进来，和银一起坐在沙发上。

“这几天没怎么睡好，一直在想你，我觉得我离不开你。其实……你对于我而言一直是特别的，独一无二的。”桑杰一边看着面露惊喜的女孩，一边又说，“关于我自己，我也考虑了很多……假如真有那么一天，我的病复发了，我就离开你，决不拖累你，这样……可以吗？我想，那时你能够找到比我更好的人。”

“不要这么说，你的病不一定会复发的。再说，不管怎么样，我都会陪着你。我也思考了几天，我觉得我也离不开你。”银坚定地说。

听了银的话，桑杰的眼泪就再也忍不住了。银一边温柔地为他擦掉泪水，一边安慰他：“桑桑，别担心啦，你要好好的。”

“那，不管怎么样……银都要做个快乐的小女孩，不要为我担心，好吗？我希望你和我在一起是无忧无虑的，这才是我想要的。”

“好，我答应你。”银用力点了点头。

桑杰又说：“我会好好保重身体，我希望自己可以活到九十九岁——会不会很贪心？”

银笑了：“这算不上什么贪心的愿望。”

“其实……其实只是因为我想一直陪着你，我知道麦教授设置的程序——你能活九十九岁。所以，我不想到时候留下你一个人……”

银愣住了，没想到桑杰的愿望原来是出于这个原因。她说不出话来，感动地望着他。

桑杰一把将女孩拥在怀里，然后用另一只手打开背包，取出一个小盒子——里面是一枚戒指。

“七天前来你家里的时候其实我就带来了，只是今天才送给你……”

桑杰轻轻握着银的手，把戒指戴在银的右手中指上。从这天起，桑杰和银正式成为了恋人。

第十五章　小镇电影院（上）

“要不要出去走走？”银坐在沙发上，兴奋地提议道。

“嗯，我也是这么想的。”

两人以恋人身份在一起散步还是第一次，桑杰和银都很兴奋。

“我们去哪儿呢？”银有点迷茫。

“跟着我就好。”桑杰像从前那样说道。

银的左手被握在桑杰的右手中，虽然不是第一次牵手了，但今天的感觉非同往日。她决定不再想太多，不考虑去哪里，只要跟着他一直走就好。

“其实，两天以前我出门，然后偶遇了你！”银说。

真的吗？”

“当然啦，只是，当时没有和你打招呼，也不知道你出来有什么事……”银莫名觉得有些歉意。

“其实我那天出来是有一件事做，和你有关的。”

“什么事？”

“一会儿你就知道了。”桑杰说。

过了一会儿，桑杰停下了脚步，对银说：“你在这里等我一下！”

原来又到了那家熟悉的花店。站在花店门口，银意识到她已经很久没来这里了。她说：“咱们一起进去吧。”

花店的主人还是原来那个年轻女子，她很快拿出一大捧红色玫瑰花对桑杰说："帅哥，这是你订的花。"

银惊喜万分："原来你提前准备了花呀！"红玫瑰是女孩最喜欢的花，她以前就希望桑杰送给自己红玫瑰，却一直不好意思开口。

桑杰点了点头："银，其实两天前，我就是出来给你订鲜花的。"

店主又问道："这位美女是你的女朋友吧？"

"嗯，是啊！"桑杰开心而又羞涩地说。

"很久以前你和她来过吧？我有印象，前天你过来预订鲜花的时候，我还想着，好久没有看到你和你女朋友了。"

"我们确实来过，只不过那时她还不是我女朋友啦，今天我们正式在一起了！"

走出花店的时候，银说："我想抱着玫瑰花。"

"还是我先帮你拿着吧，一会儿回家前给你。"桑杰想了一下，又改变主意说，"你想抱着它，就给你。"

桑杰说着，把那一大捧玫瑰花递给银。

不久后的一个周末，麦达要回家乡汉广一趟，有些事情要处理，同时也要看望亲戚。他发微信给银，问她是否有空和他一起去。

银同意了，同时也问道："嘉岚去不去呢？"

"她这个周末有点事，要去她父母家，咱们俩去吧。"麦达说。

银同意了，毕竟她从来没有去过麦教授的家乡，觉得很好奇。

银出发之前简单收拾了一下行李，让桑杰照看小猫咪。

麦计划开车去——依然是银很熟悉的那辆银色的车。C 城到汉广没多远，开车一个多小时就到了。

麦达和银在汉广待了两天。面对亲戚们，麦达就说银是自己的养女。晚上他们住在麦达的奶奶家。奶奶家是小镇上的一栋小楼房，小镇生活成本不算高，房子当然也很宽敞。麦达让银住在一个比较舒服的卧室里。

银一个人在陌生的房间入睡，倒也觉得很自然。不过，在进入梦乡之前她有些想念桑杰。桑杰和银虽然认识很多年了，但真正恋爱并没有多久，所以还是有很多新鲜感。当然，桑杰同样对银的一切很好奇，毕竟她是机器人女孩。好在，现在有足够多的时间去了解她了。

银想起不久前她和桑杰的对话：

“嗨，你觉得我和人类有没有什么不一样的地方？”

“如果经常和你在一起、仔细观察的话，还是有那么一点儿。”

然后，银就进入了甜甜的梦乡。

麦达忙完自己的事，就带着银去小镇附近转转。

与繁华的C城比起来，汉广小镇很安静，没有太多的人。镇子依山而建，一条河流把小镇分为两部分。小镇的生活一向是平淡、慢节奏的。小镇的风景很漂亮，银能看到许许多多不同颜色的树，浅绿、深绿、浅黄、金黄、红色……这些树叶和古老的楼房上挂着的红灯笼一起，给安静得有些黯淡的小镇染上了明艳的色彩。

麦达亲手创造出银之后，第一次和她待在一起这么久。虽然麦达是比较寡言的，不过那两天他也和银聊了很多。

他们俩在小镇街头走了很久，一边走路一边聊天。

麦达叫着银的名字：“麦甜。”

银转过头看着麦达。麦达这样称呼银的时候，让银觉得有种父亲般的感觉，却又不太像。银认为麦达既像父亲，又像兄长，尽管二者都不是，但和他在一起还是很温馨的，有家人的感觉。她也对他直呼其名：

“麦达，怎么了？”

“没怎么。”麦达看着她，想了想，又说，“我想知道，桑杰怎么样了。”

“你是说他的身体怎么样吗？就还好啦！比以前好多了嘛！”

麦达看着银，不禁笑起来，一方面听到桑杰的消息感觉很欣慰，另一方面也觉得银确实是个天真稚气、需要被呵护的小女孩。

他说："最好还是让他什么时候有空来找我，我给他检查一下。"

"好的呀，我和他说嘛。"银又说，"小麦教授，你也要多注意身体哦，科研工作很辛苦。"

"我心里有数，会多注意的——我不仅是科学家，也算是医生吧。"

"嗯，那就好——教授，在你看来，桑杰这个人怎么样呢？"

麦达没有立刻回答，毕竟他和桑杰的接触不算多，只是为了帮助桑杰治病，所以见过几次面。麦达想了想，说道："他是个很年轻、脾气很好的男孩子，和你在一起比较般配的。"

银听了这话开心地笑了，她又想起了桑杰在表白前对她说的话，就问道："教授，桑杰的病以后会不会复发呢？"

麦达愣了一下，然后说："复发概率不大。"

"还是有可能的，对吗？"

两个人停下了脚步。麦达看着眼前穿粉色连衣裙的小姑娘的眼睛，说道："我的小女孩……假如不幸有那么一天，你要勇敢，你已经长大成年了，不是吗？我也会陪着你，尽最大努力给他治疗。"

银没说话，点了点头。麦达总是能给她很多力量，她信任麦达，听了他的话，她似乎不是那么害怕了。

"我相信你很勇敢——你曾经一个人去宇宙旅行。"

银惊讶地看着他："你是怎么知道的？"

麦达有几分调皮地说："这是一个秘密。"

他又轻轻地拍了拍她的肩膀："别太担心了，以后呢，你们俩会好好的，幸福地过一辈子。"

"你怎么知道？"

"因为我能看到未来啊。"麦达开玩笑地说。

银也笑了："小麦教授，原来你不仅是科学家，还是神算子。"

麦达想着，只要银开心就好。

那天是个阴天，不过天色依旧很明亮，银和麦达在小镇度过了一段很开心的时光。麦达也带银品尝了一下汉广的特色小吃，银最喜欢的是加辣椒的豆腐脑。

星期一早晨，他们打算回C城了。返程之前，他们去到小镇的一个电影院附近散步。

“我以前和初恋女友在这里看过一场电影。”麦达又说，“不要告诉嘉岚哦！”

“你和嘉岚关系怎么样？”银问道。

麦达忍不住笑了，也许他觉得银很天真，他还是认真说道：

“我很爱她，就像——你很爱桑杰吧？”

银点点头：“不过我还是想听听你以前的故事。那天你们除了看电影，还做什么？”

麦达努力地回忆着：“有点儿想不起来了，也许我还请她吃了冰激淋吧——当时没有钱，只能满足她这一点。”

“时间好快，二十来年没有见面了，那时候的我比现在的你还要年轻呢。”说到最后，麦达感慨地说。

“也许会在这里偶遇呢。”银轻声说。

“也许吧，但她应该认不出我来了——我老了，头发都白了，而且还带着一个漂亮的小女孩。”

虽然麦达说自己老了，头发也过早地白了许多，但他还是很帅的。那天的麦达一身休闲打扮，穿着衬衫、牛仔裤和白色鞋子，背一个双肩包，看起来比实际年龄小几岁。银安慰他：

“如果这样，那她也是个老太婆了。”

两个人都笑了起来。银又说：“不管怎么样，我想，她一定会记得你的，这么多年来也一定听说过你的名字——你是年轻有为的科学家哦，而且快要获得世界大奖了吧？”

“那也与她没有关系。”

“哎呀，你看你。你即将获得的这个奖，与你们的癌症疗法有关，对不对？”

“嗯，是这样。也要感谢你协助我们公开疗法。”

银的好奇心又来了：“教授，你们究竟为什么要无偿公开疗法呢？”

“之前和你说过的。这是我个人的决定，当然团队成员也同意，就是这样。”

银撇撇嘴：“等于什么都没说嘛。”

麦达似乎有点不高兴：“这个问题很重要吗？最重要的是事情的效果吧。”

银耸耸肩，觉得很无语。麦达还是有点严厉的，也一如既往不太会说话。不过，银从来都不怕他。难怪他曾经当了那么多年的单身狗呢，银这么想着心情就好了起来，还忍不住笑起来。

她看着麦达，转换话题：“你和嘉岚养了一只乳白英短猫，对不对？你有神经衰弱症，会不会嫌吵？”

“是嘉岚的主意。猫还比较乖，比较安静。”提到那只猫，麦达的脸上不自觉地浮现出一丝笑容，他半开玩笑地说，“假如我觉得它吵闹，我自己服安眠药就好了。”

银也觉得他很逗：“那还好，看来以后你们还可以计划养个孩子。”

“你管得真多。”麦达不置可否地笑笑，“这当然也在我们的计划中。”

银看着麦达，忽然陷入了沉默。虽然她和桑杰的恋爱很甜蜜，但有一点是无法改变的——今后如果走入婚姻殿堂，他们不会有孩子，毕竟银是机器人。银想起了桑杰，桑杰当然也不是不知道这个事实吧，不过他是怎么想的呢？

“小女孩，你在想什么？”麦达问道。

银默默地摇了摇头。

麦达也没有说话，眺望着远处的那片麦田，陷入沉思。麦达此时想起了妻子董嘉岚。嘉岚是语文老师，她身上有一种艺术家气质，倒是与科学家麦达互补。他想起他和嘉岚恋爱的时候，嘉岚给他起了个昵称“麦子”。那时候甜蜜的幸福让不再年轻的他似乎重新回到了少年时代，他和嘉岚手牵手在草坪上无拘无束地奔跑……

脑海里的风景和关于往事的回忆总是融为一体，组合成一帧帧唯美的画面。

第十六章　小镇电影院（下）

“现在是暑假呢，你有什么安排？”麦达看到银一直没有说话，就主动问银。

“我打算和桑杰还有其他一些朋友一起玩。”银看着那座电影院，又说，“嘉森说，你要和嘉岚补度一个蜜月旅行。”

麦达点点头，看着银：“是的，结婚以来还没有带她去旅行，只有这个暑假才清闲一点。你暑假放松一下也很不错。”

他看看手表，又说：“我现在回奶奶家去开车，我们回 C 城吧。”

他们步行回奶奶家，途中路过一条小巷。麦达说：“很久以前，我住在这里。”

“是吗？你想回去看看吗？”银好奇地望向那个小巷，可能是他们距离小巷还很远，银似乎什么也没有看到。

麦达却摇了摇头：“没关系，没有必要。”

虽然麦达这么说，但其实在梦里，他经常回到小巷里那座已不复存在的老房子，那是他很久以前的家。

麦达想起不久之前的一个清晨，他又一次从梦境中醒过来，拿起手机看看时间，是清晨六点。他总是很早就醒来，那天也不例外。看着身边熟睡中的妻子，他动作很轻地坐起身来穿衣服。他在想，在梦中，妻子为什么没有和他在一起，为什么只有他一个人呢？

也许是他觉得不能让她和自己一起住在那样的地方吧。没错，董嘉岚认识他时，他早已功成名就，并没有让她吃过物质方面的苦头——他也不确定，她是不是那个能陪自己吃苦的人。不管怎么样，他确定的是，他们彼此相爱——因为有董嘉岚陪在身边，他失眠的问题都改善了很多。

麦达终究是一个理性的科学家。他很少考虑这些似乎没什么现实意义的问题，只有在梦醒时分，他才偶尔变成一个不那么现实的人。他穿好衣服走出卧室，随手轻轻带上了门，然后去洗漱、做早餐——他工作很忙，家务活大多由董嘉岚承担，每天做早餐是他能为她做的为数不多的事情之一。

麦达结束短暂的回忆，又看了一眼那个小巷，他想了想，又对银说："我比你小几岁的时候，一个人住在这里，我的父母已经各自组建了新的家庭，后来我也很少见到他们。"

"我读大学的时候，假期也会回到小镇，一个人在这里做科研。那时我的初恋女友会来找我，让我不至于太孤独。"

"在小镇和我见面最多的人是我奶奶。小时候是她照顾我，不过她现在不愿意到 C 城去，她想和我叔叔一起在小镇生活。"

银不知道该说什么，就安静地听着他的碎碎念。他平时是话很少的人，大概是触景生情所以想起许多往事吧。银有点难过——麦达的早年生活真是很辛苦的吧。虽然她也曾经听彼得讲过麦达的故事，但这些故事由麦达自己讲出来，她还是有一种不一样的感觉。

银似乎明白了什么——大概，他希望人间的苦难少一点吧。大概，这就是他愿意无偿公开癌症疗法的原因之一吧。

当然，麦达还是不愿对银讲太多的故事，不愿让银在他的回忆中共情太久。沉默几秒后，他像平常那样很淡然地说道："待会儿要不要找个地方吃点儿东西？"

"随便你啦，反正我是机器人嘛。"

麦达笑了："那，咱们还是先回C城吧。"

离开汉广小镇之前，他们又一次路过了电影院。银拿出手机，拍下了那座古老的电影院。在那张照片里，没有阳光，不过天色依旧很明亮，建筑的轮廓有些模糊，却显得很温柔。

桑杰一个人来到银的家，用银留给他的钥匙开了门，投喂了Silver，又仔细地打扫了猫窝，小猫咪掉了好多毛。桑杰忙完这些，觉得有点累，就坐在沙发上休息。

这时，手机响起来，桑杰低下头，看到一个很熟悉的号码。

"Hello，刘莹，好久不见。"桑杰接起电话，笑着说。

"桑杰，再次恭喜你被心仪的大学录取了！"

"其实我原本想去更好的学校呢，不过，现在我已经满足了，也不能太贪心了吧。刘莹，同样也恭喜你。"

"谢谢你，我想去一个能够经常看雪的城市读大学，现在我的愿望也实现了。"

桑杰听了她的话，忽然想起几年以前自己曾经许诺带银去一个可以看雪的地方，至今他还没有带银妹儿去远一点的地方旅行呢。他这么想着，一边和刘莹说话，一边走到银的卧室门前，看着她的书桌和床，觉得很温馨——他还是第一次见到她的卧室呢。虽然屋子里只有他一个人，但他也没有走进卧室去。

刘莹又问："你报的什么专业啊？"

"我要学计算机。你呢？"

"我的专业是建筑。"刘莹说。

"那很不错呀！"

这时候，Silver"喵喵"地跑到卧室门前向桑杰撒娇。桑杰蹲下身，摸了摸它的脑袋。

刘莹听到电话里的猫叫声：“桑杰，你有猫了？”

“没有，这两天帮忙养猫。”桑杰一边有些害羞地说着，一边走回客厅，在沙发上坐下。

刘莹沉默了一下：“是不是你女朋友的猫？”

“嗯。我的女朋友，就是我对你说起过的女孩。前不久我们在一起了。”

“那，她很幸福啊！”

桑杰忽然觉得刘莹的声音和以往不太一样，他有些不明所以：“嗯？”

刘莹笑道：“没什么。”

桑杰想一想：“对了，你要去的那个城市，距离这里很远呢。”

“是啊，以后就不太容易见面了。”刘莹的声音忽然有些感伤。

“我一直在这里，你放假回家，咱们都可以见面。”

“好呀！桑杰，也祝你们幸福。”

“刘莹，你也是，我们都要幸福哦。”

桑杰放下电话，把手机放在一边，就躺在沙发上睡着了。Silver也很乖，自己跑到客厅干净的猫窝里，和桑杰一起进入了梦乡。

银从小镇回到C城，麦教授开车把她送到小区楼下。银打开家门，迎接她的是桑杰和猫咪Silver。

“银，这两天我好想你哦！”桑杰一边说着，一边拉着她的手，和她在沙发上坐下。

“桑桑，我也是。”银想起她和麦教授的对话，忽然有点担心桑杰的病会不会复发，也担心他未来会介意没有孩子这件事，不过这些担心的感觉并不强烈，而是转化成对他的依恋，“桑桑，来抱抱我。”

桑杰似乎没看出银的这些心事，他给了银一个有力的拥抱，轻轻吻着她的脸颊，说：“刚才是麦教授送你回来的吧？”

“对，他有一辆银色的车——以前同你说过的。”

“银色的，不错呀！”桑杰若有所思地回忆着，“其实，我家以前也有一辆银色的车。”

桑杰对神秘的麦教授很好奇。

“麦教授的老家是什么样的？”

“是一个很小的小镇，不过这两天玩得还可以。我们还看到一个古老的电影院，当然没有进去看电影，哈哈哈。”

“嗯，以后有机会我也去看看嘛。和麦教授在一起感觉怎么样？”

“还好吧，你晓得，他就是个不爱说话又情商不高的人嘛。”

“哈哈哈，也别说得那么严重。”这时，Silver跑到银的脚边，银这才意识到刚回家的她把猫猫冷落了。

Silver乖乖地在银脚边坐下。银一边摸着Silver光滑的毛，一边听桑杰说话。“我每天都来这里看小猫咪，有一次喂完猫，就在这张沙发上小睡了一会儿。”

“你可以去我的房间里休息啊。”银说完，也有点不好意思。

“这……这样不好吧？”桑杰低下头，羞涩地说道，“没什么，我在沙发上睡一下就可以了。”

他看着银欲言又止的表情，又问：“怎么了？银，是不是不开心？”

银摇了摇头：“没什么。”她不知道该怎么对桑杰说自己的忧虑。

桑杰从衣袋里拿出一颗葡萄味水果糖，递给她，说：“来，别想了，吃颗糖。”

银接过水果糖，笑着说：“以前没恋爱的时候，你也经常给我糖吃，感觉你随时都有糖啊。”

桑杰也笑了：“我有低血糖，所以总是随身备点儿糖。”

说到这里，桑杰就想起了刘莹。和她做同桌的时候，有一次桑杰低血糖犯了，幸好刘莹很及时地递给他一块巧克力，桑杰很感激她。

桑杰又说道：“银妹儿，待会想干吗？我带你去哪里玩玩？”

银把糖含在嘴里，就忘了所有不开心的事情："好呀，桑桑，你有什么推荐的？今天听你的。"

"听我的？"桑杰笑了笑，挠挠头思考一下，"那么我带你去坐美食公交好了。"

"美食公交？听起来好新奇。"

"等一会儿你就知道了。"桑杰一脸神秘地说。

"好啊！那我们走吧！"

银和桑杰手牵手走在街上。

"其实，我爷爷奶奶的家在C城南郊的一个小镇上，那里也有一个电影院，也许和麦教授的家乡挺像的。"桑杰说。

"那个小镇叫什么名字？给我介绍一下吧！"

"桑园小镇，距离这里有一个多小时车程。"

"嗯……镇上有很多姓桑的人吗？"

"也不是吧！只不过镇上种植了许多桑树，每年都结很好吃的桑葚果。你还记得吗？以前我也给你带过桑葚果。"

"当然记得啦！只不过被猫咪Silver吃掉好多。"

桑杰笑起来："没关系啊。猫咪Silver也是咱们的好伙伴嘛。那年我出院休养的时候，也在桑园小镇待过几天，当时……为了不让爷爷奶奶难过，我就说，以后我变得很老很老了，变成一个白头发的老爷爷，也会时不时去那个小镇住几天。"

"哈哈，我想，未来你可以实现这个愿望。"

"银妹儿，那你要陪我一起去哟，我带你去小镇电影院看电影。"

第十七章　美食公交车

他们走到公交站台，桑杰说："这里有一趟公交车，几乎每一站周边都有很多著名的小吃店，所以就叫'美食公交'。"

银很期待地说："那我一定要去吃吃看。"

"我也没有坐过呢，只是听说很不错，就想带你体验一下。"

和喜欢的人一起等待公交也是很美好的体验，那天很凉快，空气也显得清新宜人。银和桑杰看着面前的马路和远处的绿意，虽然这只是普通的日常景象，但那时两个人都感觉自己仿佛置身于一幅画中。

桑杰说："你看，车来了。"

这辆公交车比别的车看起来要小一点，车上乘客不算太多，银和桑杰就找了两个并排的座位坐下来。

他们一边看着窗外的风景，一边随意地聊着天——他们聊天的声音很轻，轻到只有他们两个人能听到。

桑杰说："刘莹给我打了个电话。她考上了一所离这里很远的大学，据说那个城市可以经常看到雪。"

"真的吗？"

"是啊，我就想起刚认识你不久的时候，我答应带你去看雪，可是一直没有去。"

"你还记得啊。"银很感动。桑杰这几年先是和癌症作斗争，后来接受了冷冻术，再后来又忙于繁重的学业，她没想到桑杰一直记得这个约定。

“我当然记得。银妹儿，我真想带你去旅行、看雪。”

“好啊，去哪里呢？”

“我也还没有想好。其实，几年以前我说的那个可以看雪的地方，就在C城郊外。也许，今年可以去远一点儿的地方呢……”桑杰向往地说完，忽然又低下头，神色有点黯淡，“希望到时候身体能好一点儿。”

“一定没问题的，桑桑。”

“我还记得，那时你对我说，你的故乡没有雪——那时我还不知道你是机器人。”

“桑桑，你的记性真好啊。”

“当然，我很聪明，所以成绩也一直还不错。”桑杰有点自恋地说着，“假如我像别人一样……没有生病的话，那么说不定我也能考上科大。”

“一定能。”

“嗯，说回刚才的话题。以前你给我讲你的故乡，那时我一直猜不到你的故乡是哪里，莫非是外星？”

银和桑杰都笑起来。银白了他一眼：“我是地球人，来自地球的机器人。”

“说不定其他星球真有你的许多机器人同类呢，未来哪天你就会见到他们。”桑杰开玩笑地说。

“我不要见他们，我只要和桑桑在一起。”

桑杰轻轻握住了银的手，让银靠在自己的肩膀上。他忽然又像想起什么似的，说道：“银，咱们已经坐了好几站路了，刚才一直在聊天，其实咱们随时都可以下车去找吃的。”

银看着桑杰，说：“我想和你一直坐到终点站，然后咱们再下车去吃东西。”她的笑容甜美可爱。

“也好，我提前做了功课，到了终点站后，下车走不了多久，就有一家很不错的特色菜馆，咱们可以去看看。”

“好，那我跟你走。”

过一会儿，公交车开到了终点站。他们下了车，银问道：“咱们去哪里啊？”

桑杰点开手机里的小程序，把手机递给银：“你看，我说的就是这家店，网上对它的评价还蛮高的，咱们去探索一下吧。”

银点点头同意了。不一会儿，他们就到了那家特色菜馆。

桑杰的推荐不错，这家店的人气确实很高。他们俩拿到菜单，打算点菜。桑杰说：“你来点吧——我吃什么都可以，只是不要太辣的。”

他们快要吃完这顿饭的时候，有个人忽然走到桑杰身边，拍了拍他的肩膀：“桑杰，是你吗？”

桑杰站起来看着他，一开始没有认出来，过了几秒钟，他似乎想起了什么：“啊，张大哥，是你呀！”

他俩不约而同地说：“你现在康复了！”张大哥说：“真是太好了！”

桑杰和张大哥握手，张大哥看着银问道：“你是桑杰的女朋友吧？几年以前你经常去医院看望他。”

银还没有开口，桑杰就说：“是的，这几年经历了很多事情，不过银成为了我的女朋友，我就很幸福。张大哥，你现在怎么样呢？真没想到今天你也来这里吃饭。”

“我也还好吧。”张大哥豪爽地说，“其实，这家店是我开的，欢迎你们今后常来，我请客！”

“真的吗？你好厉害！”桑杰和银惊讶地看着他。

“也要感谢桑杰以前愿意和我聊天。当时我破产了，又得了癌症，没什么朋友，实在很孤独。”张大哥又对桑杰说，“桑杰，加个微信吧，记得以前咱们在肿瘤科病房里说过很多话，以后也可以在微信上聊。”

“没问题的！”

他们告别了张大哥，又坐着美食公交原路返回。

桑杰想了想，既然张大哥给他们免单了，那么今天他还有没花完的游玩基金，可以带银去看一场电影。

桑杰的父母都是普通人，为给他治病花了很多钱。所以桑杰带银约会，也不能去什么消费高的地方。善解人意的银愿意和他一起均摊费用，不过桑杰想多承担一点。

“银妹儿，我可以想想办法，开学后我会争取获得奖学金，大学毕业后早点找一份工作。”桑杰说。

银看着他，甜甜地笑了。

第十八章　沧海星辰

又过了一段时间，麦教授的科研成果获得了世界级大奖，他让银陪他一起去另一个城市领奖。

领奖期间，麦教授经常很忙，银有时觉得寂寞，就自己一个人出去玩。麦教授不忙的时候，也介绍银和一些科学家朋友认识。银见到了久违的彼得教授，并且和他继续探讨物理。

“你会很优秀，你会成为另一个麦教授。”彼得对银说。

当然，银也告诉彼得一个好消息——她曾经最牵挂的男孩，从宇宙空间回到了自己生命里。

这几天，麦教授和银很少有独处的机会。即将离开这座城市的时候，他们俩有机会找个人少的地方散了散步。两个人都是喜欢安静的，所以在人少的地方散步体验很不错。

“银，有件事情以前和你提过的。”麦教授忽然说。

“是什么呢？”

麦教授想了一下，还是用一贯很直接的口吻说道：“以前和你提过，你的学费和生活费用，我想还是由我来承担吧，一直到你毕业工作为止。”

以前麦教授确实给过她一张银行卡。这次，银也像从前那样倔强地拒绝了他：“没事的，教授，我可以靠自己的。”

“可是，你毕竟还是学生，还在读书啊。”麦教授和银一样是很倔强的人。他又说：“你如果不去打工，就有更多时间学习，或者约会。”

银被麦教授逗笑了：“啊，这样，那好吧。”

银想了想，还是同意了。但是，银的理由和麦教授的想法并不一样——她接受他的好意，并不是为了节约时间不去打工，只因为她觉得他们俩的关系比以前更加亲密了，她不再把他的给予看作施舍。同时，她也会以自己的方式回报他，比如，像家人一样陪伴他。

不知道麦教授是否真正懂得她的这些想法。

“教授，”银心里仍是有点不安，“我一直给你带来了不少麻烦吧。”

麦教授听了银的话，心里也有点后悔。他轻轻摸了摸银的脑袋。

“你怎么会这样想呢？你是我的小女孩，我当然要负责到底。”

那几天，也许因为太忙了，麦教授并没有和银聊到妻子董嘉岚。银也不知道为什么教授没有带董嘉岚参加颁奖仪式。不过，她猜想其实麦教授一直在想着董嘉岚吧。

登上领奖台那一刻，麦达想起他和董嘉岚第一次见面的那一天。那天是在哪里见面的呢？麦达实在有点想不起来，大概是按照董嘉岚的喜好找了一家餐厅吧。不知道为什么会突然回忆这些琐碎的细节，也许是因为领奖的心情还是有些紧张，也许是因为他很牵挂她吧。

第一次见面那天，麦达要比董嘉岚早到一点——倒不是因为他对她的重视，而是很多时候他都喜欢提早一些，比如他在科大上课或者做实验的时候。他觉得这样可以有时间调整状态，放松一下自己的心情——他有轻度社交恐惧症，和大多数人打交道总会感到几分紧张。

过了没多久，董嘉岚来了。她身材高挑，皮肤白皙，五官富于立体感，扎着一个简单的马尾——这一切让麦达联想到银，不同的是，董嘉岚更具有一种成熟的美丽。麦达还记得那天她穿了一件浅蓝色的衬衫，显得清新自然。

麦达打量着眼前这个漂亮女子，不无拘谨地首先开口说道：“嘉岚，你好。”

后来董嘉岚也对他谈起过关于那天的回忆。那天她来到他俩约见的那家餐厅的时候，一眼就认出了这个气质清冷的帅哥科学家。麦达个子很高，略微偏瘦，看起来比实际年龄要小一些，可能是因为科研工作没有太多勾心斗角，气质干净而又具有几分倔强和锋芒。

第一次见面吃饭的时候，他们聊天的话题并不算多。只是有一瞬间他抬起头看着她时，董嘉岚觉得他的眼神很单纯，未被世俗污染，就像一个少年。他的眼睛里似乎闪烁着星星，就像沧海中的星辰。

也许这就是心动的感觉吧。

因为麦达和董嘉岚是夫妻，所以银和董嘉森的关系自然也一直比较密切。银和董嘉森是大学同学，银还会八卦地问董嘉森找到了女朋友没有。当然，两个人也会回忆往事，谈起高中时代的生活，谈起以前的同学朋友们。

麦达和银回到C城后不久，有一天在学校里，银和董嘉森又遇到了。

“亲爱的Silver。”董嘉森忽然这样叫她。自从他几年前被科大外国语学院录取，他就喜欢说话使用一些英文单词。他的理由是，这样可以巩固自己学到的知识。

“你这样叫，感觉好奇怪，至少要把‘亲爱的’去掉。”银说。

“好吧，那就叫你Silver。姐夫麦教授的实验室名字也是这个。”

银白他一眼：“随便你，我家那只老猫的名字也是这个。”

董嘉森忍着笑，假装一本正经地说：“这几天我先把作业写完，然后周末想叫上你、桑杰以及其他几个朋友一起去玩。那几个朋友都是女生，毕竟我在外国语学院。”

“好啊，这其中有没有你女朋友？”

“我哪里有女朋友。我们学院虽然有很多可爱的女孩子，但没有一个比你更可爱的。”

银听了就笑起来。

董嘉森忽然又转换话题：“说到姐夫……虽然以前我对你说我有点怕他，不过其实我更多的是敬佩他。不管是逆境还是顺境，姐夫一直是倔强的、正直的，他的人格，就在这里。特别是他们几年前无偿公布癌症疗法这件事，也是我非常敬佩的。”

“你以前就对我提到过的。”银不知道董嘉森为什么又想起这个，她不觉也陷入回忆之中。

“我知道，只不过还想再表示一次我的敬佩。”董嘉森的话打断了银的回忆，“银，你也曾经帮助姐夫他们公开这种癌症疗法，不是吗？”

“啊，你怎么知道的？”银问。

“你竟不知道？三年前我在网上读过一篇关于你们的报道，报道上说，除 Silver 实验室外，少女麦甜也作出了一定贡献。”

“这样啊。”银淡淡地说，“那时我很忙，所以没有看到这个报道。前不久，你姐夫的另一项成果终于获奖了，他带我去参加颁奖仪式。不过，他为什么不带你姐姐去？”

“你还不知道啊？看来你的消息真是一点儿都不灵通。”董嘉森神秘地说，“我姐怀孕了。”

银大为惊讶，说：“是男孩子，还是女孩子？我真的完全不知道。”

“宝宝还没有出生啊，怎么知道性别呢？”董嘉森笑起来，“不过，姐姐猜测是女孩子。”

银想一想：“那，就是个小美女。”

“哈哈，总之我们都很期待见到小宝宝。银，你和桑杰很幸福吧？”董嘉森又问。

银不好意思地说：“现在我们恋爱只有半年多，还算是热恋期，不知道以后会怎样呢。”

“以后当然也一样幸福啦！”

银只是微笑着，没有说话。现在桑杰上大一，而银和董嘉森已经大三了。银有时候会到桑杰的学校去找他，她会歪着头坐在篮球场边，看着桑杰练习投篮。然后银就会想起那句“落日归沧海，篮球陪少年”。

桑杰打球累了，就坐在银身边，和她一起戴着耳机听音乐，依然是专辑《星空》中的乐曲——桑杰以前送给她的CD，银依旧珍藏着。

这张专辑里有几首乐曲是比较轻快活泼的，银很喜欢。

桑杰就说：“以后咱们的婚礼上，可以放这些乐曲。”

第十九章　梦中的婚礼

周末，桑杰来找银。他怕银孤单，所以大多数周末他都是和银一起度过的。

“老婆……”桑杰突然很亲昵地叫银。

“你叫我什么？”银明知故问。

“老婆呀。”桑杰羞涩地看着她，“今天我爸妈不在家，带你去我家玩好不好？”他又补充一句说：“虽然以前你见过他们，不过我还是担心你见到他们会有点儿不自在，毕竟咱们俩在一起还没有多久。”

“好呀！”

桑杰和银的家距离不算远，走路就可以到。他们一边走路一边聊天，银自然也把麦教授和董嘉岚的好消息告诉了桑杰。

“真不错，他们俩的孩子一定会很漂亮，也很聪明。”桑杰开心地说。

桑杰轻轻牵着银的手，两个人十指相扣。银的心情却很复杂，不知道以后，桑杰会不会离开她，选择一个能够和他生儿育女的人类女孩呢？

银鼓起勇气说：“桑桑，其实你也想有一个小孩子，对吧？可惜我是个机器人。”

两人都停下了脚步。桑杰愣了一下，看着银，那一瞬间，他的眼神变得有点黯淡，然后很快又笑起来。他没有正面回答，只是说：“我早就知道你是机器人。不过，以前还不知道你是机器人的时候，我曾悄悄想过以后和你谈恋爱、结婚，有一个宝宝，你想不想听听？至少想象一下总是可以的吧？”

“当然！我要听听。”

桑杰一脸憧憬地说：“咱们的宝宝很可爱也很漂亮，因为你这么漂亮，我也属于还看得过去的类型吧。”

银忍不住被他逗得大笑起来，忘记了所有的烦恼。

桑杰又说：“我身体不好，如果有个孩子，一边工作一边带孩子，确实有点吃不消。再说，我也担心未来的孩子像我一样得癌症。所以，我现在也没有这个想法了。”

“这是你真实的想法吗？”

桑杰还是没有立刻回答，也许，他也不知道该怎么回答吧。他看着银的那双漂亮的、水汪汪的大眼睛，过了一会儿才说道：“我想起生病的时候，我不知道自己的时间还有多久，更没有想未来的恋爱、婚姻和小孩，这些都是我当年不敢想的……现在，我对自己的生活非常满足了，我当然也喜欢小孩子……不过，我有你就足够了。”

“你父母是怎么想的呢？”

“我父母也不太介意，他们大概觉得我活着就好。总之，他们愿意咱们在一起。”桑杰不失幽默地说道。他看着银的笑脸，又问：“麦教授有什么意见？他同意我和你在一起吗？”

“他又不是我父亲。”

“不管他是你什么人，我也想了解一下麦教授的想法。”

“其实也没有特意与他聊过这些。只是以前有一次聊天，他让我好好照顾你——那么就算他同意吧。”银说。

“教授真的这么说？不管怎么样，我都会好好照顾你，我是男孩子。”桑杰像忽然想起什么似的，拍拍银的肩膀，“嘿，咱们为什么一直站在这里聊天啊？边走边说好了。”

他们又随意聊了些别的话题，很快就到了桑杰家。桑杰带银简单参观了客厅和餐厅，然后就带她去自己的卧室。

银以前听董嘉森描述过桑杰的卧室。今天她见到的卧室，和董嘉森说的样子差不多。浅蓝色的墙壁，浅蓝色的床单，房间虽然不大，但色调很舒服。

桑杰安顿银在书桌旁的椅子上坐下来，然后给她倒了一杯热茶。银看着桑杰那双修长纤细的手，一边接过那杯茶，说："你也坐一会儿，好吗？"

"好啊。"桑杰从餐厅又搬来一把椅子，坐在她身边，与她回忆起了往事，"以前我出院回家休养，每天会在附近散散步，但大多数时候我就在这个房间里睡觉，每天都会做很多很漫长的梦，梦里总是有你。"

"还有一次，我梦见我的病好了，和你结婚了。"桑杰很认真地描述着，"梦中的婚礼那天是个阳光灿烂的好天气，咱们班上的许多同学也参加了，你穿着洁白的婚纱，咱们俩在草坪边拍了许多照片。中午婚礼的主色调是淡紫色的，舞台的通道两旁还点缀着许多紫色薰衣草小花——也许是你曾经说过喜欢紫色薰衣草，所以我就梦到它了吧。"

银的眼睛里闪着幸福的光芒，说："啊，你这个梦就是我理想中婚礼的模样呀！"

"是吗？如果你喜欢，以后我们就这样来办，那，我的梦也就变成现实了。"桑杰笑笑。

银品味着桑杰给她倒的茶，忽然又心疼地说："桑桑……那场病确实让你失去了很多东西，对不对？"

桑杰很坦诚地说："嗯，是的。比如时间，比如健康，比如金钱。我有时觉得现在活着就很美好，但有时我又不想说这样的话，我只想说，对于这些事实，我都认命了。"

他看着银的脸，又笑着说道："这话听起来很丧，是不是？"

银拼命摇头："没有啦，即使你这样说，我觉得你还是很积极的。"

“还是你懂我。我还想说，尽管我确实失去了很多……但是银妹儿还在，我就很幸福。”

银羞涩地笑了。她又说：“桑桑，在你病重的时候，我去求麦教授提供好的疗法，可是那时他拒绝了我，他说疗法没有成熟——当时我很恨他。”

桑杰感动地说：“银妹儿，你真好，当时我就觉得，你去求他一定很费力。还有，不要恨麦教授。”

“为什么这么说呢？因为他最后还是治好了你的癌症，对不对？”

“是啊，其实也不仅是这个原因——不管怎么样，我觉得麦教授并没有做错什么。”

银看着桑杰，觉得眼前的男孩很成熟。

桑杰又说：“后来，我听嘉森说过，你们都以为我走了。嘉森说你一直在想念我，我……我对不起你。”

“这个，没什么对不起的啦。”银轻松地说，“你要是真的过意不去，就好好陪我一辈子。”

桑杰轻轻握住银的手：“银妹儿，我会的。”

他注视着银的眼睛说：“我爱你——不是因为你和麦教授救了我。从认识你第一天到现在，我一直爱你。”

银也看着桑杰，桑杰有一双清澈的黑眼睛，他的眼神击中了银心里最柔软的部分……

第二十章　爸爸和小女孩

麦教授和董嘉岚的孩子出生了，像董嘉岚猜想的那样，是个漂亮的小女孩。

银和桑杰也去探望小宝贝。麦教授带他俩走进卧室，只见那个小姑娘在小床上安静地熟睡着，董嘉岚守护在她身边。小姑娘看起来真是软萌可爱，银不禁想起了自己的猫咪Silver。听说她的名字叫“麦萌”，是麦教授起的名字，董嘉岚也同意。

银和桑杰担心吵到小姑娘睡觉，很快就走出卧室。麦教授陪着他们来到客厅聊天。

“教授真会起名字，给小姑娘起名‘麦萌’，给银妹儿起名‘麦甜’，都很好听啊！”桑杰说。

麦教授有点不好意思地笑了笑，把两杯清茶递给桑杰和银：“其实起名字时也没有思考太久。”也许是不习惯同时见到桑杰和银，有些“社恐”的麦教授显得有点紧张。

“真幸福。”银看着麦教授，笑着说。

“幸福吗？不过带小孩子也挺累的。”麦教授也笑了，“我以前没有想过结婚、有孩子这些事情。银，是你让我改变了很多。”他转念一想，又看向桑杰问：“你身体怎么样？”

桑杰说：“我还不错的，也在坚持吃药、复查。”

“那就好。”

银替桑杰开口了：“教授，谢谢你的关心。”

“我当然要关心你们俩啊。”麦达看看美丽的银，他心里有一种莫名的失落感——虽然是他在实验室创造了银，给她起了名字“麦甜”，也是他治愈了桑杰的病，但银依然很礼貌地叫他“教授”。他似乎始终无法走进这个女孩的内心世界。未来有一天，小姑娘麦萌学会说话后，会叫他“爸爸”。麦达想象着哪一天，银是不是也会这么叫自己……

麦达回忆起很久之前，有一天银问他：“小麦教授，你是本地人吗？”他以前从未和她聊过这些话题。银毕竟是一个来到人类社会没有太久的机器人，她想当然地认为麦达像她一样，从出生开始就生活在C城这座城市。

“不是，我的家乡叫汉广，离这里很近，开车只要一小时。”

银听说过这个地方：“我知道汉广——从网上了解到的，确实离C城一点都不远。汉广是个很美的名字，似乎《诗经》里有一首诗的题目也是这个。”

再后来，他们俩的关系越来越亲近。麦达帮助桑杰治好了病，也带银去自己的家乡看了看，甚至他在获得世界级大奖之后，也带着银去参加了颁奖仪式。

但是不管怎么样，银和麦达的关系始终有几分客气和疏离。

不管怎么样，还是不要有这些奢望了……麦达对自己说。自己从未给过银像父亲那样的爱，她喜欢称呼自己什么，由她去吧。

当然，银完全没有看出麦达的心思。银注意到的只是麦达多看了自己几秒，眼神中似乎掠过一丝浅浅的失落，不过她完全没有放在心上。

麦教授又和桑杰、银这对小情侣聊了几句，然后站起身说：“我去给你们拿点儿吃的来。”

他拿来了水果和一些干果放在茶几上，歉意地对两位小情侣说：“你们俩多吃一点儿。不好意思，刚才我完全没想到准备这些的。嘉岚也没有提醒我，她太忙了。”

银在心里笑了。这还真是符合不谙世故的麦教授的特点，有点笨拙的天真。

桑杰说：“没关系呀，带小朋友就是很忙的。”

麦教授看着桑杰，还是歉意地笑着：“水果有点儿凉，不知道你能不能吃，至少可以吃点儿坚果吧。”

麦教授还是很细心。

“可以的。”桑杰拿起一个橘子剥开皮，分了一半递给银妹儿。

第二十一章　为你摘星

桑杰在大学的第一个暑假来临了，他和银计划一起去旅行。银很兴奋，打开地图寻找景点，最终选择了星月城作为两个人第一次旅行的目的地。星月城风景很美，银很喜欢，距离C城只有几小时的车程，不算远，而且气候温和，空气很不错，对桑杰的身体也有好处。

“我准备好了。”那天早晨，桑杰拖着行李箱来到银的家。

“你准备了什么？”

“我大概看了看路线，还有别人推荐的美食、住宿之类的。”桑杰说到这里，莫名有点不好意思。为了掩饰羞涩的情绪，他继续很淡定地说道：“我带了衣服等必需品，还带了药。”

为了预防癌症复发，桑杰每天还是要吃很多药片，虽然药物副作用很大，但桑杰早就习惯承受这些辛苦了。

“我也收拾好东西了。”银笑着说道。

“对了，猫咪Silver呢？昨天我太忙了，竟然没想到它。”

“我把它放在麦教授和嘉岚家，让它陪麦萌玩。”

“可以啊，只不过他们又要带娃，又要带猫，会不会太辛苦了？”

“没事，他们本来就有一只乳白猫咪。Silver应该很开心，见到新朋友。”

桑杰说道：“那也好。还有，我带了一笔钱，作为咱们的旅行基金，如果咱俩节约一点儿，大概够用。”

银知道，这笔钱一部分来自桑杰的奖学金，另一部分是他平时省吃俭用攒下的零花钱。她就说：“旅行还是不要太节约了——我也带了钱，我们一起用好不好？”

“那，也可以啊。”桑杰笑笑。他俩的感情很好，很多时候已经不分彼此了。

“如果你收拾好了，一会儿咱们就出发去坐车吧。”桑杰说。

“哎呀，桑桑，等一下！我还要带一些化妆品。”

桑杰坐在沙发上，无奈地抱怨道：“女生出门就是要花很长时间，机器人妹子也是一样的啊。”尽管他这样说，但还是很有耐心地看着她站在洗手间镜子前面找口红、粉底之类的。

银终于收拾好了，调皮地蹦到他面前：“让你久等啦！我们会不会迟到？”

桑杰看看手表：“没关系，不会。”

两个人到了大巴车站，买了票，等了没多久，车就来了。

他们俩坐在这辆大巴车的中间位置，银坐在窗边，身边的桑杰像平常那样递给她一颗水果糖。车子很快开动起来，银觉得很兴奋，又有点小紧张，毕竟第一次和男朋友去旅行。

“以前嘉森和我说过。”银咀嚼着那颗糖，忽然说。

“说什么呢？”

“他对我说……你喜欢我。那时你还在上高中，刚刚做了第二次手术。”

“这样啊。”虽然桑杰以前也不是不知道这些，但听到银本人这么说，他还是很害羞。

桑杰又说：“当时的我只是不知道该怎么和你说，也觉得自己身体不好，总是担心自己不能给你带来幸福。真的还是要感谢嘉森，向你转达了……我的想法。”

“现在呢？桑桑，你还会担心未来不能给我幸福吗？”

桑杰看着银，眼神忽然很忧伤，他沉默了一会儿才说：“银妹儿，我无法预知未来，不过我会尽自己最大的努力，让你每天都幸福快乐、无忧无虑。”

银甜甜地笑了，把那颗糖吃完。他们都不说话，而是看着车窗外不断变换的风景。天始终很蓝。又过一会，银靠在桑杰肩上，沉入了梦乡。

银睁开眼睛的时候，窗外温柔缱绻如纱的夕阳照在她的眼皮上。银转过头，看着桑杰的侧脸：“桑桑，刚才你睡着了吗？”

“我也睡着了——只不过肩膀很酸就是了。”银妹儿刚才一直靠在他肩膀上。

银有点抱歉，就动手给桑杰揉揉肩膀：“好些了吗？”

“好多了。再过一个小时就要到了啊，咱们看看路线，一会儿先找个酒店放下行李，然后想想去哪里玩吧。”桑杰拿出手机，给银看地图。距离下车的地方不远，有一个很大的湖，也是星月城的著名景点之一。银看到那片湖，眼睛里就有兴奋的光芒：“我们今天就去那里吧！”

“好呀，夜景应该很不错吧，能够看到月亮和星星。”

收拾安顿后，桑杰和银手牵着手向湖边走去。湖面很辽阔，他们还需要走很长一段路。桑杰不禁想起多年前在C城的河边，自己情不自禁地牵了她的手的那一天。那天河边飘着淡淡的雨丝，而今天晚上，天气很晴朗，夜幕四合，夜空中有一颗明亮的星，周围也有一些小星星环绕着它。湖畔有许多芦苇，在淡淡的夜色下显出一种诗意的美感。

银微微仰起头：“这里天气真好。看，天上有星星，一会月亮也会出来。桑桑，你送我的那张CD就叫《星空》。以前我以为你离开我去宇宙了，所以我也乘太空飞车去宇宙找你。在太空中我听到了你的声音，但是，那只是我的幻觉吧。”

“银妹儿，我只是去摘了几颗星星给你，然后就回来了。”

“星星在哪里呢？”

“那不就是吗？”桑杰指着天上那些明亮的星。

银仰望着星星，幻想着未来有一天，她会再次到宇宙去自由自在地行走。而下一次宇宙之旅，一定有桑杰陪着自己吧。

第二十二章　花好月圆

那天晚上银和桑杰在湖边玩得很开心。他们并肩坐在湖边的一块石头上，在月亮即将升上来的时候，他们安静地等待着。

月亮露出了脑袋，短暂的几分钟之后，月亮就探出了湖面。湖边也有其他人在拍照，惊叹于此刻风景的美丽。

湖水上方的一轮圆月，透出银色的光芒，月光安静温柔地笼罩着两个年轻人。

银忽然想起和桑杰正式恋爱之前，李航曾追求自己，而她也想要和他交往的事情。银不知道自己为什么会想起这些，可能是因为第一次看到李航的时候，天上也有这样美丽的月亮吧。

银听到了自己的声音："桑桑，我想给你讲个故事。"

银不知道她为什么想说这些，但是她还是犹豫挣扎着把自己和李航的那段短暂的故事讲了出来。桑杰始终沉默地倾听着。

"桑桑……"银终于讲完了，她很紧张地问，"你怎么想呢？"

"我？"桑杰没想到银会说这些，也不知该如何回应。不过，见她如此坦白，于是他也很坦白地说："我当然会吃醋。不过，当年也是我给你自由的。"

微风中，银似乎听到桑杰轻轻地叹了口气："其实当年我是知道的……没有人告诉我，但是我什么都猜得到。当时我躺在病床上，身体很疼，心里也不好受，整个人很受打击。”

“那你为什么……为什么没有对我生气呢？”

“我生气有什么用呢，当时我又不是你的男朋友，也怪我那时没有办法向你表白啊。那时我在想，你已经为我付出很多了，你开心才是最重要的，不要花时间去等待一个正在治疗癌症、还在读高中的男孩子。只要你觉得和他在一起比和我在一起更好，那……也可以吧。”桑杰有些艰难地说着，表情很痛苦，银能看出他心里是很难过的。

银很感动。多年以来，桑杰一直在温柔地爱着自己。银心疼地看着桑杰，但还是继续说：“我和他聊过几次天，只见过一次面。他不知道我是机器人，假如他知道，应该不会想要和我继续见面了吧。”

“就这？”桑杰看着她，语气有点不屑。

银却被他的语气逗乐了，撒娇地说：“还有，当时我一直会想起你，你的身影一直出现在我脑海里，所以我就不再和他见面了。和你在一起才是最幸福的，桑桑，别生气了好不好？”

“好，我不生气了。”桑杰的脸色很快阴转晴了。

银看着桑杰月光下明亮清澈的眼睛，又问：“桑桑，你有没有喜欢过别人啊？”

“没有，我很忙的。”

“你忙什么呢？”

“忙着生病。”桑杰很淡定地说。

银笑了。桑杰又说：“一开始忙着生病，后来就忙着治病和读书，我哪里有时间喜欢别人啊。”

“那，有没有其他女生喜欢过你？”银一边看着桑杰，一边在心里想，桑杰是个聪明的理科生，同时又具有文科生那样的文艺气质，长相也确实像他自己所说的，“还算看得过去”——大概也会有女生喜欢他的。

桑杰的答案在银的意料之中：“嗯，有过啊。”

“是谁？”

“她就是我回到学校读高中时的同桌刘莹。虽然她没有明说喜欢我，但我还是能看出来的，毕竟每天都在一起学习。当时我还比较尴尬，不过也没有要求班主任给我们换座位，我和她一直都是好朋友。而且，我很早就告诉她，我有喜欢的人。”

这个回答同样也在银妹儿的意料之中。银想起自己曾经和刘莹有过一面之交，银还对刘莹说，以后见面请她吃香草冰激淋——只不过，现在银还没有兑现这个小小的诺言呢。桑杰曾说，刘莹在一个可以经常看到雪的城市读大学，那么，他什么时候能带自己去看雪呢？

“你为什么会告诉她这件事呢？”银看着桑杰。

“你是不是傻？”桑杰说着，轻轻敲了敲银的脑袋，“因为我只要银妹儿。”

银甜甜地笑了，忍不住把脑袋倚靠在桑杰肩膀上。

桑杰看着月光笼罩下女孩美丽的脸颊，轻轻抚摸着她的头发，说道：“后来我也能看得出你不再喜欢别人，重新回到我身边了，当时我真的觉得很幸福。银，以后嫁给我吧，好不好？”

银羞涩地点点头：“好呀，以后我们在一起生活，我也会给你做饭洗衣服。我是机器人，做这些都不累的。”

桑杰突然有些心疼——她是那么美丽而高傲的女孩子，能说出这样的话，只是因为她也很爱他吧。

“银，家务事当然要两个人一起承担，男生要多做一点儿才是。”桑杰又有点不好意思地说，“其实我不太会做家务的，因为之前一直生病，父母也没有让我做什么家务事。不过，我会慢慢学，相信我。”

银点点头。桑杰把她搂在怀里，她听到了他有力的心跳。虽然湖边的风比较凉，但她在桑杰怀里觉得很温暖。湖边水鸟的叫声清脆可爱。

那几天，他们游历了星月城的很多地方，不仅爬了山，还去参观了古城墙和繁华的商圈，晚上他们就在湖畔或者河边手牵手漫步，看着芦苇与水鸟。

那些水鸟们也是成双成对的。两个人不知是谁说了这一句，然后彼此会心地大笑起来。

无忧无虑的旅途很快结束了，两个人第一次如此形影不离地好几天待在一起，自然也会有烦恼和摩擦。不过，这旅途总体是愉快的，桑杰一如既往能够包容银这个有些倔强的女孩。

在笼罩着月光的河谷，银妹儿似乎想明白了很多问题，她更加理解桑杰了。

第二十三章 连环画

桑杰和银在一起一年多了。他们的热恋期结束了，有时候有种老夫老妻的感觉，当然免不了也会吵架。他们的感情看似变得平淡了一些，其实是更加稳定和深刻了。

有一个周末，桑杰陪银去逛街，银看中了一身很漂亮的连衣裙说："这件，我喜欢！"

桑杰看看价签："好贵哦，你欺负穷人。"虽然他嘴上这么说，但还是很爽快地去给她买单。

银白他一眼："我又没让你给我买。"

桑杰笑了："你喜欢的，我当然要满足你啦。"他一边说着一边付了钱。

银意识到裙子真的很贵，她又看看桑杰，心里有点不安。

桑杰神秘地说："我获得了奖学金，你喜欢什么我就给你买什么。"

"真的吗？那太好了！"

他们很开心地走出那家专卖店，桑杰给银提着袋子，两个人一边走路一边聊天。

"银妹儿，一会准备干什么？"

"我先回家，然后想去找如雪玩，也许去他们学校附近散步。你呢？回学校还是回家啊？"

"我回学校。"桑杰说着，忽然胃里涌上一阵恶心，忍不住停下脚步捂住了嘴。

“怎么了？”银也停下来，一脸紧张地看着他。

桑杰定了定神，过了好一会儿才勉强压下不舒服的感觉。他用开玩笑的口气说：“我有点儿反胃，会不会是有了我们爱的结晶啊？”

银白了他一眼：“桑桑，你还是吃点药吧，你的胃病最近是不是又有点儿严重啊？”

“嗯，可能因为秋天到了，天气凉了吧。我今天去买点儿药。”

“我还真不知道恶心是什么感觉。”银说。

“你很幸运，永远都不会知道。”桑杰幽默地说。

银看到附近有一把长椅：“要不要坐下来休息一下？”

“没事，已经好多了，我先送你回家去嘛。”

桑杰送银妹儿回了家，他们俩和猫咪 Silver 玩了一会儿，然后桑杰去了小区楼下的药店。

他在店员的指引下买了胃药。店员看看桑杰，又给他拿了一盒药，对他说：“小伙子，你脸色不好，要不要买这盒补血的药？”

桑杰没有说话，走到药架旁边看了一眼价签，心里有点犹豫。自己确实贫血、营养不良，买一盒补血药也不是不可以。只是价格有点贵，他不舍得买，还是用这个钱请银妹儿看电影吧。

桑杰就对店员说：“我不买这个了。”

桑杰把药放在书包里，走出药店，打算回学校。他还是觉得有点不舒服，于是走得很慢。

自己的胃病最近确实更严重一点，偶尔还会控制不住地呕吐。桑杰想到这些，就感觉很难过，算了，还是不想了。

他又想起昨天银妹儿来学校找他，他带她去图书馆一起上自习。银在看物理书，桑杰则写高数作业。

桑杰握着笔在纸上奋笔疾书，不经意间也会抬起头，突然发现对面的银没有看书，而是一脸专注地看着他，像个小迷妹。

“好好学习啦。”桑杰用圆珠笔轻轻敲了敲她的小脑袋。

“你学的是计算机专业，研究机器人吗？”银妹儿突然问道。

桑杰压低声音：“我想花一辈子时间来研究你。”

桑杰一边走着一边想着银妹儿，忍不住牵牵嘴角笑起来。但他又想到，之前打算带银去远一点的地方看雪，但是那些地方离C城太远了，又很寒冷，依自己现在的身体状况，似乎很难兑现这个愿望。银妹儿会不会觉得，和自己在一起没什么安全感呢？年轻的男孩想到这些，觉得很伤感。

不久之前，他做了一个梦，梦到自己带着银去看雪。眼前的山峦覆盖着厚厚的白雪，显得纯净无瑕，明烈的阳光照耀在雪山上，天空像一块蓝宝石。在梦境里，他当然也没有任何寒冷的感觉。银妹儿在他身边，开心地握着一团雪球，打算堆雪人。

“我要堆两个雪人，一个你，一个我。”梦里的银妹儿在他耳畔说。

机器人的梦境和人类会有什么不同吗？改天一定要问问她。

不管怎么样，银妹儿和自己在一起，应该也是有安全感的吧。

这时，他看到银发来一条微信消息。他很快回复道：“你们先去玩吧！我晚点儿给你打电话。”

不知怎么，桑杰自己一个人的时候就会觉得很孤独，可能是因为和银妹儿在一起，已经变成了自己的习惯吧！

银来到颜如雪的学校，在校门口见到了她。

她们两三个星期没见面了，今天打算在学校附近散步。自然，她们两个好朋友还是有许多聊天话题的。

“你和桑杰恋爱开心吗？”颜如雪问。

“很开心啊！”银点点头。

“你们在一起都做什么？”颜如雪很好奇。

“和其他情侣也没有什么不同啦。”银有些羞涩地说。

“银，你恋爱之后变了很多，变成一个更加天真呆萌也更幸福的小女孩啦。”

颜如雪看着银甜甜的笑脸，心情有点复杂。她一方面羡慕银的幸福，另一方面又有点怀念从前银单身的时候，两个闺蜜度过的那些时光。

不过正如她所说的，在她心里，银一直都是单纯可爱的小女孩。颜如雪希望桑杰一直呵护着银，他们俩一直幸福下去。

银妹儿黑色的长发自由地披散在肩上，她穿着卡其色的裙子，看起来很有活力。银问道：“如雪，你怎么不说话？一直看着我干吗？”

颜如雪笑了：“只是觉得你很漂亮，大长腿美妞！”

这时她们路过一家婚纱店，两个女孩子不由地驻足欣赏着橱窗里的那些婚纱。

颜如雪看着银专注的侧脸，忍不住想象着有一天银穿上洁白的婚纱时的情形。她很漂亮，穿上婚纱一定更加迷人。未来给她戴上婚戒的那个人，会是桑杰吗？想这些似乎还太早，毕竟银只有二十二岁。

也许是闺蜜之间的默契，银也转过脸望着颜如雪说：“以后我结婚的时候，你当我的伴娘吧？”

“好啊！”颜如雪欣然同意了，忽然又佯装生气地打她一下，“坏女人，虽然我是单身狗，但是我一定要比你更晚结婚吗？”

“哈哈哈，如果你更早一点儿，那我就是你的伴娘。”

颜如雪又说：“我知道你们前段时间去星月城旅行啦。银，寒假你和桑杰想去哪里呢？”

银没有立即回答，而是说：“你名字里有一个‘雪’字，你很喜欢雪，对不对？”

“当然啦，只不过咱们这里很难看到雪。不过我记得，咱们还在上高一那年，C 城也下雪了。”

“是啊，其实那年桑杰就对我说，想带我去看雪。”

“真的吗？看不出来，那时候桑杰就这么浪漫啊！那么你们是要去哪里看雪呢？”颜如雪笑起来。

“桑桑最近身体不太好，所以可能去不了吧。”银有些失望地说，“我们就在周边玩玩好了，去看雪太冷了。”

颜如雪安慰银说：“只要两个人感情好，不管做什么都是幸福的。”

银没有立刻说话。银想到和桑杰在一起的点点滴滴，就像一幅很美的连环画。

自己以前总是叫他“桑杰”，后来他们变得很亲密，她改口喊他“桑桑”。桑杰总是会叫她“银妹儿”。

桑杰会给她买漂亮的鲜花，两个人逛完花店还会一起去河边散步。

不久之前桑杰带她去游乐场，银玩得很开心。

“银妹儿，”桑杰牵着她的手，忽然问，“你和我在一起，开不开心啊？”他的眼睛里有温柔的宠溺，也有淡淡的心事。

银妹儿用力地点了点头。她当然是开心的，桑杰很爱她——不知怎么，这种爱也让银有些心疼。

现在是晚饭时间，她和颜如雪打算去吃米线，不知道桑杰有没有吃东西呢？

银回过神来，这才意识到自己没有回应颜如雪的话，她歉意地说：“不好意思啊，刚才在想事情。”

“没事呀！你在想桑杰吧？”

“嗯嗯，不知道他现在在干吗，待会儿我给他打个电话吧。”银说。

第二十四章　雨天的棉花糖

桑杰二十三岁生日那天是一个早春二月的雨天。那天中午，银和几个朋友一起给他庆祝生日。

“从今天起，我就比你大一岁了哦。”桑杰搂着银，调皮地说。

小伙伴们吃完生日蛋糕和午饭，就各自回家去了。过了一会儿，窗外的雨几乎停了下来，桑杰与银决定出去走走。

他和银故地重游，来到了他们俩六年前第一次牵手的河边。

银抬起头看着身边的男孩。现在他早已战胜了癌症，虽然还是很瘦弱，但比从前健康一些，让银多了一份安全感。桑杰比六年前长高了一些，也变得更加成熟。之前因为化疗，桑杰的头发几乎都掉光了，现在他的头发重新变得浓密。今天他穿了一件白色外套，显得简单干净。银不自觉地笑了起来，觉得桑杰似乎也变帅了一点。他的五官虽然不算精致，但很端正，嘴唇上方刚长出来的一点点胡子让他显得很青涩。

“银妹儿，你笑什么？”桑杰看着可爱的姑娘，问道。

“看到帅哥当然开心啦。”银调皮地说。

时光改变了很多。但桑杰依旧牵着银的手，他们的感情比以前更加深厚了。银变得更加依赖桑杰，也会一如既往地和他聊许多话题。

桑杰问道：“麦教授和嘉岚，还有麦萌都还好吗？”

“还不错，我前几天去他们家里看望小朋友。他们两口子还教我做菜——我改天做给你吃。”

“那太好了！”桑杰想起了什么，很遗憾地说，“银妹儿，去年还是没有带你去看雪。”

“没关系，去年咱们不是去星月城旅行了吗？感觉也很不错啊！”银说着，见桑杰穿得有些单薄，就问道，“你不怕冷吗？”

“没事的。最近我感觉身体还可以，胃病也好点儿了。所以，今年冬天我就带你去看雪吧。”

“嗯，好呀！”银的眼睛里闪烁着期待的光亮，“要不到时候咱们去找刘莹吧。其实我也和她聊过天的，觉得她很不错。”

“是吗？”桑杰惊讶地看着她，“什么时候？”

银说：“当时，我说要请她吃香草冰激淋，今年冬天，我可以实现和她的约定了。”

桑杰听了这话，就更加惊讶了，不过他没有再问什么，又说：“银妹儿，刚才我说，最近我身体比以前好些了——”

“当然啦！这个我也知道。”银开玩笑地白他一眼。

“也许……也许我想活到九十多岁也不算太贪心的愿望呢！”

“哈哈哈，真的吗？”银还是用很调皮的语气说道。

桑杰却没有笑，而是很认真地说：“银妹儿，我真的想陪你一辈子。再过两年多……等我大学毕业，找一份工作，咱们就结婚，好不好？”

银听了桑杰的话，很开心又有些害羞地低下了头。不过她没有回应桑杰的“求婚”，而是问道：“大学毕业后，你不想继续读硕士了吗？”

“不读了，想早点儿赚钱娶你。”桑杰转念一想，又说，“我目前是这样计划的，也许后面想法会变化呢？不过，不管怎么样，等我大学毕业，就要和你结婚。银，嫁给我吧，好不好？”

银还是没有回答，而是调皮地说：“你向我求过很多次婚了。”

“到时候我一定要正式地求一次！”

风里有一些凉意，空气清新得很。此时天空里依旧飘着零星几点雨丝，不过谁也没有在意。他们看着眼前安静、清澈的河水，很默契地回忆起了他们十七岁时第一次牵手的那一天。

“我还记得那天也下着雨。”桑杰说，“当时我牵了你的手，很快就放开了。其实我好想一辈子牵着你的手啊，只是我想到自己的病情，就觉得那场雨好像把全世界都淋湿了。”

理科生桑杰很少说这么文艺的句子，银觉得有点意外又很感动。

“那天我不知为什么，想象着你是一个比我小几岁的小孩子，我想带你去零食店买糖果。”桑杰笑着，说到这里，他清澈的黑眼睛里忽然有亮晶晶的东西。

“那，你就是我的大哥哥。”其实，桑杰只比银妹儿大几个月，只不过他一直像个大哥哥那样包容、保护着自己。银又想起两人第一次牵手的那天，桑杰对自己说：“银，你很可爱的。”她一直觉得，“可爱”是比“漂亮”更高级的评价。

“生病的那些日子里，我完全没有胃口吃饭，但总是很努力地吃一点儿，也会坚持化疗。我只是想着多活几天，就能多见到你几次。”桑杰说着，闭上眼睛，似乎不想让泪水流出来。过一会儿，他睁开眼，抬起头看着天空笑笑：“刚才说了，六年前的那天，我想带你去零食店买糖果。”

“那现在呢？”

“现在我就带你去。”桑杰转身看着不远处，虽然没有零食店，却有一个卖棉花糖的路边摊。

桑杰把一支柔软洁白的棉花糖递到银手里。“一起吃好不好？”银说。

“好，你先吃。”

银咬了一口棉花糖，然后递给桑杰。他们俩走到街边一把长椅上坐下来，品尝着棉花糖的甜蜜和初恋的滋味。桑杰想着自己是不是在做梦，他假装漫不经意地和银聊着：“银妹儿，你说我夏天穿彩色的 T 恤好看吗？

从没有尝试过。”

银想一想：“好看，你皮肤白。”

吃完了棉花糖，银看着桑杰的脸：“你没有刮胡子欤。”

“这两天忘记了。”桑杰转头看周围没有别的人，然后趁银不注意，就吻上了她的嘴唇。

第二十五章　陪你一起变老

冬天也是好的，有热气腾腾的糖炒板栗，有晚上街头的路边摊。许多人结束了一天的工作，坐在一起，吃着羊肉汤锅，松弛地聊天。

冬天虽然很冷，但C城许多树木依然是绿的。天空的颜色很清淡，阳光变得稀贵，少见的三寸日光，犹如钻石黄金。阳光下的人们，心情也变得明媚起来了。只不过，天空一直没有雪花。

银留在科大读研，桑杰上大三了。

这年冬天，桑杰计划着期末考试之后先和父母一起去桑园小镇看望爷爷奶奶，然后就带银妹儿去看雪。银妹儿曾说，两个人可以一起去雪城找刘莹，她还要请刘莹吃香草冰激淋。去哪里旅行、见什么人，这些都是桑杰不太介意的事情，只要能够和她一起看雪就好了——这是桑杰七年前对银的诺言。

结束了最后一门考试，桑杰走进银的家门，猫咪Silver立刻跑过来。银也走到他面前，她看到桑杰戴着她以前送给他的那条蓝色围巾。

家里有一个女孩和一只猫在等待他，这种感觉真好呀。

银递给他一杯热牛奶："我刚刚煮好的，牛奶可以养胃的。"

桑杰先是轻轻亲了一下她的脸颊，然后才接过牛奶。

"看，我买了什么好东西？"银调皮地在他面前打开背包。

桑杰看到背包里面都是零食，不禁笑起来："我还以为是什么好东西呢！”

“这些零食不好吗？”银白他一眼。

桑杰在想，银是一个很容易满足的女孩，自己以后要让她过上更好的生活。

而银在想，以后和桑杰结婚，两个人就会真正成为一家人。她想象着以后自己也会像今天这样，和猫咪一起幸福地等他回家。然后，两人彼此陪伴，一起变老。

“你今天除了考试，还做了什么？”银问道。

“我在看去雪城的旅行攻略。不过我后天要和爸妈去一趟桑园小镇，大概三四天后回来——你知道的。”

“嗯嗯，好的呀！”

“你一个人在家，会不会孤单？”桑杰担心地说。

“当然不会！我又不是一个人在家，还有Silver陪着我嘛！”

桑杰喝完那杯牛奶，轻松地笑了：“那就好。我很快就回来。以后咱们结婚了，我也带你去桑园小镇看看吧，小镇还是挺好玩的。”

“好呀！桑桑，你明天忙不忙？陪我去科大办点儿事情。”银想着桑杰刚才的话，忍不住又问道：“结婚需要准备什么呢？从来没有结过婚，不太了解呢。”

桑杰被她逗笑了，认真地想了想：“我想，我要给你准备戒指呀，咱们要商量登记结婚和婚礼的各种细节，当然还有——”他忽然没再说下去。

“还有什么？”银忽闪着大大的眼睛。

桑杰看着美丽的女孩子，犹豫着说：“还有……要准备婚房啊。对不起，银，我父母以前攒了一笔钱，准备给我买房的。可是，你知道的，几年前我生病了，把这笔钱都花光了。”

“没有关系呀，我是机器人女孩，不一定需要买房子的，咱们可以租房子呀！”

“虽然你是机器人，但也是我的爱人呀，我应该给你一个家。”桑杰心痛地说。

“那，咱们以后一起慢慢赚钱买房子吧！”

桑杰把银妹儿紧紧地抱在怀里：“嗯，谢谢你，银妹儿，以后咱们一定可以买很漂亮的房子。”他忍不住开始畅想未来：“还有啊，以前和你说过，等咱们年老退休后，也可以去桑园小镇小住一段时日，那时候我就变成一个白发苍苍的老爷爷了。你呢？你这个机器人女孩，会不会也变成一个老奶奶呢？”

“这个要问麦教授。我想，也许我会变老一点儿吧，但是肯定看上去比你年轻！”银调皮地说。

桑杰轻轻捏了一下她的脸：“你这个坏蛋！”

第二天，桑杰和银在科大校园里手牵手走着，遇到了李航。

银过了几秒钟才把他认出来。此时，李航也不无尴尬地对她打招呼：“你好，麦甜，好久不见。”

还真是有点尴尬呢。

“你好，李航。”银对李航介绍着桑杰，“这是我的男朋友。”

李航和银又聊了几句话，然后彼此道了再见。

桑杰并没有问银任何问题，只是微笑着牵着她的手。

又过了一会儿，他们遇到了麦教授。银和桑杰向麦教授打过招呼后，银单独去和教授说了几句话。

“你们说什么了？”这次桑杰问她了。

银甜甜地笑着，把自己和麦教授说的话转达给桑杰——

“教授，你可以答应我一个要求吗？”

“是什么呢？”

“以后我和桑杰结婚的时候，你可以牵着我的手，把我的手交给他吗？”

“当然可以。”

第二十六章　雪城

桑杰从桑园小镇回来后，银妹儿也放假了。于是他们俩按照计划出发去雪城旅行。这是两个人的第二次长途旅行，也是他们第一次去很冷的地方。

雪城比桑杰和银想象中还要冷一些。还好银是不怕寒冷的机器人，桑杰也穿了厚厚的羽绒服。银虽然不怕冷，却也穿了一件白色羽绒服，只是为了看起来和冰天雪地的景象协调一点。

他们俩欣赏了漂亮的冰雕，还挑战了滑雪，晚上就在繁华热闹的街道手牵手散步。

离开雪城的前一天，桑杰与在雪城读书的老同桌刘莹联系，他们三人一起聚餐。

刘莹走进火锅店的时候，看到桑杰和银妹儿已经到了。他俩很热情地对自己打招呼。刘莹一开始有一点点尴尬，不过很快她就忘记了这种感觉。

刘莹很久没见到桑杰了。他们先是寒暄了几句，刘莹感觉桑杰没有太多变化，看起来还是一副弱不禁风的样子，也一如既往地温柔和爱笑。如果说桑杰有什么明显的变化……那就是，他确实变帅了一些，而且他的那双黑眼睛里似乎有一种不同于往日的光亮，大概是因为有恋人陪在身边吧。

刘莹想起了许多往事。桑杰和她做同桌一年多，对于中学生来说，一年多确实是很长的时间，足以让少女对这个温柔内敛的少年心生爱慕。桑杰总是很耐心地给她讲数学题，她会和女生们一起看桑杰和其他男生打篮球，两个人上学和放学也经常一起同行。

只不过那时的桑杰就对自己说："我有一个喜欢的女孩子，以前我放学经常和她一起走。"

后来那个女孩子终于成为了他的恋人，桑杰应该很幸福吧。

刘莹还想起高考结束后，桑杰和自己也在 QQ 或微信上聊天，毕竟他们一直都是朋友。

"恭喜你被 C 城的重点大学录取了！"刘莹由衷地祝贺他。

"也恭喜你，去看雪的愿望就要实现了。"

"桑杰，其实有件事我一直想知道。"

"是什么呢？"桑杰问道。其实他模糊地猜到了她想问什么，不管怎么样，满足一下她的好奇心也好。

"你以前究竟生了什么病啊？"虽然做了一年多同桌，但如果当面这样问，两个人都会很尴尬的吧。

"癌症，做过两次手术。"刘莹被他的话吓了一跳，桑杰曾是癌症患者，这是她怎么也想不到的。隔着屏幕，刘莹感受到桑杰的语气似乎还是很轻描淡写的，就像在说别人的事。

"那，现在不要紧了吧？"此刻，刘莹对桑杰更多了几分怜惜和敬佩。

"没有事啦！都是几年前的事了，不要担心哦！"

"哈哈，那就好。桑杰，你现在有没有谈恋爱啊？"

"啊？这……还没有，不知道该怎么和她表白……最近我和她有点儿闹僵了，好难受。"

刘莹想不到桑杰也会变成一个无助的小男孩，她忍不住笑出声来，说："什么情况啊？要不要我帮你参谋一下？"

"都是我不好啦，我担心自己不能给人家幸福，现在她生我的气了。还是我自己解决这个问题吧。"

“虽然我没有什么恋爱经验，但是我想，你可以送她花呀！女孩子最喜欢红玫瑰了。”

“是吗？好，那我今天去给她订一束，谢谢你啊！”

我从没有对你说过“喜欢你”，那么你知道我也喜欢你吗？

此时桑杰的话语让她从回忆中抽离：“咱们吃什么呢？你们俩来点菜好了。”

刘莹反应过来：“好啊！今天我请你们吃晚饭。”

桑杰笑道：“还是我们来请你吧，毕竟我们两个人来的哦。”

嗯，他们是两个人来的。

点菜的第一步就是点锅底。刘莹问：“桑杰，你吃不吃辣啊？”

桑杰还没有开口，银就代他回答道：“不吃辣，不然桑桑要胃疼的。”

桑桑，好亲昵的称呼，刘莹想。

桑桑，我也很想这样叫你，但是没有这样的机会。

桑杰不好意思地说：“我小时候也是无辣不欢的呢，后来只能听医生的话吃清淡的。”他又用央求的眼神看向银：“银妹儿，我只尝一点点辣的可不可以呀？”

银白了他一眼：“那也行吧！”

于是他们选择了鸳鸯锅，然后又点了许多肉类和蔬菜。

银好奇地问刘莹：“雪城的人爱吃辣吗？”

“比起咱们C城，这里的人还是不太爱吃辣。”刘莹说。

此刻的C城，过不了太久，就会开满金黄色的油菜花吧。很久都没有见过C城的春天了呢。当然，春天来了，也就意味着桑杰的生日快到了，这一点刘莹一直没有忘记。桑杰比自己大两岁，快要二十四岁了吧。他的女朋友银妹儿，大概与他同年吧。

过了没多久，服务员就上菜了。桑杰把荤菜先煮进锅里，问刘莹：“你在这里很多年了，习惯了吗？”

“还可以。”刘莹笑起来，

“那还好，我大概是适应不了。”

“我们确实好久没见了。”

“是啊，”桑杰看着她，抱歉地笑笑，“我女朋友以前说想来看雪，想请你吃香草冰激淋。但是我当时去不了太远的地方，所以耽搁了很久，等到身体好一点儿才来找你。”

作为朋友，桑杰还是很在意他们的友谊。刘莹很感动，却没说什么。

桑杰看看火锅：“差不多可以开吃了。”然后他就给银妹儿和刘莹夹了一些菜。

银说：“你也多吃点儿。”

“好。”桑杰自己夹了一些麻辣的牛肉，听话地说，“银妹儿，我真的只吃这一点点辣的，接下来我就吃清汤的。”

银妹儿看着他，忍不住笑了。

刘莹偷偷注意到，桑杰很多时候都在温柔地望着银妹儿，眼睛里尽是宠溺。他们俩并没有刻意秀恩爱，但是感觉他们很幸福。

真的是好羡慕她啊。

今天银妹儿兑现了诺言——请刘莹吃香草冰激淋。虽然冬天很冷，但是室内的暖气开得很足，吃完火锅吃一点点冰激淋，还可以起到清凉降火的作用。

“你什么时候放寒假呢？”银妹儿问刘莹。

“快放假了，还有几天吧。”

“嗯，那就可以回C城啦！”

吃完火锅，桑杰买了单，三个人打算在附近逛逛。桑杰一直牵着银的手。他们三个一边走，一边随意地聊天。

刘莹忍不住看看桑杰的侧脸。多年以前做同桌的时候，刘莹每天都可以看到他，下一次再见又会是什么时候呢？

终于走到分别的路口，银说要去便利店里买个小东西，让桑杰和刘莹在门外等她一下。

桑杰和刘莹在门外没有立刻开口说话，两个人看着树枝上挂着的雪花。

桑杰微笑着问：“以后你要回去找工作吗？我和银一直在C城，咱们也可以在C城见面。”

“我不会留在雪城，但是我也不确定会不会回C城。也许回去，也许去其他地方。”

“那么，未来见！”

“好，未来见！”刘莹也笑着说道。在白雪的衬托下，她的眼睛显得分外清亮。

桑杰与银妹儿告别了刘莹，很快就要回C城了。

告别的时候总有一点点伤感呢，刘莹想。

不过比起几年前他们高中毕业时与桑杰的告别，今天的告别没有那么伤感了。

分开的时候，桑杰对她说：“未来见！”

那么，未来就一定会再见吧。

第二十七章　花期

时间过得很快，桑杰已经是大四的学生了，他和银也会更多地考虑将来。

有一天，小情侣出去吃饭。他们一边吃东西一边聊着天。

“桑桑，你打算考研吗？你成绩很好。”银妹儿问。

桑杰看着坐在自己对面的小姑娘，想着她的问题。其实这也是他自己在纠结的事情。读研似乎是一个不错的选择，但是生活中有很多地方需要钱，吃饭需要钱，买衣服需要钱……

看着她的脸庞，在那一瞬间他做出了决定。

“我打算去工作。”桑杰说，“这样，咱们就有更好的生活了。”

毕业之后，桑杰找到了一份还不错的工作，他相信自己会成为一名优秀的计算机工程师。虽然没有读研有点小遗憾，但他更愿意看到银是无忧无虑的。而银依然在科大读书，有时也和麦教授一起做科研。

桑杰毕业那年的秋天，他给了银一个惊喜——他正式向她求婚了，给她戴上了一枚闪亮的钻戒。

又过了一段时间，两个人登记结婚，成为了真正的夫妻。

他们顺理成章地住在了一起。周末桑杰不需要上班，银也不必去学校，两个人会一起做饭一起逗猫，在家里播放专辑《星空》里面的歌曲。

他们也会像从前一样，一起出去郊游或看电影。两个人还拍了很漂亮的婚纱照，披上白纱的银显得更加美丽，就像一个小仙女。

银期待着不久之后成为桑杰的新娘。她回忆起自己几年以前和颜如雪一起去逛街，两个女孩子一脸憧憬地望着橱窗里的婚纱的场景。

小两口也与彼此的家人联系更多了一些。桑杰的父母很喜欢银，虽然银是机器人姑娘，但她也是挽救了桑杰生命的人，他们当然很支持桑杰和银的婚姻。

银妹儿的“家人”就是麦教授了，虽然银很久以前不愿意承认这一点，但是她还是请求麦教授在婚礼上把自己的手交给桑杰。麦教授也欣然接受了。虽然科研工作还是很忙，但是他也抽出一些时间，与桑杰的父母一起商量小两口婚礼的细节。

桑杰和银的婚礼，初步定在他们二十六岁那年的春天。

婚礼前不久，银在麦教授的实验室和他见面。实验室只有他们两人，麦教授就和银聊了起来。

“你和桑杰喜欢什么样的舞台布景呢？”

“他听我的意见。我喜欢淡紫色的布景，舞台的通道两旁点缀着许多紫色薰衣草小花……”银一脸神往地描述着。

“哦，这样……”麦教授努力想象着她理想中婚礼的模样，“那么，你们要播放什么音乐？”

“当然是来自他送我的那张专辑《星空》啦！”银兴奋地说道，心里有些感慨。没想到麦教授也有这么细心的一面啊。

“那还挺有意义的。”麦教授说着，忍不住轻轻地揉着太阳穴。

“你怎么了？”

麦教授淡淡地说：“有点儿头痛而已，是神经衰弱的老毛病了。”

银有些心疼地看着这位年轻的科学家，他真的是很辛苦。

麦教授又问："具体是专辑《星空》里的哪一首歌曲？"

"这个，我再和桑杰商量嘛，找一首欢快的。教授，你是怎么想的？我就要结婚了。"

"说实话，我也有些紧张。'女儿'要结婚了，'父亲'当然有点儿紧张啊。"麦教授和银都笑起来。

麦教授又补充一句："我还算年轻，却要思考你的婚礼，一时还真有点儿不习惯，我从来没做过这些事。"

"你自己也结过婚的啊。"银白了他一眼。

"那不一样的。我还要和桑杰一家，以及其他很多人沟通，你知道我最不擅长和人打交道。你提出让我在婚礼上把你的手交给他……我很愿意做这些事。"

银幽默地说道："小麦教授，真的难为你了，承担了不属于你这个年龄的责任。你本来应该安静地在家撸猫带娃才是。"

麦教授也笑了："不管怎么说，桑杰是个很可爱的男孩子，我很看好你们！"

银似乎意识到哪里不太对："其实我现在不该再叫你'教授'的，但是叫别的什么，又觉得不太习惯……"

"这没有什么。"麦教授轻松地说，"你想叫我什么都可以，直呼我的名字也不是不可以。"

银走到实验室楼下的时候，抬头看到科大校园里很多鲜花都绽放了，清纯的七里香、粉嫩的桃花和樱花……

真是美好的春天。

第二十八章　甜甜的婚礼

桑杰和银结婚那天，是个阳光灿烂的美丽晴天。桑杰的家人、麦教授夫妇、董嘉森和颜如雪，还有其他很多朋友都参加了他俩的婚礼。因为他们俩曾是高中同学，所以自然有许多共同的好友。

颜如雪是银的伴娘，而桑杰曾经的同桌赵林是他的伴郎。伴娘伴郎也是很辛苦的，不过为了这对幸福新人的婚礼，似乎再辛苦也无关紧要了。

银穿上了洁白的婚纱，成为最美丽的新娘。当然，桑杰也穿了一身帅气的西装。那天上午，他们在草坪边上拍了许多漂亮的照片。

中午时分，最激动人心的婚礼就要开始了。

银挽着麦教授的手臂，从宴会厅入口一直走向舞台中央。那段路很短，但她的脑海里像过电影般想起很多过往。

想起自己诞生的那一天，也想起麦教授在实验室完成一个个科学实验的专注神情。

想起桑杰做手术时，麦教授并没有告诉她这件事。后来她才知道，麦教授也在医院陪了桑杰很久。银对他说："教授，谢谢你。"但麦教授只是像平时那样有些生硬地回答："不用谢，我只是想看看，我们实验室的疗法有没有效果。"

想起她和桑杰恋爱后，一起去探望麦教授和董嘉岚的小女儿。麦教授见到他俩时，脸上有点紧张的神情。想起麦教授匆忙地给他们准备着水果，有一种笨拙的天真。

当然还想起婚礼之前，麦教授和桑杰的父母一起交流小两口的人生大事。他一直是有些社恐的人，却愿意为了银做很多事。

他们走到舞台中央的桑杰面前，麦教授把她的手交给了桑杰。麦教授一向是很沉稳的人，今天也不例外。不过，银和桑杰都能感受到，教授还是很紧张的，他的手也在微微地颤抖着。面对这对小夫妻，麦教授说出了那句事先排练过的心声：

“桑杰，麦甜，希望你们一直幸福美满。”

桑杰牵着银的手继续向前走。舞台的主色调浪漫而淡雅，舞台的通道两旁点缀着银最喜欢的紫色薰衣草小花。他看看银的侧脸，舞台的灯光照在她的脸上，让她更加好看，她一直甜甜地、满足地微笑着。

就像桑杰多年前做的那个梦。

舞台的天花板上，投射出美丽的星星。宴会厅的背景音乐欢快而又好听，来自 CD《星空》中的一首歌曲。

就像银多年前参加麦教授婚礼时，对自己未来婚礼的想象。

在亲朋好友们祝福的目光里，新郎和新娘交换了婚戒。他像平常那样，温柔地亲吻了她的脸颊。

圆满礼成。桑杰和银向亲朋好友们敬酒，这个时候，颜如雪和赵林也终于可以休息一下了。

董嘉森看到颜如雪总是陪在银身边，也很是感动。今天穿着伴娘服装的颜如雪也很漂亮可爱。董嘉森这么想着，他走到颜如雪旁边和她聊天。

“看到银和桑杰终于结婚了，好激动啊。”颜如雪说。

“是啊，他们两位都是我很好的朋友，经历了很多才走到一起、恋爱、结婚。”董嘉森神秘地说，“颜如雪，其实银和我们不太一样，你知道吗？”

“……有什么不一样的呢？”

“哈哈，还是以后由她亲口告诉你吧。颜如雪，你有没有想过，自己未来的婚礼会是什么样子的？”董嘉森又问。

…………

第二十九章　油菜花田

很多很多年过去了。桑杰和银已经七十岁了，距离他们第一次牵手已经过去了五十多年。

漫长的时光里有很多故事，时间也改变了很多。在这么多年的琐碎生活里，桑杰和银有过争吵和冷战，也会因为没有孩子而感到有些孤独。不过，他们始终陪伴在彼此身边，他们在一起的大多数时光都是幸福快乐的。

虽然他们结婚的时候没有买房子。但是后来两人凭借自己的努力和双方家人的支持，买了很漂亮的房子。虽然癌症复发的阴影始终笼罩在他们心头，但桑杰兑现了他表白时的诺言，一直让银做他的快乐的小女孩，没有让银过分担忧未来。

他们最美好的记忆之一，是两个人结婚之后的某一天，一起去太空旅行。

银和桑杰见到了温柔的深蓝黑色的宇宙太空，辽阔无际，望不到尽头，只有那些星星，闪烁着或冷清或耀眼的光芒。

有一颗明亮的星闪耀着银色的光芒，照亮了周围黑暗的寂寞，使他们想起婚礼上，桑杰为银戴上的那枚钻戒。

宇宙中太宁静了，宁静得听不到一点声音。与此同时，宇宙中形形色色的爆炸却此起彼伏。银和桑杰远远地看着恒星爆炸或消亡，如地球上的花开花落……

由于年龄大了，现在桑杰和银也不需要工作了，他俩每天都可以待在一起。桑杰变成了一个白发苍苍的老大爷，银也变成了一个老奶奶。不过，银依然与年轻人一样精力充沛，毕竟她是机器人。

麦达教授也是九十高龄的老人了，他和妻子董嘉岚依然很健康，精神矍铄。桑杰和银有时也会去看望他们，和他们一起聊天。

麦教授依然在坚持做科研，他们的小女儿麦萌并没有像父亲那样成为科学家，而是成了一个艺术家。麦教授很老了，但是依然能看得出年轻时是个帅哥。董嘉岚也是一个温柔优雅的老奶奶。这么多年里，董嘉岚通常是等他回家的那个人。他们俩回忆起往事，也有一些感慨。不过，董嘉岚很少感觉到寂寞，因为她一开始就知道，麦达是献身科学的人。同时，董嘉岚也享受独处的时间，来做自己的事情。

桑杰和银问麦教授，是不是依然会去实验室做实验。

“如果可以，我真想每天都去啊，但是每周只能去两三次，”麦教授温柔地看向董嘉岚，“因为她想让我多陪陪她。”

银也对麦教授说：“很多很多年前，在你故乡小镇电影院门前，我记得你说过，你能看到未来，以后我和桑杰会好好的，幸福地过一辈子。”

“怎么样，我的预言很灵验吧？”麦教授笑着，眼神里依然有着少年般的顽皮和清澈。

年少时代的朋友们，也有许多新的故事。

董嘉森和颜如雪这两个曾经没有太多交集的人，后来兜兜转转居然走到了一起。桑杰与银的婚礼，也促成了他俩的幸福。这么多年过去了，董嘉森和颜如雪依旧是桑杰和银的好朋友。

曾经爱慕桑杰的同桌刘莹，现在已经是一个可爱男孩的奶奶了。她每年还是会和桑杰、银妹儿见一面聊聊天。

见面的时候，刘莹给他们看小孙子的照片。桑杰羡慕地说：“看起来真乖。”

银妹儿也说："假如我们也有个孩子，那么孙子也有这么大了。"

刘莹同样羡慕地看着银："虽然你们没有孩子，但是桑杰一直把你宠成小孩呢。"

桑杰轻轻拍了拍银的手背："不管怎么样，都要宠老婆才是嘛。"

"哎呀，真是太甜了！"刘莹笑起来。

桑杰又说道："正所谓'一期一会'，意思是一生只有一次见面的缘分。而我们和你至少是一年一会啦。"

"对啊，我们干一杯！"

三只杯子碰在一起，杯子里是甜橙汁。桑杰始终不喝酒，当然银妹儿和刘莹也不喝。重要的不是喝什么，而是相见时的快乐吧。

当然，年轻时代认识的很多人也早已消失在人海，比如曾经和银妹儿约会的李航，比如银妹儿的同桌韩子仪，比如餐馆老板张大哥，希望他们现在还过得不错吧。

他们与刘莹道别后，没有立刻回家，而是打算去散散步。他们没有事先想好去哪里，走着走着就看到了一片熟悉的油菜花田。如今又是春天，花田是一片金黄和碧绿，偶尔掺杂着其他颜色的小花，橙色的、粉色的……

桑杰年轻时曾经住在这附近的医院里。

"那个医院搬走了，但是油菜花田还在。"

桑杰和银不约而同地想起了五十多年前的往事。有一天，还在读高中的银妹儿到医院看望他。

"银，我带你出去走走吧。"年轻的男孩躺在病床上，黑黑的眼睛里却有明亮的光芒。

"我当然想出去，不过，你生病了，我们能去哪里呢？"

桑杰充满歉意地笑道："是啊，我能带你去哪里呢？要不咱们去医院背后的那片油菜花田看看吧！"

那时的油菜花田里，蝴蝶翩跹起舞，花田旁边还有一条小河，春天的风景与现在何其相似。

青涩的少年陪着美丽的少女，一晃好多年过去了。

油菜花田旁不再是少年和少女，而是一对牵着手的老年夫妻。

桑杰侧过头看着已经上了年纪的银妹儿，感觉她还是像从前那样美丽动人。

“桑桑，”银妹儿像少年时代那样亲昵地叫他，“今天的油菜花还是这样好看呢！”

“是呀，只不过花儿也不如你美。”

“天气好的时候我就想放风筝，却又觉得这是年轻人的活动。”

“没什么，许多老人也喜欢放风筝——改天我陪你去。”

银妹儿犹豫着，又说道：“不知不觉我们都老了——桑桑，你怕死吗？”

桑杰愣了一下，看着银的眼睛，说：“还记得年轻时躺在手术台上的情景，从那时起我就一点儿都不怕死了——但我只怕自己先离开你。”

“现在呢？”

“现在也一样啊。不过我还是有信心的，按照麦教授的设定，你能活到九十九岁，那，我就一直陪你到九十九岁。”

银甜甜地笑了。桑杰像多年前那样，伸出手去，轻轻帮她整理了一下额前的碎发。

“桑桑，我们回家好不好？晚上再出来跳广场舞。”

“好啊。”

他们就这样手牵着手，沿着油菜花田向着家的方向走去。